愛の棘

島尾ミホ
エッセイ集

幻戯書房

目次

愛の棘

島尾ミホ　エッセイ集

本書は、島尾ミホの既刊単著に未収録の文章の中から、エッセイを中心に収録したものです。

各作品の表記は発表時のままを原則とし、漢字や送り仮名などの統一は行なっていません。ただし、あきらかな誤記や脱字などを訂正したり、補足説明を〔 〕内に追加した箇所があります。また著作権者と協議の上、重複する記述を一部割愛した箇所があります。

なお、各章は基本的に、Ⅰ＝島尾敏雄について回想したもの、Ⅱ＝島尾敏雄の作品について書いたもの、Ⅲ＝奄美・沖縄について書いたもの、Ⅳ＝奄美に伝わる民話、Ⅴ＝体験を基にした小説、という方針で構成しましたが、必ずしも厳密な区別に基づくものではありません。

本文中、今日では不適切と思われる表現がありますが、原文が書かれた時代背景や、著者が故人である事情に鑑み、そのままとしました。

I

出会い

あれは昭和十九年十二月上旬の或る晴れた日の午後のことでした。

一日の授業が終わって大方の児童は下校していましたが、私の受持の女の子たちが五、六人私と一緒に帰るのを待って校庭で遊んでいました。

当時国民学校に在職していた私は、自分の担任の三、四年生（複式学級で児童数六十人位）の教室で、試験の採点や児童のつけた学級日誌に目を通しなどした後、職員室へ戻ろうと廊下へ出たところ、校庭の正面のあたりに据え置かれた号令台の囲《まわ》りを、笑い声を上げながら賑やかに走り廻るその女の子たちと追い駆けごっこをしている、一人の若い海軍士官の姿を見かけました。その人はよく太っていましたが背はそれ程高いとも見えず、二十一、二歳かと見受けられた年の頃から推して任官間もない少尉の階級の、多分特攻隊の軍人にちがいないと私はちらと思いました。

学校のある押角《おしかく》から岬をひとつへだてた隣の呑之浦《のみのうら》の入江の海端に、特攻隊らしい部隊が進出して来て基地を構築していることは既に聞いていましたので、その部隊にはきっと若い士官が大勢いて、この人はそのうちの一人かも知れないなどと思ったのでした。それにしてもこの人は余程子供が好きなのでしょう、一緒にあんなに楽しそうに遊んでいるのだから、とその姿を目の端に置きつつ職員室の方へ歩いて行きました。私の担任の教室は他の校舎とかなり離れた場所に一棟だけぽつんと建てられていましたので、職員室へ行くには一旦校庭に出てしばらく歩かなければなりませんでした。

職員と言っても校長も含めて僅か五人だけでした。しかしすべて複式学級でしたので、高等科も入れると児童数は三百人位はいました。一日の授業も終わり児童が下校した後の静かな職員室では、五人の職員が机に向かい、試験の採点やそれぞれの仕事に余念がなく、時折り紙の擦れる音が僅かに聞こえていました。と、職員室の入口に人のおとなう声がしましたので、皆は一斉にそちらへ顔を向けました。

「失礼します」

そこには先程校庭で見かけた若い士官が直立不動で敬礼をしていたのです。そして真っすぐに校長席に近寄り、

「私は呑之浦に基地のある何とか隊（はっきり聞きとれなかった）の島何とか（これもしかとは聞こえませんでした）少尉と言う者ですが、隊員に勉強をさせたいので、五年と六年の国語と算数の教科書を貸しては戴けないでしょうか」

と物静かな口調で言いました。温厚な人柄らしく、聞く人の胸にやさしく沁み広がるようなお

だやかな言葉使いでした。

　校長もつられるようにゆっくりした低い声で、ひと言ふた言応待していましたが、

「ミホ先生、うしろの戸棚から教科書を出してきてください」

と私に言いつけました。そして私から教科書を受け取るとそれをそのまま彼に手渡しました。

「いつまでにお返ししたらよろしいでしょうか」

「ほかにもありますからどうぞ御自由にお使いになってください」

「では拝借します」

　そんなやりとりのあとで彼はズボンのポケットから風呂敷を取り出すと、教科書を丁寧に包みました。真っ白な薄絹の風呂敷でした。包み終わると彼は再び敬礼をして、足早に職員室を立ち去って行きました。

　その若い士官はまるで幼な児のようにやわらかそうに太ったきめの細かな色白の肌をして、濃い眉と大きな目がネービーブルーの士官服によく似合ってはいましたが、面ざしや挙措には海軍士官というよりはむしろ大学生のような感じの残った若者でした。彼は略式の艦内帽を被り、短剣も吊らず、かなり古いズックの靴を履いていましたので、私はちょっと怪訝な思いで見ていたのです。服装に厳しい海軍では外出時には靴下の汚れさえ注意を受けると聞いていましたのに、あんな無造作な服装でも構わないのでしょうか。それとも既に命を国家に捧げた特攻隊だから許されているのかしら、などとあれこれ思いをめぐらしながら校門を出て行く彼のうしろ姿を見送

っていました。（この後とて、小さ目の水兵用の略帽を頭の上にのせるように被り、洗い晒しの作業服を着、古ぼけたズックの靴を履いた、凡《およ》そ海軍士官らしくない彼の外出姿を見かけることは少なくなかったのですが）。

「さっきのおかたは何少尉と言われましたかなあ」

学校日誌をつけていた校長が職員たちに声をかけました。

「たしか島なんとか言われましたなあ」

「そうですね。島なんとかおっしゃったようでした」

二人の職員が校長に相槌を打っていましたが、それは答えにはならず、校長は「あのおかたの声は小さくてよく聞こえませんでしたなあ」と独りごとのように言い、筆に墨を含ませたまま首をかしげていました。

「島田少尉とおっしゃったように思えましたけれど」

そう聞こえたのだったような気がしてきた私は言葉をはさみました。

「ああ、そうでした、島田少尉と言われたのでした。ええと、島田少尉殿五、六年用教科書四冊お持ち帰りになられた」

そう声に出しながら校長は学校日誌に筆をさらさらと走らせていました。

それから約一ヶ月後の昭和二十年元旦の朝、父は黒羽二重の紋服に仙台平の袴を穿き、私は緋牡丹色の地に白梅を手描きにした中振袖に紺の袴をつけた正月らしい改まった装いで、一緒に学校へ向かいました。私は手に抱える程の緋寒桜の花枝を持っていました。

父が細目のステッキを軽くつきながら足早に歩く度に、仙台平の袴のきぬずれの音が快よく耳にひびいていました。手に抱えた緋寒桜の濃紅色の花の色と、私が着た着物の地色は全く同じ色でしたから、二つは互いに溶け合うようで、私は自分が桜の精にでもなったかのような華やいだ心持でいたのでした。

門松の飾られた校門を入ると、校庭には正月の晴れ着を着た児童たちのさわぎ駆け廻る賑やかな、あの国民学校特有の弾んだ熱気が一杯に満ち溢れていました。ふと校庭の隅の松の老樹のほうに顔を向けた時、その下蔭に濃紺の軍服の一団がたむろしているのが目に写りましたが、咄嗟にそれはたぶん学校で行なわれる四方拝の式に参列する海軍の軍人たちでしょう、と私は思ったのでした。と、その時何としたことか、いきなり私は前のめりに校庭に倒れ込んだのです。「あっ、先生が倒れた」「あら、先生が」そんな声があちこちから耳に聞こえました。しかし前を行く父は気付かずにさっさと歩いて行ってしまうのです。私はすぐに立ち上り、何事もなかったかのように父の後を追いました。児童だけでなく、大勢の軍人が見ている目の前で倒れ込んだのに、私には羞恥の思いなど少しもなく、呼吸の乱れさえありませんでした。私は幼い頃から父のそばにいれば、此の世に恐れたり恥じたりすることなど何も無いような誇らかな思いになることが出来ましたから、父さえそばについていればどんな時でも平気だ、とそんな風に思い込んでいたのでした。（結婚してからは夫が父と同じような安堵を与えてくれるようになりましたが）。

職員室では職員たちが式の準備で忙しげに動き廻っていました。私は机の上に緋寒桜の花枝を広げて大ぶりの壺に活けていたのですが、その時職員室の入口から濃緑色の軍服に身を包み、日本刀を腰にさげた若い軍人が入って来ました。鴨居につかえそうな程も背が高く、がっしりした体軀に大きな目がひときわ目立っていました。一瞬私は写真で見かける西郷隆盛のような偉丈夫だと思いました。

私はその人のそばに近づいて行って「明けましておめでとうございます」と挨拶をしました。しかし彼は黙って立っているだけで返礼をするどころか、その大きな目で私を睨みつけ、不礼な、と言わんばかりの顔付をしていました。私も目を大きく見開いて見返しましたが、威厳に満ちたその姿に圧倒されてしまいそうでした。それは全くそれまでに経験したことのないはじめての奇妙な感情でした。

二人の睨み合いはほんの瞬時に過ぎなかったのに、私にはひどく長い時の流れだったように感じられたのも又不思議なことでした。

大きな目の軍人のうしろからは、物腰のやわらかな年配の海軍士官がつづいて入って来ましたが、この人は真っすぐ校長席の方へ歩いて行き、如何《いか》にも世馴れた態度で、自分たちは島尾部隊の者だが式のはじまる前に両陛下の御真影を礼拝させて戴きたいと申し入れていました。校長はうべないの言葉を述べるとすぐに二人を式場の方へ案内して行きました。職員室に入って来てから出て行くまでの間、微動だにしなかった大きなからだの軍人は、ひと言も言葉は発せず、顔の筋肉ひとつ動かさず、まばたきもしなかったのではないかと思える程に、じっとその大きな目で私を見ていたのでした。

御真影の礼拝を終えるとすぐにその軍人の一行は隊列を整えて校門を出、呑之浦峠への赫土道を登って帰って行きました。そのうしろ姿を見送りながら校長が、「この前来られた島田少尉さんは、今日はお見えになりませんでしたなあ」と誰にともなくつぶやいていました。階級章をはっきりとは見なかった私は、あの世故にたけたほうの年配の士官が島尾部隊の隊長なのでしょう、と一人で考えていたのでした。

その一行は全員が、あのネービーブルーと言われる濃紺の、階級に応じた正式の軍装に威儀を正していましたのに、何故かあの大きな目の軍人だけがかなり濃い草色の、陸軍に似た軍装を身にまとい、日本刀を腰に吊り、ゲートルでしっかりと足許を整えていたのが、私の目には少し奇異に写りました。陸軍の将校服は見知っていましたが、どことなくそれともちがうその軍装を、私ははじめて目にしたのでした。

その日から四、五日経った或る日の夕方のことですが、島尾部隊の一人の水兵がアイロンを貸して慾しいと私の家を訪れましたが、アイロンをかけるために彼が持参した軍服は、元旦に私が目にしたあの濃緑色の軍服だったのです。彼はそれが海軍士官の第三種軍装と呼ばれる陸上での正式の軍装だと言っていました。そして持参した服はあの目の大きな軍人のもので、彼は島尾部隊の隊長だということでした。

実は私が最初島田少尉と聞きちがえた士官も特攻隊長の島尾中尉その人だったのですが、あの時の未熟な初々しさを漂わせていた若い士官のイメージと、その後の如何にも指揮官らしい落ち着きを見せていた重厚な島尾隊長の印象とは一向に重ならず、私にはそれが同一人だったとはどうしても思うことが出来ませんでした。それにしても一人の人間から受ける印象が時と場合によってこんなにもちがうものなのかと不思議に思えてなりませんが、これが即ち私の、夫との最初の出会いだったのです。

錯乱の魂から蘇えって

私は南の島のふるい家に生れ、たった一人の娘として大事に育てられましたので、あるいは普通では理解していただけないかも分りませんが、自分の父母から叱られたという記憶が、ただの一度もないのです。幼時を省みると、父母と私の三人は三つの魂を一つによせ合い、お互いの深い愛情と信頼とに結ばれていて、そのあいだに何物の介入も許さなかったと信じています。私は自分の父母を通して愛情を満喫しているのだと自分に言いきかせていたほど幸福でした。しかしその幸福も長くは続きませんでした。見かけたところ太古の平和に眠っているような離れ島にも戦雲が広がってきて、空襲の恐怖に明け暮れていた時でしたが、私は一人の人にめぐり逢い、その人が好きになりました。両親の甘美な愛しか知らなかった私は、初めて愛のなかに、苦しみと悲しみのあることに気づいたのです。その上、その人の世にもへんてこな任務を知った時は、気が違いそうになりました。彼は特別攻撃隊の若い隊長だったのです。死は約束されていました。明日をも知れぬいのちのおしせまった日々のなかで、私は来る夜も来る夜も部隊に近い岬へ、やみ夜の時などは手さぐりで底暗い磯辺の岩をよじのぼり、恐しい毒蛇のとぐろ巻く山のすそをめぐり、潮が満ちて通れない場所は着物を着たままむちゅうで泳ぎ渡り、海草と夜光虫だらけになった濡れたからだを彼の胸にもって行きました。私も彼もそのとき生命ははげしい燃焼のなかにあったとかえりみられます。私は燃えつきてしまってもいいと思っていましたが、おそらくその前に出撃命令が彼を死の淵にもって行ってしまうにちがいありません。そのことを私はどんなにおそれたでしょう。しかし、戦争は終りました。

彼が部隊とともに島を去ったあと、武装解除のため多数の米軍が上陸してきましたが、その騒然としたなかを、かつて彼が出撃のとき乗るはずであった特攻艇で、嵐の夜私は母が亡くなったあとの老父をたった一人のこして家を出ました。そして次の島へ渡りつき、そこから更に飛石のようにつらなる南の島々伝いに、台風と飢えにおびやかされながら北上して、ようやく本土に上陸し、彼のいる神戸で私たちは結婚しました。気候や土地の様子や言葉、風習が大きく違う本土にきた私は、夫の家族たちの白い眼におびえ、女中たちにさえ遠慮しながら、夫のかげに小さくちぢこまっていました。私の日常の生活は針のむしろの上のようでした。そのときの私のなぐさめは、誰も私の心の中にまではふみこんでくることはできないのだと思うことでした。私の心は、人間が生涯で一人の人をこんなにも深く胸の奥底から激しく愛することのできる幸福に充ち足り、その愛の感動は一切の現世の出来事をのみつくし、その魔法の力でどんな苦痛も、むしろよろこびに変えることができました。

夫がある同人雑誌に発表した「単独旅行者」と題した短篇がきっかけとなって、いろいろの雑誌から注文がくるようになり、いつの間にか夫は「小説書き」というへんな職業を身につけるようになってしまいました。「出孤島記」という作品で戦後文学賞を貰った時（その祝宴の最中ふるさとの父の死が知らされ、私はいよいよ孤児となったのですが）私たちは文筆で生活をたてるため東京へ移りました。神戸にいた頃は毎月のように作品を発表し単行本もつぎつぎに出版されましたのに、なぜか東京へきてからすっかり人間が変って、ほとんど作品を書かず、生活は乱れ、身体も不健康な状態におちて行きました。私は顔色の冴えない夫の健康を護るために巣鴨にある栄養大学に入学し、上の男の子の手を引き、下の女の子をしっかり肩にくくりつけて遠い道のりを毎日そこに通いました。

　収入は不定期で、私は故郷を出る時、父と二人で養殖した真珠をたくさん袋につめて肌につけてもってきましたので、それを宝石商に運ぶうち、やがてその珠もなくなり、衣服をはじめ、もっていた自分のほとんどの物を売りつくし、生活はいよいよ逼迫してきましたが、私はいつも「真珠がたくさん《ミニャンタマヌマンデ》」といって笑っていました。現実がどのようにきびしくとも少しの不安もなく、ただ夫への愛を信じ献身することに酔っていたのです。まぶたをとじればかつての島の浜辺の恋が甦り、今なおクルダンドのうたの歌声が耳にきこえてくるのです。夫のために生きる以外に私にとって何がありましたでしょう。私は夫にいつも最上の状態にあってほしいと願いました。精神の幸福、身体の健康、そして立派な作品をかいてもらうこと、これが私の唯一の願いであり祈りでありました。それなのに栄養大学で学んだ数々の栄養食も、夫を太らせるどころか、ますますやせこけさせて、眼ばかりぎょろぎょろと臆病に光り、いらいらして落着かず、子供や私を叱りとばし、家に居つかず、いつも行方知れずになっていて、ひょっこり帰宅したかと思うと、口もきかずに自分の部屋にとじこもり、苦しげにうなっているのです。このように苦悶している夫を、どうすることもできない悲しみに落ちながらも理解しているつもりでしたが、ふとした折に実は何一つ理解できていないのではないかという気分におそわれて、愕然と青ざめることがありました。なんとかして夫を本当に理解したい。そのためには男を知らねばならないと思ったりして、私たちを見守って下さっていた若杉慧先生のご夫妻をお訪ねし、奥さまの経営していらっしゃる〝ルビコン〟というバーの女給にしていただき、私はにわかに真紅のイブニングを身につけ、ハイヒールをはき銀座の夜のつとめの仲間入りをしてしまったのです。むせかえる脂粉とカクテルと男の体臭に昏倒しそうな世界から逃れ、終電車のゆらぎに身をまかせていると、泣きたいほど切なく夫が想われるのでした。飛び込むようにして夫の名を呼ぶと、寒々とした部屋には小さな頭をよせ合った兄妹が二人こんこんと眠っているだけで、またしても夫はいないのです。こんな夜々がつづいても、私はちっとも淋しいとも悲しいとも思わなかったのです。夫は芸術に憑かれていて、その夫とともに芸術に殉ずるのが妻の務めなら私はよろこんでそうしよう。それはむしろ妻の誇りとさえ思えたのです。夫が外でどのような生活を送っているにせよ、それは芸術の女神への奉仕であって、その苦行に堪えることによって、夫はやがて立派な芸術作品をこの世に残すことができるのだと自分に言いきかせ、ますます夫を愛することに没入しました。

夜の銀座で学びとろうとした世界に私は全く困惑しました。そんな場所に自分の純粋な魂をよせた私は堪らない羞恥におそわれ、早々にバーをやめ、夫が家にいる時は細心の注意と愛をこめて最も居心地のよい部屋とご馳走を準備し、不在の時は夫に知られないように、指先に血をにじませた内職の造花作りをして夫の帰りを待つことにしました。屋根裏を伝う鼠の足音、風の渡る気配にも胸をとどろかせて玄関に走り出たりしたことが何度あったでしょう。まんじりともしないで待っている私の前にやっと帰って来た夫の胸に顔をうずめて、「帰って来た、帰って来た」と幼児のように泣いてよろこんだこともありました。

夫の誕生日のことでした。私はささやかな祝いの準備をし、たった一枚残しておいた晴れ着を装い、子供たちの手をひいて今夜こそは帰るでしょうと、夕方駅へひと月近くも帰らない夫を迎えに出ました。駅の大時計が十時をさす頃は伸三は寒さにふるえ、摩耶は私の腕の中に寝込んでしまったのでいったん家へ帰り、子供たちをねかせ再び駅に行きました。終電車の物悲しいわだちのひびきが通りすぎ無人となったホームに私は立ちつくしていますと、やがて一番鶏のトキの声が聞えました。こうしたことはその数年のあいだ夜毎に続けられていたのですが、なぜかその夜はその鶏の声がふるさとのさまざまのことを呼びさまし、凍てついた私の頬に涙がとめどなくこぼれ、亡き父母が私をしきりによんでいるように感じました。遠くから貨車の響きが聞えてきた時、私は魂が憩いの場所にかえるような安堵に襲われ、この世において夫に果すことのできなかったものを天国へ行って神の力におすがりしようと、その時はそう思いこんで静かに線路に横たわりました。貨車ののろい親しみのこもった響きが線路を伝わって来、そおっと夫の名を呼びながら眠りに入ろうとした私の耳に突然「ミホ」とよぶ悲しげな夫の声が聞え、ハッと私は線路から身をひるがえしました。貨車は同じ速度で次々に私の前を通過して行きました。こごえた夜の空気が動きはじめ、始発の電車が勢いよくホームにすべりこんだ時、私は体中の力がぬけ頭に大きな鉄のお釜をかぶせられたようになり、眼がくらみ匐《は》うようにして、やっとのことで家に帰りつくことができました。心こめた誕生祝いの尾頭つきの四人前の鯛が冷たく食卓の白布の下におかれているのが心にひときわ浸み、淋しさのあまり夫の部屋に入ったのです。夫の部屋へは掃除以外に入ったことがなく、掃除をするのさえ神聖な場所を侵すようなうしろめたさにおそわれ、机の上の物など手もふれなかったのに、ついコタツの上に開かれたままになっていた日記に書きなぐられた数行の文字に眼がすいよせられました。何気なくそれを読んだ瞬間、何か強い力の一撃がからだを貫ぬいたのを感じました。それは灼熱の衝動でした。しかしそのすぐあと一転して身体中がガタガタふるえて立っていられないほどの冷寒に襲われると、私はいきなり四つんばいになって「ウオー、ウオー」とライオンがほえるようなおそろしい声を出し、部屋中をかけ廻りました。人間はその極みにおいては動物のようになるのでしょうか。そのとき私の人間としての智慧と意識は失われ、錯乱に落ちて行ったのです。

　魂が神より授けられたものであるならば、肉体もまた神から授けられたものであることに私は気がつかなかったのです。魂ではこの上なく夫を愛しましたが、肉体で夫を愛したことはかつて一度もありませんでした。肉体の愛は聖なる魂の愛を汚すものであるとさえ考え、それを嫌悪していました。このために夫に大罪の上を歩ませた私の罪は償うべくもありません。この世の中に特別の人間は存在するはずもなく、夫もまたやはり一介の男でしかなかったことを知った時、私はかつてない精神のさいなみの地獄に苦悶しなければならなくなりました。妻の心が自分から離れようとしていることを知った夫は狼狽し、完全に自分を失って私にしがみつき私の心を取り戻そうとし、私も自分の心を夫につなごうと、何か悪鬼のような物と懸命に戦ったわけですが、まるで肉離れでもしたかのように気持がはがれてしまって、どうにもそこからぬけ出せませんでした。夫への愛着と憎悪の異様な交錯のなかで、不信と疑惑が底知れず湧き上って来て、片時も私たち二人は離れていることに耐えられず、市場でもお風呂屋でもどこにも親子四人で連れ立って行くようになり二人は離れませんでした。すでに夫もまた私の反応に感応し、夫と私の心の異様なからみ合いが始まり、その狂気の日々のあげく私は国府台《こうのだい》の精神病院に入院しなければならなくなったのです。鍵のかかった一室に物狂う母親を訪ねた二人の幼い子供たちは、お別れにホタルノシカリマロノユキを一生懸命に歌って、私の入院のためよびよせられた従妹の和子に連れられて、はるばる母の故郷の島へ帰って行きました。平常と隔絶した世界にさまよいながら、見わけることもできなくなった夫や子供たちの名を呼びつづける私の側には、一切の社会生活もまた文学への希望もすて病者の妻と鉄格子の隔絶病棟で起居をともにしている夫がいて、かつての私が夫へ捧げつくしたそれのように私を護っていてくれました。長い入院生活の間にあらゆる医学上の治療が、数少い精神病理学者の一人である加藤正明博士によって施され、あらぬ方を向いて焦点の定まらなかった私の瞳がやがて対象物に結ばれるようになった時私の眼は夫の姿をはっきりとらえることができました。が、その向う側にもっと広い広い世界のあることも感知できたのです。おそらくは私は神の恩寵がいただけたのだと思います。

「死の棘」から脱れて

六年ばかり前の、ある冬の日、私は二人の子供といっしょに夫につれられ、K大学病院に行きました。その頃私は毎晩不眠で苦しんでいましたので、適当な睡眠剤を処方してもらうほどのつもりでしたのに、診察室で医師から私たちの生活、ことに夫の過去の行為が私に与えた衝動のことなどを、質問に応じてくわしく答えているうちに、私は興奮し、泣き叫んであばれましたので、すぐ入院させなければいけないと言われました。私はそれを拒んだら、注射をされてそのままわからなくなってしまいました。

やがて気がついた私は、神経科病室のベッドに寝かされていて、附添いの看護婦が一人そばに坐っていました。おふろにはいるにも、洗面をするにも、いつも附添いの看護婦がつききりなのです。毎日医師の廻診を受け、注射をされ、薬を飲まされましたが、私は何のためにそうしなければならないのか納得できませんでした。私が要求しましたので、夫は毎日手紙を書き、また二日とあげず子供たちをつれて、私の好物の羊羹や果物を持って見舞に来ました。でもその神妙な顔つきをみると、私は無性に腹が立ってきて、「帰れ！　お前なんか見たくない」とその顔をたたいて追いかえしました。

そのうちに私は心理テスト室で、いろいろわけのわからない変な画を見せられ、その連想を書きとられたり、また紙片に書いた数字の計算をさせられたり、学校の試験の答案のようなものを書かされたり、気味のわるい電気ショックをかけられたりしました。まわりの様子に馴れるにつれ、その病棟の患者の異様さ、なかでもインシュリン・ショックでおそろしい声を出して、苦悶している患者などに気がつき、私は青ざめました。とうとうキチガイ病院に入れられてしまったのだ！　と思って絶望しました。それで私は夫に早く退院させないと自殺してしまうとおどかし、治療の器械を見ると逃げまわりました。でも、どうにもおそろしくて私は雨の降る夕方、附添い看護婦のすきをうかがい、寝巻とスリッパにオーヴァをひっかけてタクシーに乗り、家に逃げ帰りました。夫はびっくりして、すぐ病院に連絡し、外出ということにつくろってもらい、遠い道のりをわざわざ迎えに来てくださった主治医と二人で、私を再び病院につれもどしました。そしてまた何日か日がたちました。

私の症状は、はっきりは分らないながら分裂症のようなところもある上に、発作がなかなか頑固なので、なおるにしても長い年月の入院治療が必要だから、いっそのこと松沢病院などのような精神病者専門の施設に移した方がいいと医師からすすめられましたが、夫はその決心がつかなかったようです。

二ヵ月ぐらいの間のいろいろのテストの結果、精神分裂症の疑いは解けて、私は神経因性反応だと診断されました。しかしその治療法はなかなかめんどうで、先の長い辛抱が必要だとのことでした。私は相かわらず精神病でも何でもないのだからと頑張って、退院をのぞみつづけました。その私の願望を無下に抑圧することはかえって結果が悪いとでも考えたのでしょうか、いくらか治療の効果があらわれてきてもいましたので、医師と夫は相談して私を退院させました。

精神的な絶対安静を強く要求されましたので、私の静養に専念するために、それまで住んでいた東京都内の家を売り、千葉県の佐倉の町はずれに家を借りて移りました。都塵をはなれた印旛《いんば》沼のほとりの高台に建ったその家は、まわりが深い竹やぶに囲まれ、庭には大きな木が繁り、池も掘られていて、ステンドグラスのはまった洋室や、離れの茶室などまでつくりつけられた広々とした構えの家でした。上の男の子の伸三は佐倉小学校一年生に転校し、四歳の摩耶は庭におちた椿の花でままごとをしたり、池の鯉と遊んだりして、私たち家族には久しぶりにおだやかな日が訪れてきたようでした。馴れない土地での親子四人の生活は、言うに言えない寂寥が感じられましたので、私の郷里である南の島から勉学のために上京して来ていた、いとこの恒孝とその妹の和子をよんで一緒に住んでもらうことにしました。

五月初めのなまあたたかい夜更けのことでしたが、ひとりの女が、新しい生活をはじめたばかりの私たちのその家に、いきなりやってきたのです。子供たちは、ちょうど恒孝と和子につれられて東京の叔父の家に行って留守でした。その女こそ私たちの生活をこんな状態におとしいれた当の女です。私は恐怖の実体を目のまえにして、怒りと混乱ではげしい感情におそわれました。

それと察した女は急におそろしくなったらしく、私をつきとばし、ドアの外に逃げましたので、私はとびかかっていってつかまえ、折り重なって地べたにたおれました。そのあとは二人とも庭の土にまみれ、髪の毛をむしり、洋服をひき裂き、お互いを傷つけ合ったのです。私は対手を組み伏せ、顔を泥の中におしこみながら、この女を真実に殺してしまおうと思いました。夫とかかわりを持っただけでなく、その時までの四、五ヵ月というものは、私たちはその女から手のこんだ強迫じみたおどしを受け続けましたので、私はそれに堪えられず、神経がへんになってしまったのでした。夫は、「ミホ、もういい、追い出せばいい」と言い、その女は、「島尾さん！　たすけて！　たすけて！　あなたは二人の女を見殺しにするのか」と叫んだが、夫は腕を組んでじっと立ったままです。その女は、人殺し！　人殺し！　たすけてえ！　たすけてえ！　とさけんでいました。夜中のこの騒ぎに門の前には、いつのまにか近所の人が集まってきて、格子のあいだから中の様子をうかがっているようでしたが、そのうち「警察の者です、開けなさい」という声に、夫はだまって歩いて行って門をあけました。私服と制服の警官が、三、四人表庭の中にはいってきました。女は目のふちをどすぐろくはれ上らせ、靴をひろい、警官の手渡すハンドバッグを受け取り、スカートの破れに手をあてながら出て行きました。

次の日、私と夫は佐倉署に呼び出されて始末書を書きました。

ようやく落着きかけていた私の神経に、この出来事は強すぎたようでした。私はふたたび狂乱の状態になりました。幼い子供たちは母親の発作におびえ、夫も私の狂気に巻き込まれて動顛してさわぎ出す始末でした。和子から事の様子を知らされた、私の叔母である和子の母は、私たちの二人の子供を引きとる決心をしたようです。でも、小さな子供を二人もつれた長い旅行は和子一人では無理と思い、その末娘の美津恵を迎えによこしましたが、折悪しく子供たちは二人ともハシカにかかり、その上肺炎も併発しましたので、ひとまず美津恵は一人で島へ帰って行きました。

夫の友人の父で精神病理学のM教授が、たまたま名古屋から上京されましたので、診てもらいましたところ、精神分析療法をすすめられ、K博士を紹介して下さいました。

私たちは、K博士が医長をしておられる国府台の病院に、博士を訪ねて診察と治療を乞いました。はじめのうちしばらくのあいだは入院しないで通いましたが、私はその途中で人前もはばからず泣き出したり、電車から飛び出そうとしたり、人混みのプラットフォームでいきなり夫の頬をたたいたりしました。K博士は私に自由連想をさせ、注意深く診察してくださいました。それによると、ひとり子として育てられた私の幼時の生活は、年老いた両親から普通にはあまり見られないほどの濃い愛情を与えられたため、性格に一種の異常が認められるということでした。

治療には「持続睡眠」と「冬眠治療」がえらばれ、私は入院することになりました。夫は私に附きそっていっしょに入院させてほしいとK博士にたのみ、それはK博士の厚意と計らいで許可されましたが、女ばかりの患者部屋に男がはいることはよくないというので、男の患者ばかりの精神科病棟の個室に入れてもらうことになりました。ハシカがなおった二人の子供は、母の遠いふるさとの島に和子につれられて帰って行きました。

持続睡眠の治療に入った私は、夜となく昼となく、薬のために眠りにおちました。いいえ、眠りにおちたというのではなく、それは目覚めと睡眠のあいだをさまよっていたと言った方が適切のようです。私は薬の効き目のために目は見えず、身体を動かすこともできなくなりました。それなのに、意識の昏迷のなかで言葉と感覚だけが際限なく動きまわり、私は夫にむかってしゃべり続けていたようです。でもその言葉のことごとくが、夫へのいやみとなり、夫をベッドの側にひざまずかせて一晩中いためつけたこともありました。坂口安吾氏が、持続睡眠をして一ヵ月間眠りつづけたのに目覚めた時は、たった一晩の熟睡のように思えたと書いてあるのを読んだことがありましたが、私の持続睡眠が終った時は、ただぼんやりしたけだるさだけが残りました。からだは疲れきって歩くと息切れがし、ぐらぐらと前のめりになりました。治療がすんで二週間目あたりからやっと自分の心をとりもどしたように思いました。反応のない気分のよい時は看護婦に附きそわれて同じ病棟の男ばかりの患者の散歩について行くことも許されました。私のそばにはいつも夫がおりました。その散歩の一行はまことに奇態なものでしたから、道行く人はへんな目でふりかえりましたが、夫といっしょなので私は別にいやではありませんでした。

夏休みで故郷にかえってきたい、とこの恒孝から、摩耶が病気だときかされた私は、子供にむしょうに会いたいと思い、長い汽車と船の旅を重ねなければ、そこに行きつけないのですから、病気の私には実際のところ不可能に近いことですのに、ある夜、夫の寝入ったすきに、高さ二メートルばかりの板塀の上にそれと同じ高さの有棘鉄線のはりめぐらされた中庭の囲いを越えて脱走しました。身の丈にあまる雑草のしげる草原をかきわけて走って行くうちに、夫が「ミホ！　ミホ！」と叫びながら追いかけてくるような声がきこえてきて、私はふたたび鉄条網をくぐってかえってきました。中庭には夫や夜勤の医師や看護婦が立っていました。

この事件があってから、好意的だった看護婦の態度が冷やかになったように感じられ、まもなく神経科の開放病棟の方に移されてしまいました。もっとも私はもともと神経科の患者でしたのに、夫が附きそっているために精神科の方に入れてもらっていたのですから、迷惑をかけるような患者は仮住まいの精神科の方からかえされてしまったのです。

神経科での病室は女子病棟のはずれにある個室で、夫は女の患者を刺戟するから、なるべく廊下を通らずに庭づたいに所用を足してほしいなどと婦長から言われました。病院でもっともきらわれる脱走患者として移されて来た私は、神経科の看護婦からも警戒されましたが、でも精神科病棟のような鉄格子でかこまれた鍵のかかった部屋ではなく、開け放された病棟の生活に、はじめはかえって不安でおそろしかったのに、それに次第になれてくると少しずつ落着きをとりもどしました。そして精神科にいたときよりはずっと、私は静かになりました。

ここの病棟には、世間から忘れられたような女の人たちの、家族と離れた寂しい姿がありました。ある患者は自分の脳にいつも電波が感じられると言い、別の患者は度の過ぎた潔癖さのために、何度も自分の手足を拭くことだけで終日を暮し、またニコチン中毒で手足の自由がきかず、所かまわず尿をもらすので、看護婦からねまきや下着をはぎとられると、食事を拒否して自分の殻にとじこもっていくひともおりました。

私はまた次の治療にはいらなければなりませんでした。窓には暗幕をはって部屋をくらくし、血圧をさげ、脈搏を少なくし、体温を低く、一切のからだのはたらきをにぶくする薬をのんで、ベッドにじっと横たわっているのです。私はからだじゅうがどうしていいかわからぬほどだるく、呼吸が困難になってきて堪えきれず、夫に何度も治療を中止することを訴え、夫はK博士に伝えましたが、博士は終りまで続けてしまいました。

長かった冬眠治療のすんだころ、摩耶が馴れない気候のため、体じゅうにふきでものが出来て熱が高く苦しんでいるとの便りがきました。私はこどもたちの身の上が気がかりでじっとしておれず、その名前を口にしただけで涙がふきあがってきました。私の発作は完全におさまったとは言えませんでしたが、その反応の波は前よりずっと小さくなったと思えました。私たちは島へ帰ろうと決心してK博士に相談しましたところ、K博士はあまり賛成なさいませんでしたが、もし具合が悪いようならすぐもどってくることにして、いったん退院することにしました。

横浜から船にのって八日間の船旅をして、奄美大島の名瀬《なぜ》に帰った私たちを、親戚はあたたかく迎えてくれました。

　奄美小学校の一年生に三度目の転校をしていた伸三は、色白で背が高かったのではじめは「アメリカ、アメリカ」といじめられたそうですのに、私が見たときは島の子供と見分けがつかないほどに南国の強い太陽で日焼けし、摩耶も病気はおさまり、近所の子供たちと仲良く遊んでいましたが、ことばはすっかり島の言いまわしをならって、東京にいたときのことば使いは忘れていました。

　私が反応の発作を起す時は、東京でのそれと変らない暗澹とした生活が再現されましたが、次第に発作の度合いが弱まっていることは、自分でも感じられました。それでも叔母たちは、私の発作のことがせまい町の中に知れわたることを心配したのですが、そのせいばかりでなく、私もいろいろな人の顔を見るのがいやで、家の中にこもっていました。夫もひとりでは外出しないで、私といっしょに家にひきこもり、私の発作につきあっていました。

　もともと私の育った島は、正確に言うと奄美大島ではなく、その南方に横たわっている加計呂《かけろ》麻《ま》島でありました。名瀬に住んだ当座、夫はその島を訪れることを警戒していたようでした。一年ほどたった頃になって、ようやく私と夫はその加計呂麻島に父母の墓参に行くことにして、古《こ》仁屋《にや》から船にのりました。そのことを誰にも知らせてありませんでしたので、迎える人とてもなく、島の中の押角部落についた時は、とっぷり日が暮れていました。私たちはすぐ部落のはずれの墓地に行きました。母の墓のすぐそばに、私ははじめて見る父の墓石が立っていました。私はおもわず大声で泣き出しました。涙のかぎり、アンマ（母さん）とジュウ（父さん）の名を呼んで泣きました。いくら泣いても涙は涸れませんでした。夫は墓石にとりすがっていつまでも泣いている私をうながして、部落の中にはいって行きました。家を見ようと思ったのでしょう。思いは私も同じで、たとえ、アンマやジュウは死んでしまってこの世にいなくても、長い年月をそこで育った家のたたずまいが、なつかしい昔のままのすがたで私を迎えてくれると思いました。勝手知った門を中にはいって、明るい月の光の中に見たものは、バナナと砂糖きびが雑草とともに植え捨てられたように茂っている、荒れはてた空地だけでした。呆然となった私は、涙も出ず、あたりをうろうろ歩き廻りました。書院《しゅいん》、中屋《なはんや》、トーグラの棟を中にして、そのまわりをとりまいていた、高倉《たはぐら》、馬屋《まんや》、ヤドリ等の建物はどこに行ってしまったのでしょう。裏門の石垣際に、鍵屋《さしんや》だけが、うらぶれた姿で残されていました。父が「百花園」と名付けて数多い花々を植えてたのしんでいた庭のおもかげは、いたずらに繁茂した雑草に覆われてしまって、思い起すことさえ困難な有様です。父はその日咲く花の種類をかぞえるのをたのしい仕事にしていましたのに。ただ父と私と二人で植えた千年木や桜や梅の木が、いたずらに大木となって夜空に高くそびえていました。私が小学校の時に父が南洋のどこかから取り寄せて植えたコーヒーの木の下に行ってみると、それはもう見上げるほどの高さになり、紅い果実を鈴なりにつけて、枝は柳のように垂れていました。父が最も愛したこの木、土の上に残された植物ほどのいのちもない人の運命のはかなさ、私はその実をいっぱい取ってポケットにいれ、荒れはてた屋敷を出ました。私はひどく興奮しているのを感じました。懐しい部落のうちを歩きながら私は気持のたかぶりをどうすることもできませんでした。すでに戸じまりをして寝ていた家々の戸をたたき、私はつぎつぎに声をかけて歩きました。どこでも、「ハゲー・カナ・ヌゥ・クイジャガァ」と、さけぶように言いながら出てきました。むかしの気持を変えることのできない年寄りたちは、移り変りの非運をいって、「ウンジュ・トゥ・アセ・トゥガ・ウモルバヤァー」と言って泣きました。私はそのときどんなに、失ってしまったなつかしい日々が再びかえってくることを望んだでしょう。私は気がどうかなるのではないかと思えるほど、この人たちの言うように、今、アンマとジュウが現われてきてほしいと思いました。私は今でもなお、部落の人たちにとっては過去の中に生きている人間であることを知りました。父や母が生きていたころの私の家は、離れた海の中の小さな島のことして、古い昔のしきたりで部落の人たちから特別に見られ、私は部落ではたった一人「カナ」と呼ばれて育ってきました。私は夜もすっかり更けてしまってから、今は私の家の管理をしているという人の家に行きました。そこにいくまでに示された遠い日と同じ気分の中にいた私は、ここではっきり現実と対決しました。

十年前、島の海軍基地にいた夫が復員して帰国したあとを追って、母を亡くし私だけをたよりに生きていた、年とった父をひとり残したまま私が島を出たあと、この島々が日本本土の行政から分離されて往来は絶たれ、母国へ帰属することができないままに父は死んでしまいました。父の死後のいきさつはよくわかりませんが、現に私の家についてのすべては、むかし祖父や父が使っていた家の人が管理することになってしまっているのでした。いやそれは管理というのではなく、全財産が実質的にはすでにその人のものとなっているようでありました。父は死ぬまぎわまで私の名前を呼びつづけ、「ミホが帰る日のために、部屋の様子も変えてはいけない」と強く言い残したというのに、私はそれを見ることができませんでした。しかしお墓をみてもらっていることの感謝の気持で、その人を訪ねましたが、その人は、父のこと、家のことなどについては一言も私に話してはくれませんでした。私は寂寥にうちのめされ、だまってその家を去りました。

翌朝早く私たちは島を離れるために船に乗りました。船つきばには、バナナや蘇鉄の澱粉やさとうきびの束など、それぞれ手みやげをもった人たちが大勢送りにきていて、別れを惜しみました。船が部落の入江を出て行く時、私は島の山々、谷々を眺めました。父が真珠の養殖をしていたクバマの沖を通った時、私ははっきりと過去に訣別を告げることができました。

名瀬に帰った私は、うそのように発作を起こさなくなりました。

三月八日のことでしたが、夫はいつものように図書館のつとめに出かけ、こどもたちも学校に行き、私は家の中のお掃除やよごれた下着類のお洗濯をしたあと、たったひとりの、おそいお昼の食事をかんたんにすませていると、東京からの電報を受けとりました。夫の『死の棘』と題した小説集が、三十五年度の芸術選奨の小説部門の賞にえらばれたというのです。ああ、よかった、とまず最初にそう思いました。うれしくて仕方がありませんでした。私の生活は今はとても幸福ですが、私は夫の仕事の邪魔をしているのではないかという心配が、ふとしたときに心の底の方で起ってくるからです。でも、今度こうしてみとめてもらえたのだと思うと、ほっとしました。夫に知らせるためにすぐ電話をかけに行きました。私はそのことを知らせたあと「あなた、うれしいでしょ、うれしいでしょ」となんべんも言っていました。その足で私はマリア教会により、赤くとぼった聖体ランプの前でひとりで長いあいだ祈りました。

受賞のことで、私たちは、沢山の祝いの電報やおたよりや贈物を受けました。それも十年も二十年も消息のなかった古い昔のお友だちや夫の小説の未知の読者の方からのものも多く、私たちはとてもはげまされ、感謝の気持でいっぱいです。

漢詩回顧——わが古典・蘇東坡『春夜』

春宵一刻値千金
花有清香月有陰

蘇東坡の「春夜」を中国語で、ゆっくり口ずさむ低い声を、夢うつつに聞きながら、私はいつしか快い眠りにいざなわれていきました。

私は夢の中で、裸馬に跨がり白い砂浜を疾走する父の腕にかかえられ、父の胸の暖み、馬の背の程よい温もりに身を委せていましたが、ふとかすかな動きが腰の辺りに伝わり、眠りから覚めて仰向くと、父の慈しみに満ちた瞳がじっと見つめています。

「ジュウ《慈父》　マタ《亦》　ネブリョータ《眠入ってしまいました》」

「よし、よし」父は私の背中を掌で、そっと叩き、頭を撫でてくれました。私は嬉しくなって、「ジュウ《慈父》　カナシャ《大好き》　カナシャ《大好き》」と、父の胸に頰を寄せました。

父が幼い私を膝に抱いて坐るシュイン（書院）の外縁《そとえん》の辺りには、庭に群れ咲く南島の色鮮やかな花々の甘い香りが、初夏の薫風に乗ってそこはかとなく漂っています。裏山から――クッキャールルル――クッキャールルル――と、木魂を返して高く響《どよ》むアカショウビンの爽やかな声、それに唱和するように――ウイチウジコイコイ――ウイチウジコイコイ――と、夏の到来を告げる尾長鳥の歌うような美しい声も、聞こえてきました。渡り鳥たちの啼き声は島山を包む若緑と共に、時節の移ろいを幼い私にも教えてくれたのです。

床の間の掛け軸を指さして、

「クッリャ《これは》　ヌーチ《何と》　カチアリョールカヤ《書いてあるのですか》
ユディ《読んで》　キキャチ《聞かせて》　タボレ《ください》」

手を繋いで立つ父を見上げると、父は即座に流暢な口調で読んでくれました。そしてこれは遠い昔、中国の詩人張継の「楓橋夜泊」という漢詩で、それを中国語で読んだのですよ、と教えてくれたのですが、その内容は全くわかりませんでした。ヤマトクゥトゥバ（大和言葉）でもシマユミタ（島の言葉）でもないそれらの言葉は、これ迄聞いたことのない韻律で、優しさと懐しさに包まれていて、私の小さな心とからだに沁み透っていくようでした。初めて聞く言葉が、何故こうも懐しいのか不思議でしたが、私はその音調がとても好きになったのです。そしてそれは、初めて聞いた胡弓の妙曲に心打たれた感懐にも似ていました。

この時の「楓橋夜泊」が魁《さきがけ》となり、私はその後も屢々《しばしば》、父に漢詩を聞かせて貰うようになりました。子供は子供なりの理解で心に納めるものだと父は考えたのでしょうか、漢詩に就いても、神話や童話を語るような調子で、優しく話してくれましたが、幼い私には理解は及ばず、ただ「タイフォー　タイロー　シューシェン　チーウー」などと聞こえる中国語の韻律が懐しくて、父に度々ねだったのでした。こうして私は李白、杜甫、蘇東坡など、中国の詩人たちを、まるで隣近所の小父さんの名のような親しみをこめて覚えていったのです。

私は昼は表座敷で父の膝に抱かれ、時折父の話す冗談の北京官話に笑いころげ、また「シ　ノタマワク　シンタイハップコレヲフボニウク　アエテキショウセザルハ　コレコウノハジメナリ……」「カンナンナンジヲタマス」などと口ずさみ、――スサノヲノミコト、ホスセリノミコト、アマツヒダカヒコホホデミノミコト――等々、古事記の中の神々の名も、いつしか暗唱出来るようになっていました。そして夜は床の中で父の胸に抱かれ、傍に伏す母が私の背中を撫でながら、歌うように語る南島の民話を子守歌に聞きながら育ったといえましょう。

善悪の弁別も定かでない幼児の頃から私を教え導いた、両親の深慮に思いを至す時、感恩のほかはありません。

四季の移ろいと共に歳月は流れゆき、やがて私も年齢を重ね、漢詩を読めるようになると、父は陶淵明、孟浩然、白楽天など、中国の詩人たちに就いて、時代、背景、生涯などを説き聞かせ、枕草子の「香炉峰の雪」のように、日本の古典とのかかわりの深いことも付け加えました。

中国に深く心を寄せていた父は、度々中国を訪れたので、父の語る中国の歴史や漢詩には豊かな肉付けと情感が加味されていて、語り方は坦々として感情をこめることはしませんが、聞く者の心に強く響きました。

李白が揚州へ下る孟浩然を見送った時の友情の名作「黄鶴楼送孟浩然之広陵」を語った折の父の言葉も、深く私の心に残り、忘れることはありません。それは詩の世界の情景を彷彿と偲ばせ、その時の父の挙措と共に私の胸底深く沈み、今も折にふれて心弦を震わせ、父への追慕と相俟って、思い起こす度に涙がこみあげるのを禁じ得ません。

漢文や日本の古文、和歌などを、父はどうしてあのように記憶に留めていたのか、と私には不思議に思えてなりません。父は私の申し出る文章の総てを即座に、見事に唇に乗せ、解説や作品に関する多くを語りもしたのです。

父と私は時折漢文や日本の古文で楽しい遊びをしました。それは私が本の文字を追って音読し、父は暗唱で競争する遊びでした。私は蘇東坡の「赤壁《せきへき》の賦《ふ》」の美しい風景の描写と内容の清潔さ、それに音読にふさわしい調和のとれた文章が好きでしたので「壬戌《じんじゅつ》の秋、七月既望《きぼう》、蘇子　客と舟を泛《うか》べ、赤壁の下《もと》に遊ぶ……」と初めのうちは、声を張り上げ、父と同調出来ましたが、半ばあたりから澱みがちになり、やがて声は次第に小さく末すぼみになっていくのが常でした。競争を申し出るのはいつも私でしたから、この次こそはと、私は論語や平家物語などの音読に励みましたが、父に及ぶことはありませんでした。

暮投石壕村
……………
三男鄴城戍
一男附書至
二男新戦死

杜甫が兵士として招集される人々の嘆きを託した「石壕吏」を読む度に、私は人の世の事は千二百年の昔も今も相以て変遷僅僅、と思いました。私が幼い頃に日本は中国と戦争状態に突入し、十年以上も戦争は続き、やがて第二次世界大戦へと発展し、戦場に出征する若者の姿を目のあたりにすることが少なくなかったのです。

戦禍は既に中国全土を蹂躙していると聞き及ぶと、李白が「故人西の方黄鶴楼を辞し　煙花三月揚州に下る」と、孟浩然と別れを惜しんだ黄鶴楼や、杜甫が欄《おばしま》に寄って涙を流したと言う岳陽楼の辺りも、戦塵に塗《まみ》れているのかと考えました。そして若い頃から中国に深い思いを寄せた父の胸中が偲ばれてなりませんでした。父は戦争には絶対反対、殊に中国との戦争は以ての外と言い続けていました。

隣の聚落の入江端に基地を設営、駐屯している海軍特攻部隊の島尾隊長が、或る日、中国関係の書物を借りたいと、父を訪れた折も、父は戦争反対を唱え、殊に日本と中国は相携えて進むべきだと、自分の考えを強くのべました。軍人、しかも特攻隊長に対して、と堪り兼ねた私が指先で腰の辺りをそっと押すと、父は振り返ってにっこり笑って頷き、話題を中国の歴史へと移し、談笑を続けました。背が高く目と眉が黒々とした青年士官の島尾隊長は九州大学で東洋史を専攻した学究だったのです。

戦時中父は島尾隊長の学識を、また或る時は人柄を称える漢詩を、自分の日記に認《したた》めていました。終戦に依って復員した島尾隊長は、神戸市外国語大学の助教授として、中国の歴史を講ずるようになり、後年「私の中の日本人」と題して、父の漢学にも触れた文章を書いてくれたのです。之をなん縁由というのでしょうか。

中国の歴史や文学に深く心を寄せ続けた島尾隊長も父も、今は既に他界へ去り、漢文について語り合う術もありませんが、中国の古典へ思いを寄せる度に、遠い日日のことが懐しく偲ばれてなりません。

星に想いを——心優しき人は幸なり

「写真をお送りします。天文学者の方が撮影したものです……青白い星雲がまとわりついているすばるを見ていますと、私はいつも、柔らかなガーゼの産衣にくるまれた赤ちゃんを思い出します……」。お人柄が偲ばれる心優しい詞《ことば》が添えられたすばるの写真を戴き、私はその日一日心豊かな想いに満たされました。時あたかも二〇〇一年新玉《あらたま》の年立ち返る初空月の初めのことでした。

その晩私は亡夫島尾敏雄の写真を胸に抱いて、深更に及んでも尚星空を仰いでいました。見上げる天穹には、星雲の中に散開する牡牛座のすばるの星団、そして三千年も前の中国最古の詩集『詩経』にも書き残され、また古人が時刻と季節を知る証しとして尊んだ北斗七星、その他多くの星座が、悠久の時の流れのロマンを秘めて、神の恩寵を恵与するかのように輝いていました。足許には父がこよなく愛した、白、ピンク、真紅等の大輪の薔薇が星明かりに揺れていました。此処南の島は昼は白く明るく、夜は蒼く深く、更けゆくにつれて星は更に輝きを増します。星に想いを寄せ得る幸せを、私は幼い頃両親から授かりました。

美しい星月夜には両親は幼い私の手を両方から引いて、色鮮やかな南国の花々が、甘く爽やかな薫りを辺り一面に漂わせている庭に降り立ち、星座を指して呼び名を教え、その星にまつわる物語を話してくれました。夏の夜空にたゆたう銀河の岸に佇む牽牛星と織姫星が「河漢は清く且つ浅し　相去る復《ま》た幾許《いくばく》ぞ」と嘆いた物語や『三国志演義』での諸葛孔明が赤壁の戦いの折に、北斗七星に戦勝を祈願した史旧等、幼い私にも理解が及ぶ優しい語り口で語ってくれました。父はまた星物語に関連する漢詩を唐音でくちずさび聞かせました。「迢迢牽牛星　皎皎河漢女……河漢清且浅　相去復幾許　盈盈一水間　脈脈不得語」。言葉の意味は解らぬ乍らも、柔らかな父の唐音の漢詩は私の心耳に深く沁み透り、度重ねて聞くうちに、いつしか童謡でも習うかのように、唐音での漢詩を覚えていました。謹厳な父には珍しく時には家伝の刀を持ち、私には父手作りの木剣を持たせ、詩吟に合わせて剣舞を教えることもありました。

すばるの写真を戴いてからそれ程日を措かずに「……人はいつしかいなくなりましても、その人と共に仰いだ星はいつまでも身近にあります……」と何時も乍らの床しい芳書を重ねて戴き、私は祭壇の島尾の写真の前に供えてから、読みあげて島尾に聞いて貰いました。島尾と共に仰ぎ見た羽子板星が思い出されて涙が零れました。この御方からお便りを戴く度に、――心優しき人は幸なり――と諭した母の教えが思い出されます。

その晩も私は島尾の写真と共に、明けの明星が東雲の空に輝き出す迄、庭のパパイヤの木の下に立ち、また濡れ縁にかけて星を仰ぎました。島尾生前には私達はよく一緒に星空を眺めました。

そして過ぎ来し方の折々に仰いだ羽子板星に就いて語りました。殊に第二次世界大戦の折に、南の島で二人で眺めた星のことを話し合う時には、感懐がこもりました。当時日本軍は制空、制海の権を全く失い、敵機の来襲は昼夜の区別なく続き、砲弾や爆弾が処構わず炸裂していました。その戦場で束の間の逢う瀬に、二人で羽子板星を仰ぎ見る時には、刻はまさに「一刻値千金」でしたし、明けの明星が輝き始める惜別の時刻は憾《うら》めしく、その時、その時こそが、今生の別れと覚悟を決めての別れでした。

あの時から半世紀以上の歳月が流れましたが、小さな星が羽子板の形にたくさん寄り集まっている羽子板星を見る度に、つい先頃のことのように思えてなりません。第二次世界大戦も終結に近い頃、島尾は奄美群島加計呂麻島の呑之浦という深い入江の奥に駐屯する、海軍特攻第十八震洋隊島尾部隊の隊長の任に在りました。私は特攻基地と岬をひとつ隔てた聚落の国民学校の教師をしていました。人の世の縁《えにし》は神の如何なる御旨《みむね》に依るものでしょう。明日をも知れぬ日日の命の特攻隊長の島尾と私は互いに心を寄せ合うようになりました。

思い起こせばあれは昭和二十年八月上旬の、夜空の美しい晩でした。岬の塩焼小屋の側の浜辺に彼は腰をおろし、私は何時ものように少し離れたうしろに正座をしていました。深夜の磯浜の難路を岩踏み越えて辿り着き、漸《ようや》く会えても、言葉を交わすことは少なく、長い間黙って海を見ていました。「広島に特殊爆弾が投下され、広島市は壊滅したそうです。広島の土地には百年間は草も木も生えない程の威力ある爆弾だそうです」。独白のように言って彼が空を見上げ、「今夜は羽子板星が殊に耀いて見えますね」と言ったその時、突然特攻基地の方向に中天高く紅蓮の火炎が立ち上り、万物諸共に砕け散るかと思える爆発音が轟き渉りました。特殊爆弾の投下！　と私は思いました。彼は立ち上がり「隊へ帰ります、あなたもお帰りください」と言うと駆け出しました。特攻戦出撃！　と私は思いました。今にも島尾部隊の全特攻艇が隊列を組み出撃して征くのではないかと、基地の方を見つめましたが、その気配はなく、岬にも別段変ったことも起こらず、渚に寄せ引く小波《さざなみ》が単調な調べを優しく繰り返しているだけでした。時が長く感じられました。見上げる天上には人の世のことには係わりなく、羽子板星がダイヤモンドの寄り集まりのようにちかちかと瞬いていました。彼は特攻戦で壮烈に散華し、私は短剣を我が身に押し当てて命の綱を絶ち、彼の黄泉路《よみじ》の旅の供となって、二人共々に帰天の際には、二人の魂は羽子板星にお加えくださいと祈りました。涙で潤む目に羽子板星も泣いてくださっているように見えました。夜の内海《うちうみ》は山中の湖水さながらに波ひとつ立たぬ静寂につつまれ、私もまた明鏡止水の心境でした。

大君の醜《しこ》の御楯《みたて》と征《ゆ》き給ふ加那《かな》（吾背子《わがせこ》）ゆるしませ死出の御供《おんとも》

広島に特殊爆弾が投下された三日後に、長崎の上空にも特殊爆弾が炸裂しました。それは普通の爆弾の数万倍のエネルギーを持つ、原子爆弾とのことでした。この長崎被爆の数日後に戦争は終りました。

　酷烈な戦争を身近に体験した私には、戦場での日日を思い起こす度に、平和の世に在ることの有り難さが心身に沁みます。殊に美しい星月夜には、爆弾に怯えることもなく、心静かに亡き父、母、夫を偲びつつ星に想いを寄せ得る幸せが、しみじみと胸裡にひろがって参ります。

神戸と島尾敏雄のえにし

対話の時には言葉を選んでいるかのように間合いをおいて、訥々と静かに話すのを常とした島尾が、関西弁だと屈託なく表情まで生き生きと明るむのを見て、「この人は関西人」と私は思いました。彼は弟妹や関西出身の人と対する時は専ら関西弁でした。そして関西弁の時は気持ちまで如何にも自在げに見えました。西灘第二小学校、神戸尋常小学校、兵庫県立第一商業学校を終え、長崎高商、九州大学を卒業して、軍務に服し、敗戦によって復員、更に二児の父親となるまでの長い歳月の間、彼の家は神戸にありましたから、関西人なのはいわずもがなといえるでしょう。

島尾の両親は福島県相馬の出身でしたから、彼は小学校以来大学生となっても尚欠かすことなく毎年の夏休暇の期間を、相馬で生活するのが慣例となっていました。そしてその折に聞き覚えた訛りの強い東北弁を、土地の人たちの言葉の味わいを充分にわきまえて話すことが出来ました。しかし話せたのであって、日常語として使用したのではありませんでした。東北弁は両親の故郷の言葉で、島尾にとっては掛け替えのない大切な父祖の地の言葉ではありますが、彼のお国言葉というのには、躊躇《ためら》いの思いが私にはあります。幼い時から成人に至るまでの間育まれた土地の言葉は血肉となって身に付き、生涯を通してなめらかに唇にのぼり、つまり母の舌といわれるものですから、その言葉を供与してくれた土地こそが故郷といえるのではないでしょうか、さすれば島尾敏雄にとっては関西弁こそまさしくお国言葉といえるように私には思えます。

横浜と神戸に対して島尾は生涯を通じて愛着を抱き続けてきました。横浜は出生の地であり、神戸は幼少期を過し、成人となり結婚して二児の父親になるまでの、人間形成に大切な時期を抱養してくれた場所であって、その間にえにしを得た友人知己が多勢いますから、神戸への愛郷の念々は彼の心の奥深いところで常に心弦をふるわせ続けたのでしょう。

長男が誕生した時「六甲」と命名したいと島尾は考えていました。ところが島尾の父が京都の姓名判断で判じて貰った名が「伸三」だと示された時、父の意向を大切に思い「六甲ではなく伸三」と私達夫婦は決めました。自分の子に男子が出生したら「六甲」女児の場合は「摩耶」と名付けたいと、結婚当初から希望していた島尾の心の裡を思い、私は長男が幼児の頃は「六甲さん」「六ちゃん」等とも呼びかけ、伸三は「はーい」と可愛い返事を返していました。

長女出生の折には島尾がかねがね望んでいた「摩耶」と名付けました。お七夜の祝いの日に若い父親は、弾む思いを胸裡満々に、島尾敏雄・ミホ・長女「島尾摩耶」と記載して、出生届を神戸市灘区役所に提出しました。ところが戦後の漢字制限で「耶」の字は使用出来ないと拒否され、不本意ながらも片仮名で「マヤ」と届けざるを得なかったと、島尾は如何にも残念そうでした。私たちは折ある毎に「摩耶山から頂戴したマヤですよ」とマヤに教えました。

島尾敏雄は勿論、両親、弟妹更に彼の妻子にとっても、神戸は神の御旨に導かれた深いえにしのさだめの地と思わずにはいられません。

復員後、神戸外大の助教授と山手女専の講師をしながら、島尾は文学への道を志しました。彼の文学活動は神戸六甲の家での執筆を起点にして展開していきました。処女作といわれている「島の果て」、戦後文学賞の第一回受賞作となった「出孤島記」、病床で苦しみながら書いた長篇小説「贋学生」等の他に多くの作品群を、神戸市灘区篠原北町で書きました。それ等の作品の書かれた当時の六甲でのことや、それぞれの作品の拠り所となった事柄等を思いめぐらしますと、過ぎ来し方のよもやまが映写幕に写し出されるかのように鮮やかに心象に甦り、島尾亡き今は殊更に懐しさが深沈とこみあげてきて涙が零れてきます。

Ⅱ

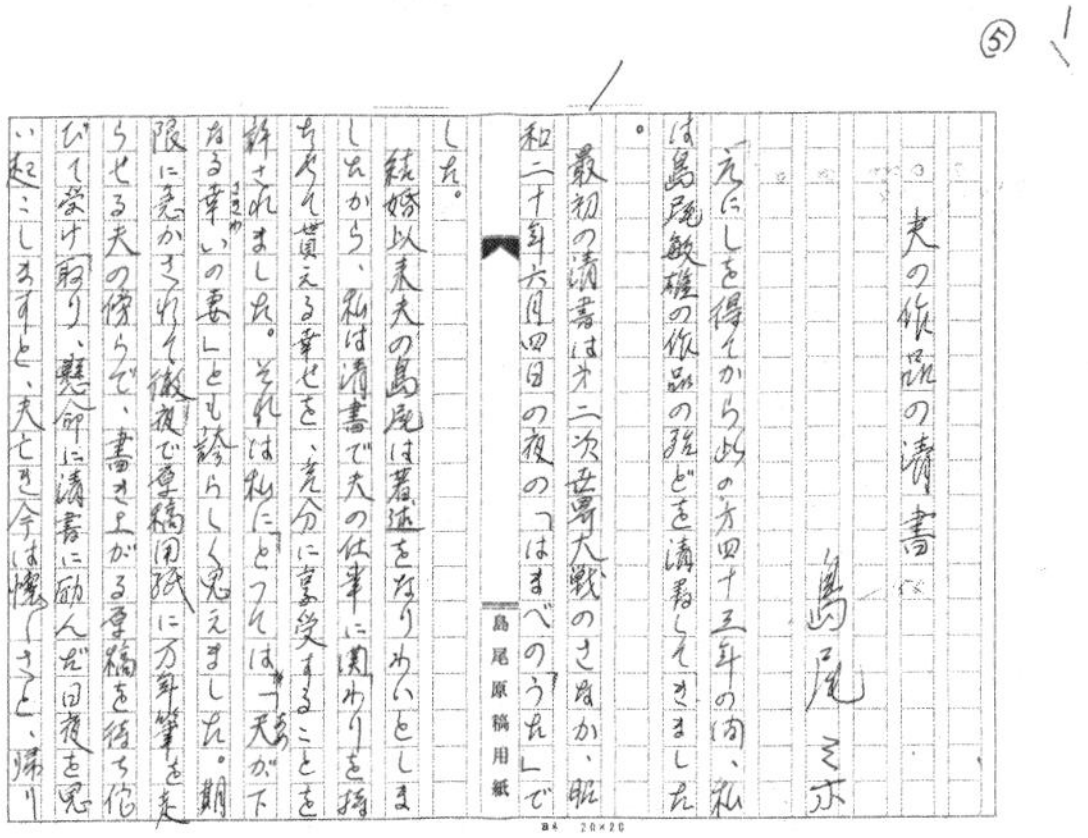
⑤

夫の作品の清書

島尾ミホ

えにしを得てから此の方四十五年の間、私は島尾敏雄の作品の殆どを清書してきました。

最初の清書は第二次世界大戦のさなか、昭和二十年六月四日の夜の「はまべのうた」でした。

結婚以来夫の島尾は著述をなりわいとしましたから、私は清書で夫の仕事に関わりを持ちそれ世貫える幸せを、充分に享受することを許されました。それは私にとっては「天《あめ》が下なる幸《さきわ》いの妻」とも誇らしく見えました。期限に急かされて徹夜で原稿用紙に万年筆を走らせる夫の傍らで、書き上がる原稿を待ち侘びて受け取り、懸命に清書に励んだ日夜を思い起こしますと、夫亡き今は懐かしさと、帰り

島尾原稿用紙

B4 20×20

『震洋発進』への思い

『震洋発進』（潮出版社、一九八七年刊）は「震洋の横穴」「震洋発進」「震洋隊幻想」「『石垣島事件』補遺」の四篇に、フィリッピン・マニラ湾口のコレヒドール島の震洋隊基地跡をたずねた後に更に一篇を書き加えて、完結の予定になっていました。コレヒドール島行きは、この作品群を書く当初から予定に組まれていて、私共家族が茅ヶ崎に住んでいた頃には、かなり具体的に準備が進み、同行予定の能登谷寛之氏は、旅行日程を組み、旅券の手筈もととのえて、出発を待つばかりになっていました。ところが直前になって島尾が健康を損ねてしまい、延期の止むなきに立ち至ってしまいました。その後もずっと時期の到来を待つうちに、島尾は突然黄泉の国へと一人で旅立ってしまい、計画は消え去る破目になってしまいました。

この作品集が当初の企画に添った完全な形での出版が叶いませんでしたことを、私は亡き島尾と共々に心残りに思えてなりません。

島尾の震洋隊によせる思いは強くて、終戦の時から死の直前まで胸底深く潜み、折りにふれて心弦を震わし続けていたにちがいありません。特攻隊の中で空の神風や海の回天、海龍等については出版物も多く、戦後もなお人々の記憶に残ったのにくらべて、震洋のことは殆んど知られていないので、自分がその隊員の一人であった震洋隊について書き残したい考えを持ち続けていたようでしたから。そして六千余隻の震洋艇が配置されていた基地跡を、国内はもとより国外までも巡り歩く予定をたてて、四国を嚆矢にその目的は実行に移され、数箇所の基地跡をたずねたのでした。しかし時が流れるうちに島尾は時折り心臓の異常を覚えるようになり、それは次第に頻度を増していき、やがて不整脈となって彼を苦しめました。基地跡巡りの方針は徐々に縮小されました。島尾は自分の体調と見合わせつつ、たずねるべき基地跡を、自分の胸裡の地図から一つ一つ抹消していき、後に残ったのは、たった一箇所コレヒドール島だけにしぼられてしまったのでした。コレヒドール島はもともと島尾の部隊が進出する筈で、彼の死に場所となるべきところだったのです。

震洋隊基地跡巡りを島尾が実際に始めたとき、先ず最初に四国を選んだのは、島尾の心の自然の動きなのだと私にはうなずかれます。

彼は第十八震洋隊から一人の戦死者もださずに全員無事帰還出来たことが、指揮官としては何よりの安堵だと復員直後から思い続けていたようでしたから、高知県香美《かみ》郡夜須《やす》町手結山《ていやま》の第一二八震洋隊の悲劇は、ずしりと重く彼の胸底深く沈んでいたようでした。敗戦の衝撃に打ちのめされた翌日の、昭和二十年八月十六日に、手結山の第一二八震洋隊が、接近して来たアメリカ艦船に全艇隊挙げて突入したという報告を受けたとき、同じ震洋隊の指揮官の立ち場にいた島尾の心の揺れうごきは、「震洋の横穴」に述べられていますが、あの土佐湾岸の第一二八震洋隊は艦船へ突撃したのではなくて、暴発による事故で壊滅したのであったと後で聞いたときには、強烈な衝撃を受け、第十八震洋隊の僥倖を神に感謝せずにはいられなかったにちがいありません。昭和二十年八月十三日の夜、第十八震洋隊に特攻戦発動の信令が下りて、出撃準備の慌しいさなかに、震洋艇の信管が爆発するという事故が発生したのに、全く奇蹟としかいいようのない不思議な事態が出来《しゅつたい》したのでした。震洋艇の頭部に装置してある二百五十瓩《キログラム》もある強烈な炸薬が、信管の爆発によって散乱し、周囲にいた隊員たちは火傷を負ったのに、炸薬には点火せず大爆発に至らなかったという、信じ難い奇蹟が起きなかったならば、第十八震洋隊は第一二八震洋隊と全く同じ惨状を呈したのはいうまでもありません。それに島尾は震洋艇の爆発事故の凄さを、対岸の大島に基地を持った第四十四震洋隊の暴発事故で身近に見聞し、予備学生時代から親しかった仲間の三木隊長の爆死の状況をまのあたりにしていただけに、第一二八震洋隊の暴発事故については格別な感慨を抱いていたのでしょう。戦後四十年以上を経てなお折りにふれて第一二八震洋隊の事故を語り、暗澹とした顔つきになりました。

『震洋発進』の校正刷を読みかえしながら、納められた作品群の出来るまでの過程の状況やその折々の島尾の姿が、私には偲ばれてなりませんでした。加計呂麻島呑之浦《かけろまのみのうら》の第十八震洋隊の基地跡へは、戦後に島尾と一緒に私も度々行きましたから、その時々の思い出が殊更に思い起こされました。

その時島尾と私は、第十八震洋隊が駐屯していた当時は、練兵場と呼称された広場に立っていました。季節は八月、夏闌《たけなわ》の頃でした。南島の強烈な太陽の光と雨季の雨水とを充分に吸って伸びやかに生い繁った茅や夏草が、海風にさわさわと揺れて、むせかえるような草いきれが広場一面に漂っていました。その草いきれと熱気の立ちのぼる中に、島尾は背筋を伸ばしてしっかと立っていました。曾《かつ》ての特攻隊長に戻り、戎衣《じゅうい》を纏《まと》い、練兵場中央の司令台上に立って、百八十余名の特攻隊員達と対峙でもしているかのように。おこったような顔つきで立ちつくす島尾は、酷薄な凄味さえおびて、私はこれまでにそのような彼をみたことがなかったので、思わず目をこらしてまじまじとみつめました。島尾の胸裡を去来する思いを推しはかることなど私には到底出来ませんでしたが、激しい感情の嵐がその身中を吹き荒れているにちがいないと思いました。あの息づまるようなひとときを、私は今でも忘れることは出来ません。

毒蛇のハブにそなえて棒で草むらを叩き薙ぎつつ、島尾と私は震洋の横穴を探して広場から兵舎跡へと歩き廻り、そのいくつかが確認出来ました。施設のすべてが時の移ろいの襞の中に吸いこまれて跡形もなく消え去った中に、横穴だけが残っているのです。灌木の繁みに姿をかくしてひっそりと半円形の口をあけたその前に立ったとき、私はふるさとへ帰ったようななつかしさと安らぎに心がみたされたのは何故なのでしょう。

青黒くさえみえる照り葉を密生させた、背の高い蘇鉄の並木で区切られた段々畑が、島の人々の生命の糧《かて》を生みだす場所であった農地の使命を断たれて、突然に整地施工が行われ、次々に兵舎や震洋艇秘匿格納壕が設営された後、百八十余名の隊員を擁した海軍水上特攻隊島尾部隊の基地へと変貌を遂げたのは、戦争も終りに近い昭和十九年の秋でした。そして連日繰りかえされる空襲下で、震洋艇のエンジンの激しい作動音、ラッパやホイッスルの響き、伝声管を伝わる大声、若者たちが歩調を合わせて力強く大地を踏みしめて行進する足音等々を、入江一杯に木霊させての賑々しい駐屯が続いていましたのに、約一年近くたった或る日特攻隊員達は忽然と基地を出て行き、其処は再びもとの静寂へと戻ったのでした。畑としての再生はなされないままに打ち捨てられ、草木のはびこるにまかせて山野に戻ろうとしていました。

基地が設営されたとき、その最上段の台地に建設された本部跡に立って基地の跡を鳥瞰すると、灌木や雑木・雑草に覆われた斜面が、遠い戦いの日々の特攻隊基地を彷彿と思い起こさせ、目をとじると瞼の裏にまざまざとその情景が甦る思いがして、私は時の流れの逆流をさえ覚えました。「このあたりに一艇隊の兵舎と待避壕があった」「あのへんは整備隊の兵舎だった」等と島尾が手にした棒で指し示す方向には、記憶の底に深く潜んでいた、曾ての島尾部隊の建ち並ぶ施設の状況が、目の前に出現でもしてくるかのような不思議な気分に私はいざなわれていきました。島尾部隊は海軍秘密部隊で部外からの出入は厳禁となっていたので、部隊の内部を私が自分の目で確かめ見得たのは、終戦後に三回だけでしたのに、基地のありし日の姿が細密画のように細部にわたって記憶に留まっているのが、我ながらいぶかしい程でした。

島尾部隊の兵舎や施設は、小さな岬と入り組んだ浦曲《うらみ》をいくつも抱え持った奥深い波静かで美しい呑之浦の入江の両岸に、広範囲にわたって、近く或いは遠く距離をおいて分散して点在しました。

基地の南端には南門の番兵塔がありました。その近くに第四艇隊の兵舎が、浜辺の小さな谷あいを利用して、山襞に吸いよせられるようにして建っていました。あたりには無気味な長い気根を絡み垂らした榕樹の群れが密林さながらに生い繁って、兵舎をすっぽり包みかくしていました。外界に姿をさらすことのない兵舎は、偽装の必要もなくて空襲時にも隊員たちは安心していられたのではないかと思えるのに、兵舎の横には待避壕が掘削され、更にその近くには震洋艇格納壕の隧道が、一番壕、二番壕、三番壕と三箇所並んでいました。

第四艇隊から小さな岬を廻った浦曲の山かげに、第三艇隊は兵舎と待避壕を構え、兵舎近くに震洋艇格納壕の一番壕と二番壕が特攻隊のあかしででもあるかのように毅然と位置を占めていました。

第三艇隊からいくつかの浦曲を越えたかなりの距離をおいて、基地隊の兵舎が建ち、その山手には整備隊の兵舎と、基地隊共用の待避壕が続いていました。

周囲の兵舎の群れにくらべて、玩具の建物のようにさえ思える浴室の小さな建物は、段々畑を整地した下段のかなりの広さを専有して、一軒ちょこんと建っていました。軍服を脱いだ若者たちが、束の間の青春を取り戻してのびやかに羽撃かせたであろう浴室内での解放された姿を偲ぶとき、生命を国家に捧げた特攻隊員たちも又生身の人間、しかも二十歳前後の青春の真っ只中にあったことが、ひしひしと思われました。

本土を遠く離れた離島で、戦争も末期の食料欠乏の中で、百八十余名の隊員を賄った烹炊所《ほうすいじょ》が、段々畑を上った山裾の細い谷川のほとりにひっそりと佇み、烹炊所横の赤土の坂道を松並木に沿って登りつめた峠には、東門の番兵塔がありました。東門からは隣の広い入江や海峡、対岸の島影等も遠望されました。

第一艇隊の兵舎と待避壕は、本部にも烹炊所にも近い場所に位置を占めていました。第一艇隊は島尾隊長直属の艇隊でした。

本部前のだらだら坂の小道を浜の方へ降りたところが練兵場。

練兵場の正面、入江をへだてた対岸の山裾の畑跡に、兵舎と待避壕、震洋艇格納壕三箇所を擁して第二艇隊は独立部隊の観を呈していました。第二艇隊長が一人で寝泊まりする為に建てた松林の中のバンガロー風な小さな建物が、殺伐とした兵舎に風情を添えていました。

アダンゲとユウナギの並木に沿った練兵場の北端の山裾には、第一艇隊の一番壕と二番壕、三番壕がコンクリートで固めた半円形の口を見せて在り、その壕の前から海岸へ出て渚を行くと、小さな岬に第三艇隊の三番壕が、外からは全く見えない程に偽装されて、基地の他の施設とは全くかかわりがないかのように孤独に一つぽつんとありました。しかし近くには北門の番兵塔が見えていました。

私たちが立っていたところは、本部、士官室、隊長室等、部隊の中枢部が集った場所でした。隊長室の前にしつらえられた瓢箪池のウォーターヒヤシンスの空色の花の下を、先になり後になり群れ泳いでいたおたまじゃくしから成長した蛙たちは、いつの日にいずこへ散っていったのやら。又敗戦と同時に散って行った特攻隊員たちも何処でどうしているのでしょう。

杜甫
国破レテ山河在リ
城春ニシテ草木深シ

まさしく「夏草やつわものどもが夢の跡」の感がひしひしと私の胸を打ちました。こみあげてくるあついものを振り払うように、私はくるりと島尾の方へ向いて、少しおどけて直立の姿勢で挙手の礼をしてから、戦争中に島の人々の間で歌われていた、島尾隊長の歌を歌いました。声張りあげて。

あれみよ島尾隊長は
人情深くて豪傑で
…………………………

歌詞が一節から五節までも長々と続く島尾隊長の歌を私が大きな声で歌うのを、島尾は目を落とした複雑な表情を浮かべて黙って聞いていていました。

海峡から折れ曲って奥深くはいりこんでいる為に波風もたたず静かで、深々と海水を湛えて深山の湖水のような呑之浦の入江は、透き徹った海中の、珊瑚の緑や紫、赤等とりどりの色に、南島の強い太陽の光が射しこみ反射してのことなのでしょうか、海面が宝石のオパールのきらめきのようにまぶしく輝き、その色調溢れる水鏡に対岸の山の木々の姿をくっきりと写していました。浜辺は海風、強い潮の香り、汀に寄せ引く小波の単調なささやき、浜千鳥の囀り、山鳥の啼き声、やどかりのユーモラスな姿、潮まねきの薄紅色の片鋏《かたばさみ》等々が溶けあい、さながら太古の自然の静もりにつつまれているようでした。島尾は両足を前に出して砂浜に腰をおろし、私はその横に正座をしていました。砂の火照りが痛い程でした。二人はそれぞれの思いの中で、黙って海を見ていました。私は第十八震洋隊に特攻戦発動の信令が下った、昭和二十年八月十三日、終戦の前々日の夜、島尾隊長と束の間の別れを交したときのことを思い出していました。あの時も私は今と同じようにこの砂浜で正座をしていました。震洋艇の出撃を見送ってから、岬の突き出た岩の上に立って両足を縛り、短剣で喉を突いて海へ落ちる決心をして、じっと時の至るのを待っていたのでした。島尾隊長の死出の旅路のお供をするのは当然のように私は思い定めていましたから。しかし近づいて来た死の使者は背中を向けて遠離《とおざか》り、島尾隊長も私もいのちながらえてこんにちに至り、今又同じ場所であのめくるめくような戦いの日々を偲ぶときが訪れるなどとは。人の世のさだめの不可思議さをなんと考えたらいいのでしょう。そして又明日へと続く日々は全く未知の霞に覆われた深淵で、何時何事が起こるかもはかり知れない不安の日々なのに、私は今日と同じ平穏な日々が続くかのように思っていられるのはどういうことなのでしょう。

二人の足もとに広がった浜昼顔の蔓には濃い青紫の花が咲き盛り、海風に吹かれて花はいやいやをでもしているかのように首を左右に振っています。このきれいな花を島の人々は何故にカマチヤムハナ（頭痛花）と呼ぶのでしょう。

基地跡と渚の境界にはアダンゲと黄色の可憐な花をたくさんつけたユウナギの並木が続き、ブンブンアダンゲにはパイナップルに似た形の美味しい実が赤く熟していました。その並木に寄り添うように群れ咲く浜木綿の白い群れ花は、思い出すだけで胸がこみあげる思い出の花です。

海も静か、山も静か、陽は上り又沈み、月は満ち欠け、潮の満ち干は規則正しく繰りかえされるこの悠久の自然の中で朝夕を送り迎えながら、確実に死を約束された特攻出撃を待つ、若い特攻隊員達の心のうちはどんなだったでしょう、とあたりの景色が美し過ぎるが故に、尚更そのことが私には思い偲ばれてなりませんでした。その私の感傷を振り払おうとでもするかのように、対岸の山の方から「クッキャールルルルルー・クッキャールルルルルー」とひときわ高く澄んだ鳥の声が入江一面にひろがって聞こえてきました。赤い小鴉とでも呼びたいクッキャールの啼き声は入江の海面に「ルルルルルー」と木霊して余韻を残し、私はいつかもこの砂浜に坐って鳥の声を聞いたことがあったような気持ちになりました。

私たちのうしろには震洋の横穴が、遮るもののない露わな姿で海に向かい、不吉なものを招き寄せでもするかのように暗い口をあけていました。つとさそわれるように立ち上がった私は横穴の奥へ足早に入って行きました。強い日射しの中から入ると中はひんやりと冷たく、暗い穴の中は黄泉の国への通い路のような思いに私は襲われおぞけだちました。「ミホ、あぶないからやめなさい」島尾が駆けて来て抱きとめるまでに、私はかなり奥へ進んでいました。「ああ、びっくりした」と島尾は息をはずませて私を抱きかかえました。乱れた呼吸が額にかかり、せわしげに打つ心臓の鼓動がブラウスの白い絹布を徹してじかに胸の肌に伝わり、その鼓動につれて彼の血液が私の体内に注ぎ入ってくるようなよろこびを覚えた私は、島尾の腕の中で「このまま、ここで二人一緒に息絶えることが出来たらどんなに幸せでしょう」とささやき、充ち足りた心をふるわせていました。

昭和二十年八月十三日の夜、死の直前から生へと戻ったその時以来ずっと私は島尾と一緒に死にたいと望んできました。それが不自然なことは充分知りながらも、なおそう祈らずにはいられませんでした。しかし昨年の秋思いがけず島尾が私を残して、一人で忽然と夜見路《よみじ》へ旅立ってしまいました。余りに突然な島尾との死別に混乱に陥り精神の平衡を失いがちな私はどうしたらいいのでしょう。

（昭和六十二年六月）

著者に代わって読者へ

島尾敏雄の戦争文学について――『その夏の今は／夢の中での日常』

「著者から読者へ」の詞はこの本〔『その夏の今は／夢の中での日常』講談社文芸文庫、一九八八年刊〕の著者島尾敏雄が述べるべきですが、島尾は昭和六十一年十一月十二日に黄泉の国へ忽然と旅立ってしまいましたので、妻の私が代理人になりました。何卒御了承ください。

島尾敏雄は自分の小説を分類して、眼をあけて見た周囲を書いたものと、眼をつぶったそれを表現したものとの二つになると言っていますが、どちらかといえば私は前者の方に思いが傾きがちのようです。眼をつぶった夢の世界に立ち合うことなど出来ませんが、眼をあけた現実の世界では四十年以上生活を共にし、創作のうながしになった事柄や完結に至るまでの過程を思い計ることが出来るからなのでしょう。中でも第二次世界大戦に干与《かんよ》した折の経験を依り所にして書いた作品には一層その思いが深まります。彼が戦争任務に就いていた時、私もまた戦場であった南西諸島の加計呂麻島に住み、呑之浦の特攻基地内の様相にじかに接することは皆無でしたが、隊外から垣間見る程のかかわりは持っていたからなのでしょう。

　戦争を題材にした作品を島尾はかなり書きました。特攻隊体験を題材にしたものには「はまべのうた」「島の果て」「徳之島航海記」「夜の匂い」「肉体と機関《エンジン》」「孤島夢」「アスファルトと蜘蛛の子ら」「ロング・ロング・アゴウ」「朝影」「闘いへの怖れ」「星くずの下で」「廃址」「離島のあたり」「出孤島記」「出発は遂に訪れず」「その夏の今は」等を書き、更に海軍予備学生から震洋隊指揮官の任務に就いたあとさきのことを「誘導振」「擦過傷」「踵の腫れ」「湾内の入江で」「奔湍の中の淀み」「変様」「基地へ」の七篇に纏め（『魚雷艇学生』新潮社、一九八五年刊）、次は日本海軍の震洋隊全般にふれて「震洋の横穴」「震洋発進」「震洋隊幻想」「『石垣島事件』補遺」と書きついできました。そして死の三日前まで戦争小説の最後の結末ともいえる戦地引き揚げのことを書き始めていましたが、表題を決め兼ねたらしく「（復員）国破れて」と二つ書き並べたまま本文も完結に至らずに絶筆となってしまいました。

　戦争小説の第一作は「はまべのうた――乙女の床の辺に吾が置きしつるきの太刀その太刀はや――」でした。昭和二十年五月の頃、特攻出撃即時待機の軍務の合間に海軍罫紙に鉛筆で書き、「附録です」と海軍士官が吊り佩《は》く短剣を副《そ》えて、遺書のように私に手渡しました。私は「はしきやし加那（吾背子）が手触りし短剣と真夜をさめゐてわれ触れ惜しむ」「征き（出撃）ませば加那（吾背子）が形見の短剣で吾が生命綱絶たんとぞ念《おも》ふ」と歌を返しました。沖縄の熾烈を極めた攻防戦が終焉を迎えようとし、同じ南西諸島の加計呂麻島では昼夜時を措かぬ空襲下の緊迫した状況の時のことでした。次は「島の果て」で、昭和二十年九月復員直後、人を待つ思いの中で書いたと話してくれました。「徳之島航海記」は昭和二十三年四月に書き終え、その時は彼の妻となっていた私が清書をしました。この三作は多くの意味合いを含めて私には思い出深いものになっています。殊に「はまべのうた」は戦中戦後にかけて、沖縄戦場へ出撃する特攻機の搭乗員や三島由紀夫氏にもかかわりを持つ挿話が幾つか付帯して更に忘れ難くなりました。

島尾の残した作品の中で「出孤島記」「出発は遂に訪れず」「その夏の今は」を私は繰り返し読んできました。もろもろの感慨をこめて遠い日が追体験出来るように読み取れるからです。

島尾の戦争文学の起点となった戦場跡に私は先日行って来ました。敗戦後も島尾と共に或いは一人で幾度か訪れたこともありますが、此の度は錦の小袋の中に納まった夫の遺骨と遺影を抱いての淋しいおとないとなりました。

海峡から折れ曲って奥深くはいりこんでいる為に、周囲を山に囲まれた幽谷の湖水を思わせる風情に静かで美しい呑之浦の入江は、四十三年前の姿そのままに深々と海水を湛え、海面は南の島の燦々と輝く太陽の光を受けて紺、翠、浅葱色等のさまざまな色合いが濃く淡く綾なし輝き、その色調溢れる水鏡に対岸の山の木々の姿を鮮やかに写していました。両岸に密生する亜熱帯植物のアダンゲやユウナギの繁みにも遠い日が偲ばれました。しかし兵舎や弾薬庫、三十メートル程の奥行を持った特攻兵器震洋艇の十二個の秘匿格納壕等が入江の両岸に散在した基地は、兵舎や多くの建物は跡形も無く悉《ことごと》く消滅して琉球松や灌木のはびこるままに山野に戻り悠久の自然の中に溶け入っていました。

嘗《かつ》ての練兵場や士官室、隊長室等があった本部跡にも茅《かや》や芒《すすき》が生い繁り、草いきれがあたり一面漂っていました。その青臭い熱気の立ちのぼる中を毒蛇のハブが何時襲ってくるかも知れぬ恐怖を抱きながら草むらを棒で叩き薙ぎつつ嘗ての兵舎跡や格納壕を私は尋ねてまわりました。額や衿もとにしっとりと汗を滲ませながら。これは何としたことでしょう。一匹の白い蝶が胸のあたりを前に廻りうしろに戻り、ひらひら、ひらひら舞いまつわりました。不思議なことには手を差し伸べると掌に止まり、かすかに震えながら羽を閉じたり開いたりするのです。私は涙が降る降る落ちました。蝶は亡き人の魂と加計呂麻島では畏敬します。――白蝴蝶加那《シラハベラカナ》（夫）が霊魂《ヌタマシイナ》や古戦場《イクサアト》――

伸びやかに生い繁った茅や夏草の中に蔓立ち絡む山帰来《さんきらい》や、白い小花の群れ咲く野茨の荊棘《おどろ》に足を捕られながら白い蝶に導かれるかのように歩き進んだ所に、艇格納壕を探し当てた時は、「やっと帰って来ました」そんな思いがそくそくと胸裡に広がりました。火葬場での悲傷の別離の時以来ずっと此処へ帰りたい思いを持ち続けていましたから。つらい死別の直後はあの特攻基地の震洋艇秘匿格納壕内こそ私の死場所などと切なく思い定めてさえいました。壕の多くは四十三年の歳月の経過のうちに坑木がまわりの重みに耐え兼ねたらしく、入口のコンクリートで補強された部分を残して、奥の方は陥没し土砂に塞がれていましたが、中には穹窿形の入口を入江の海に向いて開き長く暗い奥行を秘めて、今尚全容を完全に留めている壕もありました。

第一艇隊第一番壕（島尾の乗る隊長艇が格納されていた壕）の前に立つと、過ぎ来し方を壕が語りかけているようで、涙が止め処なく零れてきました。暗い壕の奥に続く夜見《よみ》の国からの亡き夫の声のようにも思えました。すると空気の中の太陽熱が冷たい霧と入れ替わったかと思えるしっとりと皮膚に滲む寒気が全身を包み、私はいつものあの青暗く冷たい世界へと沈んで行く目眩《めくるめ》きに襲われました。夫の没後私は時折奇妙な状態に陥るようになりました。脳の機能に変調が兆し始めたのか、視覚神経の一過性異状なのか何《いず》れにしろ真昼の太陽が突然明るさを失い、あたりが深い青味を帯びた薄闇に暮れて、眼に写るものはすべて暮色に染まり、庭の樹木や、濃緑の照り葉を覆い隠す程に咲き盛る深紅の椿の花々でさえ薄墨色に色褪せ、物音も消え果てた深々の静寂の底に引きこまれる心地で立ち尽くすことを繰り返すようになったのです。この時も寒気立つ小きざみの震えの中で、常闇《とこやみ》の国へ渡ったのか現《うつ》し世に在るのか定かでない彷徨の心地で掌で額を抑え目を瞑って現象が遠ざかるのをじっと待って佇んでいました。やがて軀の内の血が目覚めゆっくりざわめきを増し、時の流れは逆流して、四十三年前の戦場裡へと私を押し流し、「出孤島記」や「出発は遂に訪れず」の世界へ引き寄せられて行くような切ない記憶が沸々と甦り膨らんできました。

島尾の特攻隊体験の小説は「出孤島記」「出発は遂に訪れず」「その夏の今は」「（復員）国破れて」とこの四部作が完成することによって連作長篇の形を成し、起承転結を全うすることになるのですが、「（復員）国破れて」が完結に至らなかったことは心残りに思えてなりません。これは島尾が他界へ去った後に未完ながら「群像」に掲載されました。「群像」の厚意に報いる為にも、終始一貫した作品に完成出来ないものかと私は考えるようになりました。困難は重々弁えていますが、たとえ幾年の歳月をかけても成し遂げたいものと願わずにはいられません。手始めに旧島尾部隊の隊員を尋ねて聞き書きを始めました。それに並行して加計呂麻島からの復員途次の海路は、漁船に便乗して自分の目で確かめ、上陸地点の鹿児島県串木野港から解散地の佐世保海兵団跡に至る陸路は、島尾を含む特攻隊隊員達が通った跡をそのままに自分の足で辿ってみたいと思っています。四十三年の遥かな歳月の推移のあいだに町並みや街道は甚しく変貌を遂げて、終戦直後の焼跡のたたずまいの様相と重ね合わせて見るのは困難にちがいありませんが、島尾の眼を私の中に甦らせて成就への道を歩き続けてみたいと願っています。「島尾敏雄戦争小説」の長篇完成に島尾の魂がきっと援《たす》けの手を副えてくれるでしょう。

『硝子障子のシルエット』への思い

講談社文芸文庫担当の橋中雄二氏から、島尾の著書『硝子障子のシルエット』を文芸文庫にとのお話しがあったとき、私は長いとしつきのあいだ別れていた愛し子が、突然手許へ帰って来る知らせを受けたような、幸せな思いにつつまれました。そのはずむよろこびを胸に、早速亡き夫の書庫の本棚から、創樹社刊行の『硝子障子のシルエット』を取り出しました。司修氏の装幀もなつかしく、両の掌でつつむと、この本を手にした当時の島尾のあたたかな掌のぬくもりが伝わってきて、私は思わず涙が零れました。真黒な布表紙が、夫亡き今は鎮魂の書のように思えてきます。埴谷雄高氏の跋文や島尾のあとがきなどを目にすると、胸のふるえと共に、またしても涙が降る降る落ちました。そして頁をめくって読みすすむうちに、私は遥かな彼方へ去った歳月をさかのぼり、三十七年前の、東京小岩での日々に立ち戻ったような、不思議な追懐の深い淵に沈んでいきました。

この葉篇小説集について島尾は、「三区分に配置したのは、Ⅰに夢と現のさだかでないもの、Ⅱに幼少年時や戦中戦後に素材を求めたもの、そしてⅢになかんずく東京都江戸川区小岩町での三年間の生活にだぶらせてその渦中で書いたものを、それぞれ区別したかったからだ」と書いていますが、私にはⅢの部分は、日記でも読みかえすような身近な思いがします。

神の摂理の許に日の出、日の入り、月の満ち欠け、大潮小潮の潮のさしひきが繰りかえされる、その巡り巡る光陰の流れにかかわりながら、人は日月歳を重ねて、やがて他界へと去らねばならぬさだめの中にありますが、永遠と思える宇宙のいとなみにくらべれば、神から授かった人間の一生は、一場の夢にも似てなんと短く、果無《はかな》いものでしょう。しかし自分の人生に思いを致す時、えにしを得て以来夫の傍らに寄り添って、共に歩んだ四十数年の人生の道のりは、短いとも思えず、重ね積んだ歳月の中で刻みこまれた追憶は、それぞれの色彩りを添えて心の画板に多く残されています。その思い出の数々の中で、東京都江戸川区小岩町での生活は僅か三年ではありましたが、もろもろの感慨をこめた重みを持って思いかえされます。

昭和二十七年三月に、島尾はそれまで勤務していた神戸外大助教授の職を辞めて、妻子をつれて東京へ移転しました。転居先は江戸の下町の情緒と義理人情につつまれた、隅田川の東の小岩でした。

結婚以来住んでいた神戸の住宅街では、石垣に囲まれた屋敷が続き、隣家の人と出会うことはまれでしたが、移り住んだ東京の下町は家々は軒を接し、近所付き合いはまるで身内のような親しさでした。新しい土地では私は「おかみさん」と呼びかけられ、当初は戸惑いと面映《おもはゆ》さで頬を赤らめましたが、その気さくで情のこもった呼びかけにすぐ馴れました。そして黄八丈の着物に黒繻子の衿をかけて、たすきがけもきりりと、江戸前のおかみさん姿になったかのような、生き生きとはずんだ気持ちにさえなっていきました。

島尾家へ嫁いで以来六年のあいだ、万事不馴れの私は、夫の家族には勿論のことながら、長年家政を取り仕切ってきた家政婦にさえ気をつかわずにはいられませんでした。島尾の父をはじめ周囲の人たちは私をとても大切にしてくれましたのに。戦前の教育を受けた私は婚家の家風に順応しようと、生真面目につとめすぎたのかもしれません。ともあれ緊張の箍《たが》が、東京への引越しによって取り外されたとき、私はどんなにほっとしたことでしょう。重い荷のようなものが背中からはがれ落ち、胸の中の小鳥が自由なはばたきをあげて飛び立つ思いでした。親子四人だけの水入らずの、のびやかな日常に恵まれたことを実感した時のよろこびは今も忘れません。しかしその代償として、家政婦や手伝い人の手助けがなくなり、家事万端を自分で処理しなければならなくなりましたが、私は若く健やかでしたから、少しも苦になりませんでした。二人の子供たちもはじめのうちこそ銭湯を怖がり、紙芝居を不思議なものを見るように、恐る恐るうしろの方からのぞき見ていましたが、いつしか常連となり、近所の子供たちの仲間にも入れてもらえるようになりました。

小岩での生活を依り所にして書いたこの作品集を今読みかえしますと、その一篇一篇に当時の私達家族の姿がはめこまれていて、映写幕に写し出されるのを見るように鮮やかに胸の奥に甦ってきます。「鶏飼い」「終電車」「金魚」「子供」「マヤ」「玉の死」「ある猫の死のあとさき」「つゆのはれ間」等々。みんな家族四人の人生行路の道すじでのひとこまに、フィクションを加えて書かれています。その中で「子供」に私はひとしおの感慨を覚えずにはいられません。「子供」に書かれているような、小さなトラブルが息子の伸三と私の間で起こりましたし、その時の彼の立派さを忘れることができませんから。

伸三は小さい頃から、物事のけじめを大切にしました。その晩も夕食の時、妹のマヤに子供らしいふざけをしかけたはずみに、ちゃぶ台の上の茶碗蒸しをこぼしてしまいました。折角用意した茶碗蒸しへのみ気持ちが傾き、幼児の心根を思いやる思慮に欠けた私は、つい声を荒げて「あやまりなさい」と強い口調で言ったのでした。「わざとしたのではありません、そそうでしたのだから、ごめんなさいは言いません」伸三は改まった切り口上できっぱり言いました。その返答に一瞬ひるみながらも、「親の言うことには逆らってはなりません」と常々教えていることを思い、「あやまるまでは夕ごはんはあげません、廊下に坐っていなさい」と、伸三に言い付け、私はマヤとさっさと食事をすませてしまいました。

廊下に正座した伸三は、半ズボンの下から出ている色白のまるい膝頭の上に、両手を揃えて背中を伸ばし、澄んだ大きな黒々の目を上げ、堅い意志を現わに口を真一文字に結び、毅然とさえ見えました。

冬の寒い晩でした。星空の下を渡る風のうなりが、嫋々《じょうじょう》と流れる笛の音のように物悲しく聞えていました。

時は移ろい、時計の針が文字盤の十一時をさす時刻になっても、伸三は無言のまま姿勢をくずさずにいます。彼の脚の痺れと苦痛が、痛いようにこちらの胸に伝わってきます。

真冬の夜更けの寒気が、カーテンを透《とお》して暖房のない部屋内にしのび入り、しんしんと冷えてきました。私も無言で、毛糸の襟巻と私のオーバーで伸三をしっかりくるみ、電灯を消して床にはいりました。暗い夜更けの静けさの中で、小さな丸い影は身動きひとつせずにいます。隙間風の洩れ吹く板敷の上に、長い時間正座を続ける、四歳五個月の幼児の意志の強さに、「あっぱれ！」と、手を差し伸べて抱きしめたい思いを抑えて、私は闇に馴れた目でじっとみつめていました。

「聖母マリアに一切を託する祈り」を小さな声で称えました。

そのあとのなりゆきは、「子供」に島尾が書いたような次第となったのですが。

この小さな出来事は痛みとなって私の胸に永く残りました。

あれもそれも過ぎ来し方のことは、たそがれどきのやわらかな光線につつまれた夕景色のようにおぼろにかすみ、何故こうもなつかしさの中でのみ偲ばれるのでしょう。

この葉篇小説集『硝子障子のシルエット』は、それ迄神戸外大の教師をしていた島尾が、定職を辞めて、文学を志して上京し、不安と試みの中で立ち迷っていた頃のかたみの書であり、妻の私にとってはその夫の傍らに寄り従いながら、育児に懸命だった若かりし日の、追慕へのみちびきの書とも言えるように思えます。

紫色の小説――『贋学生』

島尾敏雄の著作の数冊を私は常に机辺に置いて、或る時は数頁をまた或る時は夜を徹して読むことも屢々あります。

長い歳月を島尾の側で伴侶として生活を共にし、彼の日常に接する幸せに恵まれた私は、創作のうながしになった事柄や、完結に至る迄の過程をつぶさにまのあたりにしましたから、作品に接すると執筆当時のことが偲ばれます。そして文章からは島尾の内界が私の胸にそのまま伝わり移る思いにさえなっています。深い思いの中で島尾の作品の多くに始終触れていますのに、何故か『贋学生』には縁遠くて、発表当時に読んで以来四十年の間殆んど頁を開くこともなくて過ぎました。

此の度文芸文庫に『贋学生』が収録されることになり、久々に懐旧の念をこめて読み返す機会に恵まれました。幸せなことです。

二世の頼み、一心同体にと願望する夫婦のえにしに於て、私たち夫婦は四十年の間に互いに一体の感慨が深まり、殊に晩年はお互いの心情では一心同体に近い有りようだったとさえ思われますが、『贋学生』を読んで、私に巡り会う以前の夫の自在な独り身の頃の人生もまた宜しからずやと懐しまれます。

『贋学生』を読みすすむうちに島尾の若い日をまのあたりにする思いがしました。作品の登場人物も、島尾が学生の頃からの友人のSさんや父と妹、下宿の奥さん等々、私も親しく接した人たちばかりがモデルのようですし、福岡の下宿の界隈、箱崎のあたりも島尾と一緒に歩いたところです。そして九大へも私を伴いあちこち案内し、自分が学んだ教室へも連れて行って、講義の時の模様等も詳しく説明してくれたことがありましたから、『贋学生』の中に書かれている事柄はより実感となって鮮明に浮かんできます。贋学生の妹の砂丘ルナがロケをしていた神戸六甲の十二間道路も、大石川のほとりも、私が嫁いだ島尾家の前の十二間道路であり、近くの大石川のようです。そして女優砂丘ルナのモデルと思える月丘夢路さんが映画『新雪』のロケを実際に其の辺りで行い、小説に書かれていることと大差ない事実があったと島尾が話してくれましたから、月丘夢路さんは青春の日の島尾の胸に美しい灯をともして下さった女優として、私は懐しさをこめて感謝します。

当時の写真帳を捲ると、制服制帽の大学生の島尾や、見合い中の緊張した妹の表情などが写し残されていて、小説の中の情景が益々真実味を帯びて、『贋学生』は小説作品というより島尾の青春の日の日記を読む思いにさえなってきます。

『贋学生』を紫色の字で書いてみたかったと島尾は自評していますが、私には紫色の小説というより薄墨色の感があります。

昼の明るさが夜の闇へと移ろいゆく黄昏時の光が徐々に薄れて地上の万象は輪郭を失い、ひたひたと寄せる暗闇の中へと吸い込まれてゆく不安と、蝙蝠の飛び交う姿にさええも言えぬ淋しさに襲われるあの夕暮れのひとときを、混沌の薄闇色とでも言うのでしょうか、薄墨色と称したらいいのでしょうか。『贋学生』にはそんな色彩の感慨を私は覚えます。書かれた時代の暗さからの感受なのでしょうか。小説に設定の昭和十七年頃は、世界中の国々の上に戦雲が低く垂れ込めて、我国の若者達にとっても軍隊の営門を潜ると容赦のない戦場への道が虎口を開いて待ち受け、それは戦死へと続く悲惨な時代でしたから。『贋学生』は執筆の時点でも私にとっては薄墨色に覆われた重い毎日でした。島尾にも書き上げる迄はつらい日々だったと言えるでしょう。病床に身を横たえて静かな表情でゆっくり万年筆を運んでいました。口述筆記を度々私は願い望みましたが、夫に許しては貰えませんでした。

あの当時のことを顧みると夫亡き今はひとしおの感慨があります。

『贋学生』の執筆を始めてから間もなく胃と腸の状態が悪化して、厳しい食事療法を医師の指導で行うことになりました。パン以外の食物は離乳食さながらに裏漉しにかけ、目方を量り、カロリーを計算しました。一日の水分摂取量はスープと果汁を少々、計量カップ一杯の水と決められました。この水の量は一日三回の薬の服用分も含まれていましたので、水分の不足を案じた私は果汁とスープの量を指定よりそっと増やしました。医師の指示に背くうしろめたさに胸を痛めながらも敢えて私はそうしないではいられませんでした。戦争が終っても物資は未だとかく不自由でしたから、特製のパンや新鮮な野菜を求めて毎日電車であちこちへ出かけました。美味しい果汁をと願い当時は入手の難しかったインド林檎などの高級果実を探して大阪へも屢々行きました。長女のマヤを出産して日が浅い頃でしたので、病人の夫が私の身を案ずる優しい言葉をかけてくれて、私を涙ぐませたりしたこともありました。

太い眉の下の黒々の眼をじっと天井に向けて構想を追う島尾の姿を、修道院の祭壇の前に膝を折って、祈りを捧げる修道士のようだと私は思ったりしました。又或る時は近寄り難くて『大菩薩峠』の机龍之助の雰囲気はこのような張りつめた気魄だったのかしらなどと、思わぬ方向へ思考が辿ることもありました。島尾が中学時代から中里介山の『大菩薩峠』を愛読し、新聞連載の切り抜きを綴じて大切にしていたからの連想なのかも知れませんが。その切り抜きは戦災を免れ、度重なる引越しにも紛失することなく、島尾亡き今も彼の書斎に大切に納めてあります。

　身を苛む病気と栄養摂取不足の苦痛の中で島尾は書き下ろし長篇の執筆に精魂を傾注しました。忍耐強く決して弱音を唇にのせることはなく、口数の少ない性格でしたから何事も言葉には出しませんでしたが、長身の軀はひとしお細身になり、皮膚は蒼白く透けて病の重さは顕わでした。床の上で横向きになって微かに肩をふるわせながら執筆に励む後姿には、渾身を振り絞る気配が感じられて、この小説が夫の終《つい》の絶筆になるのではないかと私は悲しくなりました。側に仕えながら何の力添えも叶わぬ吾が身の非力をどんなに嘆いたことでしょう。

　只管に神に祈りました。聖母マリアの取り次ぎを懸命に願いました。妻の身に代えて夫の生命《いのち》を護らせ給えと。生まれたばかりのみどり児のマヤと生後一年余の伸三へ目を向けると悲しみがどっと溢れてきますが、二人の幼な児の後事は夫に托してと、私は母親としての務めも、「焼け野の雉《きぎす》夜の鶴《たず》」に譬えられる母性愛さえも抛棄しようと思いました。「島尾の生命を救ってやるから須磨の海の底へ沈みなさい、明石の浜で火焔に焼かれよ」と夢枕で御教示ください、喜んで従います。イエズス・キリストは十字架上での死の贖いを以って人類をお救いくださいました。生命を捧げる程大きな愛は無いとお教えになりました。この祈りをお聞き届けください、と切々に神へ祈り続けました。私に出来得る事を尽した後は神へ生け贄の身を差し出すより外に術を知りませんから。

信じ難いと思えるかも知れませんが、私はなんとしても愛する夫に生きていて貰いたいと切望しました。特攻隊からさえ生還出来たのですから、と無我夢中の中にありました。


私が精神の苛みの中にあった時、敗戦に拠ってアメリカの軍政下に置かれて往き来はもとより文通もままならない私の故郷の南の島から、どのような経路を経て運ばれたのか、一通の封書が配達されました。私の父の死を伝えるものでした。見馴れた懐しい父の筆跡で、私達家族が大樹の蔭に眠る父の墓を訪れるのを待つ旨の辞世の和歌が添えられていました。墨痕の掠れた辞世を胸に抱くと、万感の思いが去来しました。私が島尾の許へ嫁ぐために終戦直後の武装解除で混乱する島を離れる折に、書院の座敷で家に長く伝わる刀を前に端座して、言葉少なに諭し励ました時の父の毅然とした面影がまなかいに立ち、私は泣きました。

止め処なく流れる涙の中で、ふと、父の死は夫の身代りのように思えました。第二次世界大戦末期に私の故郷の加計呂麻島の海軍特攻基地で特攻隊長の任にあった島尾が、前後三回も「特攻戦発動！　出撃用意！」の信令が下り出撃に直面しながら、発進の合図が一向にかからないままに出撃は延期となり、不思議に生命永らえることが出来たのは、特攻基地のある呑之浦の入江の海中に、私の母が死して後も尚すっくと立って出撃を阻止したからだ、と信じた時のように。親思う心に優る深い親の思いを何に譬えたらいいのでしょう、私はその詞を知りません。私たち親子の有りようを島尾は「そのような親子を今まで見聞きしたことはない……私にはふしぎなとしか言いようのない世界がそこには横たわっている」と書いたこともあります。

極度の衰残から島尾は神の加護に依るものかと思えるような早々の恢復を得て、原稿は進捗し遂に長篇を書き終えました。

脱稿した原稿が『贋学生』として河出書房から出版されて、手許へ届いた時のことを思うと、もろもろの感慨が胸中を去来して込み上げるものがあります。

『贋学生』は河出書房の坂本一亀氏のお力添えにより昭和二十五年十二月に刊行され、四十年を経た此の度橋中雄二氏の御高配と柄谷行人氏並びに志村有弘氏の御協力を戴いて、講談社文芸文庫として上梓の運びとなりました。喜びに堪えません。

此の書を繙いてくださる読者の方々へ、亡き著者島尾敏雄に代わって深甚の謝意を捧げます。

島尾敏雄と初期作品――『はまべのうた／ロング・ロング・アゴウ』

島尾敏雄は昭和三十二年の頃、それ迄に書いた自分の小説を、眼をあけて見た世界を現実風に書いたものと、眼をつぶった夢の中での世界を、象徴風に表現したものとの、二つの系列になる、と書いたことがありますが、私はその両方共を島尾が居住した場所別に分類して考えることがあります。住んだ場所即ち其処で営まれた、作者島尾敏雄の生活及び内面と、作品との微妙な響き合いを、妻としての私なりに感受出来るように思えるからです。

仮に居住地別に作品を区分けしますと、昭和二十年九月、終戦に依って島尾が神戸市六甲の自宅に復員した時から、昭和二十七年三月、神戸を離れる迄に書いた作品群。次に昭和二十七年三月末、神戸から東京都江戸川区へ移り、其処で昭和二十九年夏の頃迄に書いた作品。そして昭和三十年十一月、奄美大島へ渡って以来、昭和五十年三月迄の、南島生活の間に書きついできたもの。更に昭和五十年三月末、奄美大島を離れて本土へ引き揚げてから、他界へ去る迄の間に書いた作品。というふうに私は別けたいと考えます。

右のように区分けして、それぞれをまとめて今読み返しながら、執筆の頃へと想いを巡らせますと、当時の私達家族の日常と、夫のその折々の姿や挙措が、まざまざと瞼の裏に甦り、涙のにじむ懐しさがこみ上げて参ります。

此の度の講談社文芸文庫『はまべのうた／ロング・ロング・アゴウ』に収録して戴いた作品のうち、戦争中に戦場で書いた「はまべのうた」を除いた他の作品は、昭和二十一年一月から、昭和二十四年五月迄の間に、神戸の自宅で執筆致しました。当時島尾は二十代の終りから三十代にかけての若さの中にいました。軍務を解かれた身体の自由の上に、更に終戦に依って齎《もた》らされた思想言論の自由も享受できるようになりましたから、その頃の島尾は若さ故の気負いも相俟って、これからは書きたいことが書けるという思いで、心の内は弾み立っていたのではないでしょうか。戦時中は思想言論の統制が厳しく、学生仲間と同人雑誌を計画して、短い掌編小説を一篇書いただけで、特高警察の監視の眼が、行く先々汽車や電車の中迄も絶えず尾行を続け、家族はもとより本籍地の親戚縁者達迄が、特高警察の取り調べを受けた、つらい過去が島尾にはありましたから。

「特攻崩れ」という言葉が、敗戦直後の巷で、誰言うとなく口伝てに伝わっていましたが、島尾も戦時中の或る期間を、特攻隊長の任務に従っていましたから、彼もまた「特攻崩れ」の虚無をその身に漂わせていたのかも知れません。特攻隊という世にも不思議なとしか言いようのない、死を確実に決定づけられていた配置で、島尾は百八十余名の隊員と共に、特攻出撃の日に備えて待機していました。しかし突然日本の無条件降伏による戦争終結という、思いも及ばない状況に直面しました。特攻出撃は遂に訪れず、敗戦の衝撃で部隊内は異常な雰囲気で満たされました。

折しも特攻基地へ進駐して来るアメリカ軍による武装解除の際に、特攻要員がいては不穏だからと、基地隊員はそのまま居残り、搭乗員だけに、「佐世保海兵団へ転勤ヲ命ズ」との下命があり、小さな輸送船四隻に分乗して、島尾が輸送指揮官となって南の島の特攻基地を後にしました。

日本船舶の航行禁止令が、占領軍から発令されていた海上での、航行の危険や、九州南端の上陸地から着任地迄の、焦土と化した道中での種々な困難に遭遇しながらも、佐世保海兵団に無事着任し、搭乗員一同復員証明書を受領して、決死隊からも、軍務からも、完全に離れることを許されました。胸裡に秘めた思いは、人それぞれながら、その時の特攻要員たちの感慨は如何ばかりでしたでしょう。復員途次の汽車の中で「敗残兵奴」と、顎をしゃくられて、拳を握りしめて俯いていた、古参下士官もいましたとか。そんなこんな故の「特攻崩れ」だったのでしょうか。

島尾は海軍士官でしたが、職業軍人ではなく、戦況の逼迫に依る「学徒動員令」で、大学半ばで入隊し、僅か一年そこそこで「海軍特別攻撃隊第十八震洋隊島尾部隊」の隊長として戦場進出の命令を受けました。部下の中には海軍歴十数年を経た、準士官や古参下士官等が多く、学徒出身士官の島尾は、軍歴の浅短は覆いようもなく、特攻隊長の責務には「山船頭」の逡巡を常に胸奥に抱え持っていたにちがいありません。彼はこの時期の体験と心情を、「島の果て」「徳之島航海記」やその他の小説作品として、繰り返し書いてきました。

復員早々島尾は小説を書くことに心を傾けました。「島の果て」を昭和二十一年一月に書いてから、「ロング・ロング・アゴウ」を書き終えた昭和二十四年五月迄の間に、十八篇の小説を書きました。

此等の作品を彼は如何にも余裕ありげな様子で書いているように私には見えました。顧みますと、島尾敏雄の生涯では、この神戸の時代が、精神も生活も、最も自由に羽搏いていたように偲ばれます。日本国中は戦災と敗戦の混乱のさなかにありましたが、神戸六甲の周辺は戦火を免れ、幸に島尾の家も焼失せずに、戦前の姿のままで残存することが出来ました。そして父の庇護のもとで、島尾は妻子共々の生活に関しては全く無関心で、学生時代と変らない日常を過していました。神戸外国語大学助教授の給料の殆どは、本代と旅行に使い、特別に貴重で高価な書籍は、父に買って貰うという、気儘自在な状態が許されていました。その状況は作品にも反映したでしょうし、また特攻崩れの不安定な気分も相乗して幾分デカダンで廃頽的な方向へと傾きがちではなかったかと想像されます。しかし傍目には暢気さながらに見えていても、島尾自身の内部には、人知れぬ思い煩いがあったかも知れません。彼の生活体験としては、学生と軍隊のそれもほんの垣間のぞき見ただけのものしか無く、小説作品をものするには、よろずに経験が乏しいことへの心もとなさで、さぞ心を痛めていたことでしょう。そして人生や人情の微妙なおもむきを探し求めて、巷へ彷徨《さまよ》い歩きたいあせりにかられていたのかも知れません。更には自分の内面を文学作品として形象化することを、あれこれ模索して苦しみの中で喘いでいたやも知れません。夫の志す文学の為なら私に出来得る限りの協力を、と願いながらも、その当時の私は夫の心の内を思い図ることなどは思いも及ばず、清書というささやかな手助けしか為し得なかった自分の不覚を、今となっては恥入るばかりです。

今回の『はまべのうた／ロング・ロング・アゴウ』に収録された作品を読み返してみますと、あれこれ模索の跡が筆の運びの間にうかがわれ、未熟の木の実を思わせる堅さを感じます。しかし未熟の初々しさもまたよろしからずや、等と私は思ってしまいます。これをなん身贔屓と言うのでしょうか。その当時私も結婚早々の不馴れの中で、島尾家の為来《しきた》りや家風を身に収めたいと、懸命な努力と模索を続けていました。夫婦共ども若い未熟の中で、とつおいつしていましたあの神戸の頃が、懐しまれてなりません。

歳月を四季の移り変りと共に送り迎えて、四十年以上を島尾と私は共に寄り添いながら、人生を歩んで参りましたが、昭和六十一年十一月十二日、島尾は神に召されて、別れを告げる暇《いとま》も無く、忽然と帰天致しました。独り残された私は、夫の傍へ行く時を待つ為の日日を涙のうちで暮らし、朝夕焚く香を亡き人の影姿《かげすがた》写す反魂香《はんごんこう》となれかし、と願いつつ夫のおとないを待っていますが、島尾は未だ迎えには来てくれません。

『夢日記』に寄せて

胸奥にあるがままの思いと、その思いのままの行動を、意志の力で自律することのない自在な夢の中での内的世界を、『夢日記』として発表出来る島尾敏雄のいさぎよさに、私は驚嘆の感懐さえ覚えました。『夢日記』〔河出書房新社、一九七八年刊〕が刊行されました当時、浅学な私は、夢の世界を象徴的な小説作品としてではなく、即事に且つ大胆に文章として表記した著述家を、ほかに知りませんでしたから。

夫が胸底深く内在する心裏をあからさまに致します『夢日記』の発刊は、妻としての私には幾分の躊躇いが心の内を流れ揺蕩《たゆた》うのを禁じ得ませんでしたが、夫の文学的な活動に関しては、例え句読点の一つに致しましても、物申すようなことなど思いも及ばず、夫の為すことには絶対の信頼を、と私は自分の心に納得させて参りました。しかし思いを返しますと、『夢日記』は夫の胸裡の心情を垣間みるのを許される唯一のよすがかも知れません。眼をあけた現実の世界では、結婚の縁によって、四十年以上も生活を共に致しましたから、夫の多くを身近に知ることが出来ましたが、眼をとじた睡眠の深淵の中で彷徨う心象の世界は、たとえ二世の頼み、一心同体にもと願望する夫婦のえにしの中にありましても、窺い知ることは叶いません。

『夢日記』が河出文庫の一冊として刊行されるにあたって、再読しました私は無量の感慨が胸中を去来しました。死別後数十年を経た母と二人の妹、そして亡き父との夢の中での出会いの情景の、なんという懐しさでしょう。私は切なく涙が零れました。母は長男の敏雄を殊のほか大切にして、食事なども弟妹たちとは区別していましたとか。その母と死別した少年の頃の思い出を、島尾は折にふれ懐しそうに話していました。「お母さんとミホと重なって区別がつかない、ミホをお母さんと思ってしまう」と生前の島尾は結婚当初から晩年に至りましても尚言っていました。

敗戦の混乱のさなか、旧満洲奉天で、ソ連軍侵入の折に、女の操を守るために、二十歳代の若い生命を、みずからの手で絶ったと聞く、上の妹美江《よしえ》のその折の悲惨な状況を知って、まんじりともせずに夜を明かしたあの晩の島尾の如何にも悲しげな様子が、しみじみと思い起こされました。その妹は心やさしくて家族思いでしたとか。早くに母を亡くした島尾家で、子供たちの心を大切にしたいと、再婚を肯《がえん》じなかった父と、年端の行かぬきょうだいたちのために、少女の頃から嫁ぎゆく日までの長い歳月の間を、母代りに家の中心となって尽くしてくれた妹でしたから、その自害は兄の敏雄には深い悲しみだったにちがいありません。

人は、幽明境を隔てた身内や愛する者と夢の中では生前と変りなく共に寄り添い語り合うことが許されます。この貴重なひとときは、人間存在の諸事の中に愛別離苦の悲嘆を加重なされた、創造主神のせめてもの償いの思し召しなのでしょうか。

それにしましても、夢とはなんと不可思議なものなのでしょう。

夢の中では中国服を身に纏い、弁髪をうしろへ長く垂らした父と、同じく衣装も髪形も中国風に装った若い私が、紫禁城の階段を上っています。学生の頃から中国の文学に心を寄せて度々中国を訪れ、自作の漢詩を唐音で口遊《くちずさ》み、日記も漢文で書いていました父が、今日のこの紫禁城詣でにはさぞ心を弾ませていることでしょう、と私も牡丹刺繡の赤い布靴の爪先を弾ませて階段を上りました。整えた太い髭がよく似合う泰然とした父の横顔を時々見上げると、父は穏和な微笑を返しました。私は子供の頃のような甘い思いの中で「ジュウ　カナシャ　カナシャ（慈父　大好き、大好き）」と思いました。

黒皮のジャンパーを無造作に肩にかけたワレサ氏と、紺のレーン・コートを着た島尾、その右腕をしっかりかかえた私が、ワルシャワの旧市街スタレ・ミアストの煉瓦の建物に囲まれた石畳の四角い広場で街の人々の中に入って、街頭音楽士たちの奏でるポーランド民謡の深ぶかと心に滲み入る調べに聴き入っていることさえもあります。

私はアフリカの草原で、ライオンや虎の群れの中に立って、鞭一本で猛獣の群れを意のままに従わせる夢をみることがよくあります。

或る晩にみた夢は、多勢の全裸の男たちが、泥人形かと見紛うばかりに、赤土の泥で身体じゅうを覆い、更に泥塗《どろまみ》れになりながら、まがまがしげな赤土の泥濘《ぬかるみ》の山へ石を担って登っていました。それはさながら外国映画でみる奴隷に堕ちた人々の苦行のようでもあり、また首から上だけが泥の被覆を免れていましたから、白人の男たちの金髪と白い肌が生々しく浮き上り、刑場に晒された生首の群れが動いているようで、とても不気味でもありました。
彼らは聖歌を合唱していました。

キリエ　エーレイソン
（主よ　あわれみ給え）
クリステ　エーレイソン
（キリストよ　あわれみ給え）
キリエ　エーレイソン
（主よ　あわれみ給え）
キリエ　エーレイソン
（主よ　あわれみ給え）

ラテン語の男声合唱の重厚な響きが、教会のミサ聖祭の時のそれのように深く厳かに聞こえていました。周囲に巡らされた木の柵の外に跪いた私も唱和していました。

キリエ　エーレイソン

クリステ　エーレイソン

ポーランド系アメリカ人のルカ神父が、コンベンツアル・聖フランシスコ修道会の修道服の腰に締めた白い組紐の、従順・貞潔・清貧の三つの誓いの象徴である、三つの結び目の所をしっかり握って、いつの間にか私の傍に立っていました。

「ミホ、ソコニ、イル、ノ、コト、イケマセン、ハヤク、ハナレ、ナサーイ、アナタ、ゴフジン、デース。フタタビ、カレラニ、ツミ、アタエマース。アノ、ヒトビト、ミンナ、ミンナ、ウツクシイ、ゴフジンニ、オテガミ、カキマーシタ、ノ、コトデス。ツウカイ、ノ、イノリト、トモニ、ツミ、コクハク、イタシ、マーシタ。クイアラタメテ、カミサマ、カラ、ツミ、ノ、ユルシ、イタダキマーシタ。イマ、ツミ、ノ、ツグナイ、シテイマース」

肉付きのよい頬を紅潮させたルカ神父は、急き込む勢いで言葉を私に投げてきました。

突然、――お告《つ》げの祈《いの》り――の鐘が鳴り響きました。泥塗れの男たちは担っていた石を降ろして、それぞれの位置に立ち、両掌を合わせて、――お告げの祈り――を唱え始めました。

ルカ神父と私も、――お告げの祈り――に入りました。

ルカ神父

――主《しゅ》の御使《みつかい》の告《つ》げありければ――

ミホ

――マリアは聖霊《せいれい》によりて懐胎《かいたい》し給えり――

ルカ神父

――めでたし、聖寵《せいちょう》充満《みちみ》てるマリア、主御身《しゅおんみ》と共にまします。御身は女のうちにて祝《しゅく》せられ、
御胎内《ごたいない》の御子《おんこ》イエズスも祝せられ給う――

ミホ

――天主の御母聖《おんははせい》マリア、罪人《つみびと》なるわれらのために、今も臨終の時も祈り給え――

アーメン

――天使祝詞《てんししゅくし》―― を三回繰り返す ――お告げの祈り―― は最後にルカ神父が ――祈願―― を唱えて程なく終りました。

「ミホ、ミホ、ミテ、クダサーイ、ハヤク、ハヤク、ハヤク」ルカ神父が山の方を指さして感動も顕わに叫びました。

泥濘の山は緑の山に変っていました。神の恩寵に依って清められたのでしょう、男たちは、ベネディクト修道会、カルメル修道会、コンベンツアル・聖フランシスコ修道会等々、それぞれの会の修道服に身を包み、修道会別に整然と隊列を整えていました。ベネディクト修道会の中には、やさしい微笑と温かなまなざしを絶やすことの少ない、ピーター神父の温容や、他の修道会の修

道士たちが憧れるという、ベネディクト修道会の黒い長いマントで長身を包んだ、マリオン神父の端整な横顔も見えました。彼の澄んだ緑の瞳は、耀く宝石のように美しいことを私は知っています。コンベンツアル・聖フランシスコ修道会の中に、リチャード神父やいつも不愛想なライリイ神父の背の高い痩軀もありました。その横で太ったヘンリック修道士が、ルカ神父の方へ片目をつぶって軽くうなずき、両手を下の方で広げておどけてみせました。「あっ、台所の大統領！」思わず大声で呼びかけそうになり、慌てて私は唇を押さえました。「台所の大統領」と愛称される修道院の厨房係ヘンリック修道士は、ケーキ造りが上手で、修道院を訪ねるといつもケーキや果物のジェロー等をたっぷり御馳走してくださいましたから。コンベンツアル・聖フランシスコ修道会の司祭や修道士たちは、普段は背中の方へ垂らしている黒衣の頭巾を、全員が目深に被り俯き加減に立っていましたから、魔法使いの老婆集団さながらにあやしげな異形の雰囲気が漂っていました。

黒い修道服の集団は、山の頂へ向って行進を開始しました。山には一面緑の若草が微風に靡《なび》き、赤や黄色等色とりどりの花々が咲き盛り、羊の群れが山の傾面を移動していました。白い羊の群れは緑の若草の間にあざやかに浮かび上り、遠目には幅広の白い帯がゆっくり動いているように見えていました。

此の宇宙の万事は、大いなる神の御旨《みむね》のままに——。

私は畏れつつしみの中で立ちつくしていました。天上から降るように聞こえてくるパイプオルガンの奏でる荘厳なミサ曲が、神の恩寵を讃美していました。

両肩に温かな掌のぬくもりを受けて、ルカ神父さまが罪を犯した！　泥塗れの罰に陥る！　胸をどきどきさせてふり仰ぐと、コンベンツアル・聖フランシスコ修道会の僧衣《スータン》に長身を包んだ夫の笑顔がありました。トシオはやっぱり聖職者への道を選んだのだわ、私は小さくつぶやきました。悲しくなりました。

そんな夢でした。


私たち家族が奄美大島に住んでいました頃、所属していたマリア教会の主任司祭で、ポーランド人のビクトール神父は、島尾の眼をじっと見入りながら、「シマオセンセイ、アナタ、トテモ、ココロ、リッパデス、アナタ、オモイ、コトバ、オコナイ、スベテニ、ツイテ、スバラシイ、ノ、ヒトデス。シンプニ、ナルタメニ、カミサマ、アナタヲ、コノヨニ、オツカワシニ、ナリマシタ。アナタ、マチガッテ、ケッコン、シマシタ。カトリック、キョウカイ、リッパナ、シンプ、ウシナイマシタ。タイヘン、ザンネン、ノ、コトデ、アリマス」一語一語ゆっくり区切りながら、如何にも残念そうに度々おっしゃいますので、その度に私は「どうもすみません、私のために島尾は神父さまとして、神さまへお仕えが叶わなくなりまして、誠に申しわけございません」と肩をすぼめて小さくなりました。ビクトール神父は第二次世界大戦当時は、ポーランド抵抗運動のゲリラ隊の隊長として戦った後、紆余曲折の果てに、南海の孤島の小さな教会で、島の人たちの信仰への導きと医療に献身なさっておいででした。何故か島尾へ心を寄せてくださって、事ある毎に島尾に相談なさいました。

島尾もまた洗礼を受けてから十年前後の頃には、もし叶うことなら修道院に入り、神父ではなく肉体労働に携わることの多い修道士になりたい、としきりに言っていたこともありました。

そのような日日もありました。夢の中ではなくて、現実の暮らしの中でのことでした。

島尾は「病妻もの」とか「家庭の事情小説」等と言われています作品を書く前に、自分の小説に就いて次のように書いたことがあります。〔『島の果て』あとがき〕

（自分にこのような作品があったということはひとつの恐怖といえる。これらの作品の世界から飛翔できないことはなかったのになお死の踊りを踊っていた暗い蛾のすがたを見るときのいらだちが感ぜられる。…………眼をあけるとこれらの短篇となり、眼をつぶると「夢の中での日常」の世界の表現となったと自分で思うが、しかし、眼をあけて表現したはずのこれらの作品も、「夢の中」へ片寄っていることが不幸である。…………）

眼をつぶって表現したと島尾が申しています作品の多くが、夢の中での日常を象徴風に表現したもののようです。『夢日記』に記された夢の中からも、小説へのうながしになったことが多々あったことでしょう。

夢は日記の中に記していると島尾は言っていましたのに、いつの頃からか「夢日記」として別に書き残すようになりました。

島尾には亡くなる直前まで書き続けてきました「夢日記」がかなり残されていますが、「夢日記」と表記した帳面の中の島尾の文章を辿りつつ、筆跡を指先で撫でていますと、万感の思いがこみあげて涙が降る降る零れて参ります。

その「夢日記」を年代順に区分けして読みましたら、島尾の夢の世界の変遷は、私の心にどのような感受を与えてくれるのでしょう、などと思ってしまいます。

昭和五十三年に河出書房新社から刊行して戴きました『夢日記』が、此の度河出文庫として生れ変りますことを、私は嬉しく存じます。

この『夢日記』をお手にとってくださる読者の方々へ、故島尾敏雄に代りまして、心からのお礼を申し述べさせて戴きます。


（一九九一年十一月十二日　故島尾敏雄祥月命日　指宿《いぶすき》海上ホテルにて）

夫の作品の清書

えにしを得てから此の方四十三年の間、私は島尾敏雄の作品の殆どを清書してきました。最初の清書は第二次世界大戦のさなか、昭和二十年六月四日の夜の「はまべのうた」でした。結婚以来夫の島尾は著述をなりわいとしましたから、私は清書で夫の仕事に関わりを持たせて貰える幸せを、充分に享受することを許されました。それは私にとっては「天《あめ》が下なる幸《さきわ》いの妻」とも誇らしく思えました。期限に急かされて徹夜で原稿用紙に万年筆を走らせる夫の傍らで、書き上がる原稿を待ち侘びて受け取り、懸命に清書に励んだ日夜を思い起こしますと、夫亡き今は懐しさと、帰り来ぬことの悲しみに涙が零れます。

毎月の月末に締め切りに迫られて、二人で時の流れを防ぎ止めたい程にも、切羽詰まる思いを繰り返したのは、「文藝」への「東欧紀行」と「海」への「日の移ろい」を並行で連載していた時でした。

当時私達は奄美大島に住み、島尾は鹿児島県立図書館奄美分館に館長として、昼間は勤務していましたから、創作の方は夕方五時に勤務を終えての帰宅後となるので、どうしても深夜遅くまで続くのが常でした。連日の夜通しでつい睡魔のいざないに陥ろうとするのに逆らいながら、夫が精魂を傾けて脱稿した原稿を、私も亦側近くで目を充血させて清書を続けました。

書き上げた原稿をその日の便船に間に合わせる為に、山裾に在る自宅から海岸までのかなりの道程を、二人で駆けて行くのも亦常のことでした。原稿を納めた封筒を抱えた夫が先になり、私も後を追うようにして、道行く人々の振り返りを気に掛けるいとまもなく走り続けて、受け付の窓口で差し立てに間に合った時は、思わず肩で大きな呼吸をしました。その安堵と喜びの瞬間を二人は「生ける験《しるし》あり」などと互いに顔を見合わせて言葉にした程でした。

十七年もの長い歳月をかけて島尾が書き継いだ『死の棘』もこのようにして、二人の共同作業で全篇を全うすることが出来ました。『死の棘』の清書を続けながら、私は時折思わず独り笑いに頬をゆるめました。創作ということの奇妙に感じ入ると共に、ふと、喜劇をまのあたりにするようでしたので。世事のよろずには枯淡でこだわり少なくて、何事にも謙譲を旨として生涯を貫き通した人にしては珍らしく、島尾は自分の書く物に関してだけは、格別に厳しい態度で臨みました。句読点一つに対しても口出しなど絶対に許しませんでした。私も亦苟《いや》しくも一家の主人とも称する人が、その人生の殆どを傾尽している仕事に対しては、貴く厳しいものと、深く心に受け留めていましたのに、『死の棘』の清書の折には、不思議な気安さを覚えて、つい慎みを忘れて笑い出したり、心安だてなことを言葉にのせたりしました。しかし島尾も亦たしなめることもしなくて「手厳しいですね」と苦笑していました。今にして思えば私の不躾な行ないは、たとえ二世の頼み、一心同体にと願望する夫婦のえにしの仲にあっても、夫に対してまことに無礼至極で、申し訳のないことでしたと恥ずかしい限りです。

初期の頃の作品から絶筆に至るまでの清書には、作品の一つ一つのそれぞれに心に残る挿話の数々もありますが、中でも胸底深く潜み、折にふれて心弦を震わし続けて、幸せの追憶へと私をいざなう作品は、——乙女の床の辺に吾が置きしつるきの太刀その太刀はや——と、副題のついた「はまべのうた」と言えるでしょう。「はまべのうた」には島尾と私が生命を賭けた若い日日と、二人の生涯の運命を決定するに至った、あの目眩く戦場での青春がこめられていますから。

第二次世界大戦当時、島尾は南西諸島加計呂麻島呑之浦の特攻基地で、昭和十九年十一月下旬から昭和二十年九月一日までの期間、海軍特別攻撃隊第十八震洋隊島尾部隊の隊長としての任務に就いていました。特攻出撃即時待機の緊迫した戦況下に在りながら、島尾は毎日丹念に日記をつけ、大学ノートに詩を書いていました。亦鳶色の地に金粉を撒いた表紙に「磯づたふ旅人の書き付け」——かけろましまにて——と、墨書した和綴じの帳面（私からの贈物）に、部隊内でのあれやこれや思いの淵を書き付けて、時々私に見せてくれました。それは島尾の私への語りかけだったのでしょう。その中には次のような一節もありました。

……私は明日をも知れぬ日日のいのちであるのに奇妙な充実した生命がつけ加へられる思ひをした。

私は顫へるやうな悦びのなかで童話を書き綴つて、それに「はまべのうた」という名前をつけた。そしてひそかにそのひとにさゝげた。それからというものは月の満ちかけと潮の満ち干に………。大きな運命を感じた。私とそのひととは磯づたふ二羽の「浜千鳥」であつた。


（八月二日、嵐の午後）


「はまべのうた」を島尾から手渡されたのは、昭和二十年五月、十七夜の月が冴え冴えと美しい晩でしたが、その居待ちの月の晩から暫く日を措いた六月四日の夜のことでした。

『神風特別攻撃隊琴平隊の特攻機が、沖縄の戦場への決死出撃の途次不時着し、島尾部隊の基地に避難しているが、一旦本土の基地に引き返すことになり、搭乗員のN中尉が内地への手紙を預ろうと言ってくれるので、「はまべのうた」を友人の眞鍋呉夫のところへ手紙に托して送りたいから、出来るだけ枚数が少なくなるように清書をして貰いたい』と、島尾が私に頼みました。

その言葉を受けた私は先ず身仕舞を改めるべく、井戸端へ行って身を浄め、肌衣を替え、納戸の箪笥の引き出しから、白地に緑の葉の間から真紅の椿の花が咲き盛る模様の綸子《りんず》の単衣《ひとえ》を出して、身に着けました。帯も同じ椿の揃いの模様に染め上げた潮瀬の夏帯をきりりと締めました。

桃色の総絞りの帯揚げのなんという柔らかな風合い。地味な紋平だけが日常着と思い定めて着馴れていた私は、久々の晴れ衣に華やいで若い娘心に立ち返り、唇に紅も指しました。

灯火管制下の、行燈に袷の絹衣を懸けた暗い灯火の許で、身を引き締め、衿を正して机に向った私は、鉛筆の芯を針のように細く削いで、拡大鏡を必要とする程の細い字で、「はまべのうた」を何回となく書き直し、その度毎に枚数を減らす工夫を重ねた結果、漸くにして、海軍罫紙二十五枚の「はまべのうた」を藁半紙二枚に書き納めることが出来ました。あの時の胸の裡の思いは、今も尚表現の詞を私は知りません。生まれて初めての清書でした。

全身が汗でしとどに濡れる程の緊張のうちに清書を終えた時には、家鶏の時告げの時刻は疾《と》うに過ぎて、小鳥たちの囀りが賑賑しく聞こえていました。書院の障子を開け放つと爽やかな朝の訪れの中に、東雲の空は薔薇光《ばらこう》に耀よいわたり、明けの明星も既に山の上高くに上り、瞬く光芒を朝空に放っていました。書院の廻り縁に立った私は、呑之浦の方角に向って手を合わせ瞼を閉じて、峠を一つ越えた浦曲《うらみ》の特攻基地に在る人に、清書を終えたことを、神への祈りにも似た思いで告げました。涙が零れました。

わが恋うる人も恋うらめ山の上の明けなむとする薔薇光の空

昭和六十一年十一月十二日の夜半、島尾は私を一人残して、忽然と他界へ去って行きました。

突然な出来事に私が涙さえ忘れて茫然自失している間にも、通夜、密葬、火葬、葬儀と世の為来りに従った夫の葬送の儀式は進行していきました。

主の居なくなった机の上には、倒れる前日まで書いていた原稿が、亡き人の温もりをそのままにひっそりと載っていました。この原稿は「群像」へ送るのだと夫は話していましたので、その遺志を私は守り継ぎたいと思い、葬式の終った日の真夜中に清書を始めました。涙がどっと溢れてきました。この未完の絶筆「(復員)国破れて」が夫の作品の最後の清書となりました。

私の好きな夫の作品

島尾敏雄の作品の殆どを私は清書してきました。清書しながら読む夫の作品は、夫のからだの内部からわき起こるリズムが、そのまま自分のからだの内部からのそれのように私にぴたりと寄り添い、それをみつめたりする余裕はありません。しかしそれが活字となり、本の姿に装いを凝らして私の目の前に再び現れたとき、その作品はもはや私の手の届かない遠いところから私を冷たく他人顔に見返しています。その活字になった作品を読んで、はじめて私は「小説作品」としてのそれを理解しようとつとめることができるようです。

作品群の中のいくつかは、大都会の只中の孤独な生活の中で、ふと故郷の幼馴染みに出会ったような懐かしさと、膚の触れ合うような馴々しさをもって私に呼びかけ近づいてきますが、他の群れは私には無関心に通り過ぎて行く街中の人たちのように、冷やかな顔つきを送って寄越します。

前者は「出孤島記」「出発は遂に訪れず」など、戦争体験に基づいて書かれたものと、「われ深き淵より」「死の棘」など二十五篇の精神の病に打ち拉《ひし》がれた妻を抱えた、或る家族の一連の物語りや、意識の世界で即現実に表現されたもので、他は「夢の中での日常」「頑な今日《こんにち》」などを含む、意識下の感受を超現実的に写し取ろうとしたとでもいえるような作品群でしょうか。身近に感じるものといえば前者のそれになりますが、読後の魅力は多く後者に属するものに覚えます。

しかしともあれそれらの中で最も私の心の奥深いところに住んで、いつも囁きかけてくるのは、あの第二次大戦も終わりに近い頃、激戦地沖縄と同じ南西諸島のカケロマ島で、明日の生命のはかられない特攻出撃待機の軍務の合間に、私への贈物として書いてくれた「はまべのうた」と、戦争の終わったすぐ後で、これも私のために書かれた「島の果て」の二作といえるでしょう。

「はまべのうた」を、島尾は昭和二十年五月の居待の月の晩に私に手渡しました。

南の島の大きな月が中天に皎皎と耀き、蒼白い光を地上に隈なく降りそそぎ、その月光に誘われたのか裏山で、夜啼く鳥が二羽、胸に沁み入るようなやさしげに啼き交わしている晩でした。

庭から裏山の裾にかけて、四季を通して毎日百種類の花を咲かせて、「百花園」と父が称した庭には、南の島の強烈な太陽の光と冴えた月夜の夜露とを充分に吸った色とりどりの花々が、馥郁たる薫りを漂わせ、殊に夜香華の沈香に似た濃密な香気がひときわ薫り立っていました。

書院の廻り縁に正座した私は、月の光を受けて花開き、月が沈むと命果てて萎む、一夜限りの薄命な花、月下美人を静かに眺めていました。父が丹精こめて育てた月下美人は、此の世のものとも思えず、天女の羽衣を偲ばせる高貴な純白の大輪の花と、天女の薫香も亦かくやとさえ思える、甘く爽やかなえもいえぬ香気を放って、年毎に見事な花を咲かせました。そして月下美人の咲く宵は、我家では人々を招いて庭先で宴を催すのがならわしになっていました。しかし今年はうたげの人々の称讃のまなざしや詞はなく、幽玄の清花は自然の無言の饗宴にあずかっていました。

古人復無洛城東　今人還対落花風
年年歳歳花相似　歳歳年年人不同

劉延芝の詩を、唐音で口ずさむ父を真似て唇にのせると、涙が零れました。学生の頃からの習慣で今も尚日記を漢文で書き付け、中国へ並々ならぬ思慕を寄せ続ける父を思い、その中国に対しても今は交戦のさなかにあるのだと思うと、切なくなりました。

敵機のにぶい爆音が月夜の清澄な空気をふるわせて遠く近く間無しに耳の奥に伝わってきました。時折爆弾の炸裂音も島山を揺るがせて轟きわたっていました。しかし昼夜の区別なく繰り返される空襲や爆撃にも今はもうすっかり馴れて、あわてて防空壕へ走ることもなくなりました。すさまじい数の爆弾の炸裂や、低空飛行の直接の機銃掃射も、身近に直面する時以外は、遠く遥かな事のようにさえ思える程にいつしかなっていました。

ふとかすかに土を踏む湿った靴音が聞こえたと思え、門の方へ目を向けると、表門から内へと続く金竹《きんちく》の生垣を過ぎて満開の白薔薇の間を、蒼白い月光を全身に受けて月よりの防人《さきもり》かと紛う、凜乎たる戎衣《じゅうい》の人がゆっくり近づいてきました。

長身のその人は、私の前で立ち止まり、大きな目で私の瞳をじっとみつめて挙手の礼をしました。そして白い薄絹の風呂敷包みを私に手渡し、腰に吊り佩いた海軍士官の短剣を取って「これは附録です」と添えました。私は拝し受け、遺品の思いで波立つ胸にそっと当てました。その人はもう半ば此の世の人ではないような思いを胸裡に秘めていましたから。

濃紺の戎衣の人は、岬を一つ越えた呑之浦の入江に基地を設営した、海軍特別攻撃隊島尾部隊の隊長の任にある人でした。

書院の黒檀の応接台を間に島尾隊長と私は対座しました。灯火管制下でともしびのあかりもままならず、銀の燭台の上に行燈の枠を起き、その上に絹の衣を掛けた暗い灯火の許で、ふるえながら風呂敷包を解くと、海軍罫紙に丁寧な鉛筆文字で、

はまべのうた
——乙女の床の辺に吾が置きしつるきの太刀その太刀はや——

と書かれてあり、紙縒《こより》で綴じたのを捲ると二十五枚程の童話風な掌篇でした。私は納戸の唐櫃

に、星祭りの宵のためにと納めてあった短冊に、歌を認めてお返しにしました。

征き（出撃）ませば加那（君）が形見の短剣で吾が生命綱絶たんとぞ念《おも》ふ

大君の任《まけ》のまにまに征き給ふ加那ゆるしませ死出の御供

はしきやし加那が手触りし短剣と真夜をさめゐてわれ触れ惜しむ

島尾部隊が特攻出撃を決行する時には、この「はまべのうた」をふところ深く納めて、この短剣で喉を突き、島尾隊長の黄泉路のお供を、と心の裡にそっと思いました。

大君の醜《しこ》の御楯《みたて》を加那と呼ぶ天《あめ》が下なる幸《さきは》ふ吾よ

八月十三日、終戦の前々日の夜半、島尾部隊に「特攻戦発動」の信令が下りたことを島尾部隊の隊員の厚意で知った私は、身を浄めかねて用意していた真新しい肌衣と襦袢を身につけその上に白羽二重の下着と母の形見の絽縮緬《ろちりめん》の喪服をかさね、更に足もとの乱れを防ぐための紋平をはき、足袋はだしで特攻基地へと走りました。

心はせいても入江の浦々を踏み渡り、珊瑚礁の続く海岸の岬を越えての道すじは険しく、特攻基地の近くへ辿りついた時にはかなりの時が経過していました。しかし基地の外で待っていてくれた隊員の配慮で島尾隊長との束の間の別れを惜しむことができました。

北門番兵塔近くの砂浜に正座し「はまべのうた」と短剣を胸に抱いてその時の至るのを私はじっと待ちました。特攻出撃の見送りをすませてから岬の先端の珊瑚礁に立ち、足首を結び短剣で喉を突いて海中に身を投げる覚悟でいました。「はまべのうた」を手渡された晩にそっと心の奥で願ったことが今夜成就されるのだと、私は冷静の中で運命を受けていました。

夜は更け時は移り、やがて東天に暁の金星が明るく輝きはじめたのに、島尾部隊では「出撃用意」の命令のまま「発進」の合図はいっこうにかからず即時待機で、私にとっても死刑台の上にあるような長い一日が過ぎて、翌十五日に戦争は終わりました。

「はまべのうた」は、このほかにも戦中戦後にかけて幾つかの挿話や思い出が付帯し、更に忘れ難くなり、今も尚私の胸に、過ぎ去った戦争の日日のおそろしさと青春のかなしさ、それに今は亡き夫への追慕をふかぶかと訴えかけてくることをやめません。

あの戦争のさなかに島尾が書いた「はまべのうた」は四十数年の歳月の間に鉛筆の文字が薄れかけてはいますが、戦争中に戦場で交わした島尾と私の若い日の手紙と共に、二人の宝物を入れる玉手箱の中に大切に納めてあります。

島尾敏雄の文学作品と創作の背景について

——埴谷島尾記念文学資料館開館記念行事にて

ただいまご紹介をいただきました、島尾敏雄の妻のミホでございます。「埴谷島尾記念文学資料館」の開館、誠におめでとうございます。このお喜びの席にたくさんの方々とご一緒に参加させていただけますことを心から感謝申し上げます。

この記念館のお話が小高《おだか》町から埴谷さんのところへおありのときに、埴谷さんは「僕一人だけではいやだけど、島尾君と一緒ならいい」とおっしゃってくださいましたそうでございます。その埴谷さんのご配慮によって、埴谷さんとご一緒に島尾も参加させていただいている次第でございます。小高町の皆さま方はもとより、大勢の方々からいろいろお力添えを賜りましたことを、深く御礼申し上げます。

埴谷さんと島尾のご縁は、ふるさとが小高であるということでございます。それで埴谷さんは島尾のことをひとしおお心にかけてくださいました。島尾は埴谷さんから、くだけた言葉で申しますと、とてもかわいがって戴きました。埴谷さんは、島尾だけでなく島尾の家族にもお心を寄せてくださいました。殊に娘のマヤのことをとても愛してくださいまして、クリスマスには毎年セーターとかバッグとかいろいろな素敵なプレゼントをマヤに贈ってくださいました。それにお手紙が添えてございましたが、そのお手紙には「可愛いマヤちゃんへ、東京のお父さんお母さんから」とお書きなさっていらっしゃいました。私ども家族は、なか二十年ぐらい奄美大島に住んでおりましたので、マヤは埴谷さんと奥様を東京のお父様お母様と申し上げておりました。埴谷さんはわりに筆まめでいらっしゃいまして、「可愛いマヤちゃんへ東京のお父さんから」とお書きになったお便りを時々くださいました。それをマヤは自分の宝物と申しまして今も大切にいたしております。

埴谷さんは私へもお心遣いを賜りました。私が疲れたような顔でお伺い致しますと、慰めや励ましを戴きました。私は「埴谷さん！」とお呼びしただけで、もう今も涙が出てまいりました。本当になつかしいお方でいらっしゃいました。埴谷さんの作品は非常に高邁で近寄りがたい感じもいたしますが、お人柄はとてもおやさしいお方でいらっしゃいました。ですから若い文学者たちが埴谷さんのお宅へときどき集まることがございましたが、そのときは島尾もご一緒させていただきました。

この東北の地はたいへん人の心がやさしい土地柄じゃないかと私は思います。島尾敏雄も小高の出身でございましたから、とてもやさしい人でございました。島尾にお会いになる方々は、ちょっと面映いことを申しあげますが、「東北の方ってとても立派な方が多いのでしょうね。そしてお心がやさしいのでしょうね。島尾さんを見ているとそんな気がします」とみなさんよくおっしゃいました。ある方は、「小高には島尾さんと血縁の方々がたくさんいらっしゃいますし、小高の方々もきっと島尾さんのように絶対怒らない、どんなことでも許してくださるという方が多いのでしょうね」とおっしゃってくださいました。自分の夫のことでございますが、臆面もなく申し上げました。不躾を何卒御諒承下さい。

島尾は接する多くの人々から大切にしていただきました。戦争中のことでございますが、さきほどの御紹介にございましたように島尾は海軍の特攻隊長として奄美群島の加計呂麻島の呑之浦と申します深い入江の両岸に兵舎や特攻兵器格納壕等を設営いたしまして、特攻出撃を待っておりました。そのとき島尾部隊の隊員達は「軍隊で上官の悪口を言わない軍隊など殆ど無いのに、この島尾部隊には隊長の悪口を言うやつが一人もいない。これこそが島尾部隊の誇りだ。だから隊員のみんなも仲良くしよう、と話し合っていた」とおっしゃっていたのを私は伺いました。そのように軍隊では「隊長のためなら命もいらない」というように慕われていました。また特攻基地がございました加計呂麻島の人たちも島尾のことを、「島尾隊長は人間として、立派な生まれの極まりの人でありましょう」といって褒め称えました。そして「あれ見よ島尾隊長は人情深くて豪傑で、われらのやさしいお父様。あなたのためなら喜んでみんなの命を捧げます」という歌が加計呂麻島に流行りまして、大人も小さい子どもたちまでがそれを歌って歩いておりました。本当に島尾は島の人たちからも慕われました。島の民謡にもその島尾隊長をたたえる歌がたくさんございました。

にんげんなあらんどようやれ
島尾隊長のこころのきゆらさや
かみさまほとけさま

これは島尾隊長は人間ではない、あの方の心の清らかさや人柄は神様や仏様でいらっしゃるという意味の歌でございます。

終戦後の昭和三十三年から島尾は奄美大島の図書館の館長として二十年近く勤めました。島尾が昭和六十一年（一九八六年）の十一月になくなりました直後、ＮＨＫテレビで「島尾敏雄を偲ぶ」という番組がございまして、そのとき二十年近くをいっしょに図書館で働いた人たちも出演なさいました。そのなかの中原さんとおっしゃる方は、「私は島尾館長と二十年近くも同じ職場に働かせて頂きましたけれども、館長が他人に対して不愉快な顔をなさったり、不機嫌をおもてに現したりというようなことは、一度も見た事がなかった」と話していらっしゃいましたから、私は島尾は家でも家族に対して限りなくやさしい人でしたが、外でもそうでしたのかと思いました。

自分の夫のことでございますけれども、第三者のような感じでお話をさせていただきます。

映画監督で小栗康平さんとおっしゃるお方は『死の棘』という映画の試写会のときに、「島尾敏雄という人は一度あったら生涯忘れることができない不思議な人だ」と御挨拶なさいました。「文は人なり」と申しますが、島尾の文学作品の根本は、つまりその島尾敏雄の心のありようの表れだと私は思います。ちょっと横道にそれますが、私の両親は私が幼い頃から「人は心で生きる、ですから心をやさしく清らかにもってください」と教えました。例として道端に咲いている菫の花を見て、一番最初に通った人は、「道端にこんな雑草が生えている」と言って靴で踏みしだいて通ります。次に通った人は目には見えていても心の目には見えないので無関心で通り過ぎます。そして三番目に通りかかった人は、「まあ、なんて可憐できれいな花でしょう」といってジーッと眺めて自分の心を清めて、豊かに致します。そのように人間の思い、言葉、行いのすべては心の然らしめるところですから、「神様に対して恥ずかしくないような、清らかなやさしい心を持ってください」と私の両親は教えてくれました。島尾敏雄はまさに、神様に対して恥ずかしくないような生涯を送った人だと思います。もちろん人間でございますから島尾敏雄にもいろんなことがございました。しかし精神の根本は彼は神様に対して恥ずかしくないような生涯を送りました。私はそう信じております。

その島尾が神様に対して恥ずかしくないような心で書いた文学作品ですから、多くの方々が感動なさったと思います。文学の持つ力ということを私はときおり身をもって体験致すことがございます。先ほどお話し申し上げました映画監督の小栗康平さんは『死の棘』という島尾敏雄の作品を高等学校のときにお読みになりまして、「こんなすごい作品を映画に作ってみたい！」とそのときお思いになり、その思いをずっと心に持ち続けて自分は映画監督になり、そして『死の棘』を映画化しました、と先の試写会でお話しをなさいました。

私の住んでおります奄美大島に大きな立派な徳州会病院という病院が出来まして、そこの病院長様が私に会いたいとおっしゃっているということを伺っておりました。そんな折に足の筋肉を痛めまして、整形外科へ参りましたら、整形外科の先生が御紹介くださいまして、院長様にお目にかかりました。院長様は「あぁ、あなたが島尾先生の奥様なんですねぇ」って、しみじみおっしゃいまして、「私は学生のころから島尾先生の作品をずっと読んでいて、殊に島尾先生が唱えておいでのでしたヤポネシア論に心ひかれて、島尾先生がお住まいになった奄美大島に自分も何とかして行きたいと、ずうっと考えていたところ、今度徳州会病院ができたので、私はこの奄美大島にやって参りました。つまり私がここへ参りましたのは、島尾先生の文学の影響でございます」とおっしゃってくださいました。ですから文学作品というのは人生に於ける行路の行く道を定めますときにも大いに影響を及ぼすものであるということを、私は他にも幾たびか経験致しました。

このように多くの方々に影響を与える作品を書いた島尾敏雄は、この小高町に生を受けた島尾四郎、トシという両親から教育を受けて、その人格を形成していったわけでございますが、きっと心やさしい教育を受けたのでしょうと私には思えます。島尾は本当にやさしい人でしたから。

男の兄弟で喧嘩をして弟を叩いたことがないというのも珍しいと思います。小説作品の中ではいろんなことを書きます。弟と喧嘩したり、殴ったりとか。いろいろな場景を書きます。島尾の戦争小説で特攻部隊の士官が隊長に対して批判的な思いを持った云々……と書いた個所がございましたので、私が「島尾部隊ではあんなことはあり得ませんよ、島尾部隊の士官も兵隊もみなさん隊長をとても大切に思っていましたから」って申しましたら、島尾は「部隊はみな善人で悪い人は一人もいなくて、隊員全員が仲良くてというふうに書いたのでは、それがたとえ事実であってても小説にはならない」と申しました。「小説は人生のいろいろな善い面、悪しき面を書き表さなければ小説にはなりませんからねぇ」と申して笑いました。

島尾敏雄に就いていろいろ申し上げましたが、自分の夫のことをたくさんの方々の前でこのように臆面もなく申し上げますことは、たいへん慎みのないことでございます。本来でしたら、「いたらない夫でございます。島尾はとてもいたらない人間でございました。島尾の書く作品はたいへんつたない作品で、取るに足りないものです」というふうに謙遜して申し上げるのが日本の妻としての美徳かもしれません。しかし、私はそのように申し上げたくありません。それは、私はそうは思いませんから。私は子どものときから自分の心に正直に生きなさいと教えられて参りましたから、今でも自分がよいと思ったら、夫のことでも子供のことでもよいと申しております。これは誠に不遜でございます。慎み深い日本の御婦人方にはこのような不遜な事をおっしゃる方はいらっしゃらないと思います。ですから私は常識からは、少々はみ出しているのかもしれません。

島尾の作品は取るに足りない作品というふうに申し上げたくないのは、やはりそれだけの理由がございます。私は自分の夫をとても立派な人だと自分で思っております。戦争中加計呂麻島の人たちが「あの人は人間として立派な生まれの極まりの方でしょう」とたたえたような思いを私もずっと持ちつづけております。そして島尾の文学もアメリカやフランスやドイツ、それから韓国などほかの外国でも出版されております。アメリカの大学のフィリップ・ゲイブリエルさまとおっしゃる先生は、島尾文学を一生研究したいとおっしゃいまして、博士論文を島尾敏雄についてお書きになって博士号をご取得あそばされました。それは五〇〇ページ以上のぶ厚い本となって、博士から私のほうに送ってくださいました。そのお方は加計呂麻島にもおいでになっていらっしゃいます。

このような世間の評価を自分もそのまま受けて、そしてそれを皆様にもお伝えしたいと思います。とくにこの資料館をご覧になる皆様方には、お伝えしたいと思います。福島県相馬郡小高町出身の島尾敏雄という一人の文学者が、そういう業績を残した文学者であったということをふるさとの皆様方がお心にお留め置きくださいますならば、まことに幸甚に存じます。

「島尾敏雄の文学作品と創作の背景について」という題をつけさせていただきましたけれども、つまり「文は人なり」と申しますから、島尾の心、生き方、そういういろいろなことが島尾の文学の根本であり背景であり、総てであると考えてこんなお話をさせていただきました。

島尾は小説作品及び文学エッセイ、それから南島に関するエッセイだけでも三八〇点も書いておりました。島尾は日本列島を「ヤポネシア」と呼称したいというようなことを申しておりましたが、「ヤポネシア」というのは今はもう学術用語にさえなっているそうでございます。今日、沖縄から琉球大学の岡本恵徳先生がお見えになってらっしゃいますが、岡本先生は『「ヤポネシア論」の輪郭　島尾敏雄のまなざし』という御本を刊行なさいました。他にも「ヤポネシア」に就いての論をお書きになった方々が、かなりいらっしゃいます。島尾は自分の小説を二つに分類できると申しておりました。それは、ひとつは目を開けて見た世界を書いたものと、目を閉じて見た世界を書いたものと二つに分類できると申しておりました。その目を開けて見た世界と申しますのは、現実に自分が生きていてその目で見て心で感じ、五感に感じたことにフィクションをつけて書いたものが目を開けて書いた小説でございます。そして目を閉じて書いた世界と申しますのは、夢を見ている「夢の中での日常」と島尾は申しましたけれども、その夢の中の世界を題材にして書いた小説でございます。

その二つの作品の中でどちらが好きかと聞かれましたら、私は、もちろん夢の中でのことを書いた小説にも心惹かれるものがございます。しかし、いくら夫婦でも妻でも夫の夢の中まではわかりません。ですから、その小説がどのようにして創作されたかということは全然わかりません。しかし、目を開けて見た世界は私は四十年以上島尾の妻として一緒に生活をいたしましたから、目を開けて書いた世界の小説がどういう過程において構想が練られ、何にヒントを得て、どういうふうにして書いていったかということを身近に見ておりますから、目を開けて書いた作品をやはり身近に感じます。

島尾は自分の小説を二つに分けられると申しておりましたけれども、中には夢の世界と現実とない混ぜて書いた小説もございます。それは「島へ」という作品でございまして、私のとても好きな作品でございます。それは夫である「わたし」という主人公と妻が、ある南の小さな島に上陸して、そこの宿屋でひと晩を過ごす、その一夜の出来事を書いた作品でございます。そして島尾が書いたその南の島と申しますのは、私が考えますと、はっきりはわかりませんけれども、奄美群島の徳之島か沖永良部《おきのえらぶ》島か又はその二つをミックスにしたのか、何れかを想定して書いているように思えます。しかし私はその南の島、つまり沖永良部や徳之島へ島尾と一緒に旅をしたことはございません。そして宿屋に泊まったこともございません。ですからその「島へ」の中に書かれている世界はたぶん島尾の夢の中での出来事だと私は思います。

最後のところに島の岬のほうに建つ不思議な建物に住んでいる外国人の若い青年のところへ妻が出かけて行き、なかなか帰って参りませんので、夫である「私」が迎えに行くというシーンがございますが、そのことは現実にございました。それは先ほどこの記念館の開館のお祝いに奄美大島の三味線と太鼓とナンコ盤一式を贈呈なさいました瀬戸内町の、古仁屋《こにや》という小さな町の宿屋に二人で泊まったことがございました。その晩島尾は体調を崩して疲れていましたから、自分は部屋に残ると申して、部屋でお祈りを致しましたので、私は一人で教会へ参りました。御聖堂《おみどう》の祭壇の前でお祈りを致しておりましたらアメリカ人の神父様がおみえになり、御聖堂の横の司祭館へ私をお連れくださいまして、いろいろご馳走をしてくださいました。一方、島尾の方は私の帰りが遅いので迎えに参りました。かすかに夫の靴音が聞こえましたので、私はちょっといたずら心をおこしまして、壁に掛かっていた神父様の黒いスータン、裾の広い司祭服でございますが、それの中に入って隠れてしまいました。そして神父様に、「主人が参りましても、絶対いないとおっしゃってください」とお願いしました。島尾が「妻が伺っていますか？」とお尋ねしましたら、神父様は「イイエ、オリマセン、カエリマシタ。サッキカエリマシタ」っておっしゃってくださいました。でも私の紫色のビロードの靴が、ちゃんと沓《くつ》脱ぎのところにのっていて島尾の目は其処に止り、島尾が不思議な気持ちになっている処へ突然私が飛び出して島尾をおどろかせる。このようなことが実際にございました。その折の情景を島尾は小説「島へ」の終りのところで書いてございます。ですから、このように作品の中には夢の世界と現実をうまくない混ぜて書いた作品もございます。

島尾はたくさん小説を書きましたけれども、小説の世界に書かれていることに自分も一緒に参加していた戦争中の作品を私は非常に身近に感じます。

島尾は海軍の第三期予備学生となり、旅順海軍予備学生教育部で士官になる訓練を受けまして、やがて海軍特攻第十八震洋隊島尾部隊という特攻隊の隊長となって、昭和十九年十一月十一日、これは島尾の母の命日でございますが、前線基地へと進出いたしました。輸送船に百八十三名の隊員とともに乗って、駆逐艦に守られて、佐世保を出発いたしました。そのころアメリカの潜水艦が日本近海にも跳梁していまして、当時の日本軍には制空権も制海権もございませんでしたから、非常に危険でございました。南方戦線へと進出した日本海軍の特攻隊は、途中で潜水艦に襲われて水没したのがたくさんございます。島尾部隊を乗せた輸送船も危険を避けて鹿児島湾に何日か避難したりいたしましたが、しかし無事に加計呂麻島に到着できました。島尾は、出発した日が十一月十一日の母の命日でしたので、きっと無事に着けるという確信をもったそうでございます。やはり子が親に対する想いは、そういう死に直面したようなときには特に強く響くのかもしれません。もともと島尾は折にふれてはよく母親のことを話しておりました。

海軍防備隊に上陸した島尾部隊は、加計呂麻島の呑之浦という入江の両岸に兵舎を設営いたしまして、それから特攻艇を入れる奥行き三十メートルの壕を十二本掘り、そこに特攻艇五十隻を格納して出撃を待ちました。その頃さきほどお話し申し上げました島の人たちから「あれ見よ島尾隊長は人情深くて豪傑で」というふうに尊敬を受けたわけでございます。

当時の情景をお伝えいたしたく、ここからは島尾を特攻隊長の島尾隊長としてお話しをさせていただきます。

その当時、私は特攻基地と岬をひとつ隔てたとなりの集落の国民学校で教師をいたしておりました。そこが私の故郷でございます。私の父は京都の大学で中国の学問を学びました。ですから父の書斎には中国関係の書物がたくさんございましたし、私の家は古い家柄でございまして、父で十七代になります。ですから先祖の人たちが残した古い書物も納戸にたくさん積まれておりました。そのことを島尾隊長がお聞きになって、父にその書物を見せてほしいと言っておいでになりました。そしてその後もたびたび書物を借りにお見えになりました。温厚な人柄で軍人とも思えないような海軍士官の島尾隊長に父は喜んで蔵書をお貸しいたしました。島尾隊長は大学では東洋史の専攻でしたから、非常に中国に関する造詣が深く、父も中国の歴史に深い知識を持っておりましたから、二人でいろいろ話し合いをするのを父は楽しみに致しておりました。そして島尾隊長は私ともだんだん親しくなりました。

右のような次第で島尾隊長と私の父と私と不思議な縁の糸に結ばれて島尾文学の原点と申しますか、島尾文学の原点の芽が芽生えてゆきました。そして戦後になって戦争小説として花を開きました。

加計呂麻島での特攻隊長としての体験は島尾の文学にとても大きな影響を与えております。島尾は戦争を題材にした小説を三十八篇書きましたけれども、その中で一番最初に書いたのは、特攻基地で書きました「はまべのうた」という作品でございます。

思い起こしますと、昭和二十年五月の雲ひとつない夜空に美しい居待ちの月が耀いている晩でございました。私が書院の外縁に座って月を眺めておりましたら、湿った軽い靴音が聞こえて島尾隊長が近付いていらっしゃいました。小高のご親戚の方はたぶんご存知だと思いますが、島尾の父は絹織物の輸出商をいたしておりましたから、羽二重等がたくさんあったのでございましょう。島尾隊長は戦場にも白い絹の風呂敷をお持ちになっていました。その白い絹の風呂敷に包んだ小さなものを私に手渡し、それから海軍士官が腰に吊り佩くきれいな短剣をはずして「これはそれの付録です」とくださいました。私はそれを拝し受けて部屋の中に入り、もちろん隊長さまにも上がっていただきました。その当時は空襲は毎日でしたから、灯火管制で暗くした灯火のもとで、それを開けて見ましたら、きれいな丁寧な鉛筆の文字で海軍罫紙に「はまべのうた」と書かれていまして、横に小さく「乙女の床の辺に吾が置きしつるきの太刀その太刀はや」と副題が添えられてございました。心こめて読みましたら、海軍罫紙二十五枚ほどの童話風な小説でございました。いつ特攻出撃するかもわからない時、しかも特攻隊長という重い軍務の間にこういう小説作品をお書きになって、これを遺書のつもりで私にくださったのでしょうと思いまして、涙がいっぱい零れてまいりました。折しも七夕が近づいておりましたから、星祭りのときにお星様へお捧げする歌を書く短冊に、私は自分で野の花で色付けをしたのを大事に納戸の帳箱の中にしまってございましたから、それを三枚持ってまいりまして、歌を書きました。

はしきやし加那が手触りし短剣と真夜をさめゐてわれ触れ惜しむ
征きませば加那が形見の短剣で吾が生命綱絶たんとぞ念《おも》ふ
大君の任《まけ》のまにまに征き給ふ加那ゆるしませ死出の御供

と右の三首を「はまべのうた」のお返しといたしたのでございます。私はこの方が特攻出撃をなさるときにはこの形見の短剣を我が身に押し当てて、黄泉の旅のお供をさせていただこうとそっと心の奥で思いました。

そしてそれほど遠くない日にその日が参りました。それは昭和二十年八月十三日の夜でございます。ちょうど戦争が終結する二日前でございます。その日島尾部隊に特攻戦が発動されまして「出撃用意」という命令が下りました。その晩、私が部屋で本を読んでおりましたら、表門のほうからあわただしく走ってくる足音が聞こえ、私の名を呼びそして「隊長が征かれます」と大声で叫んでいる声がいたしました。私が縁側に出てみますと、島尾部隊の大坪上等兵曹が靴脱ぎ石の横に俯せになって泣きながら両の拳で地面を叩き、「隊長！　隊長！」と叫んでいらっしゃいました。その声はとても悲痛でしたし、大坪兵曹は身を震わせて地面を叩き「隊長！　隊長！」と泣き募っていらっしゃいますので、私は出撃が済んだと思いまして、「もう出撃なさったのですか」と伺いましたら、「いやこれからです」とおっしゃるので、私は大急ぎで手紙を書きました。北門と申しますのは、特攻隊基地の北の方にある門でございますが、「北門のそばまで参っております。お目にかからせてください。何とかしてお目にかからせてください。決して取り乱したりはいたしません」と書いて大坪兵曹に託しました。大坪兵曹はそれを受け取って挙手の礼のまま、私と見つめ合いました。大坪兵曹と私も今生の別れでございましたから、万感胸に迫る思いでございました。

そのあと私は井戸端で身を清めて、真新しい肌着を身に着けて、母の形見の呂縮緬の夏の喪服を着て、その上に足元の乱れを防ぐためにモンペを履き、最期の時に足を結ぶための晒布の紐を懐に入れて、短剣を持って足袋裸足で特攻基地の方へ一生懸命駆けて行きました。

私の住んでますところと特攻基地のあるところはかなり離れておりまして、岬をひとつ越えなければなりません。海岸は岩場もありますし、歩きにくいところが多々ございます。潮が満ちてきていて、渡れないところもありました。そういうところは私は泳いで渡りました。夜の海を泳ぐというのはとても恐いものです。まっ暗ですから、泳いでいるとどこへ進んでいるかわからなくなりまして、不安になって足の立つところまで引き返して、またもう一回泳ぎなおすというふうなことなどを繰り返しました。難渋しながらようやく特攻基地の近くまでたどり着きましたら、そこでさきほどの大坪さんがお待ちになってらっしゃいまして、「隊長にお伝えしてきます」と言って走って行きました。

島尾隊長が間もなく出ていらっしゃいまして、とても穏やかににこにこ微笑みながら、「大坪が何を言いに行ったか知りませんが、これは演習ですから、どうぞ心配しないでください。心配しないで早くおうちにお帰りなさい。本当にお帰りください。僕は今とても忙しくて、隊を離れられないから、すぐ帰らなければなりません」と言って走ってお帰りになりました。

でも私は大坪さんの言葉は真実だと思いましたし、隊長さまは私を嘆かせないためにあのようにおっしゃったのでしょうとわかっておりましたから、北門の番兵塔のところに正座をいたしまして、短剣をしっかり胸に抱き、特攻艇が入江を出て行くのを待ち、隊長さまの艇を先頭に五十隻の特攻艇が決死の戦場へと出撃して征くのを見送ってから、私は自分の事をしようと思いました。そのときは海に突き出た岬の一番端の岩に立って、晒布の紐で足をしっかり結び、短剣を喉に突き当てて海に落ちようと思っておりました。そしてずっと目を凝らして特攻基地の方を見ておりますけれども、いっこうに特攻艇は出撃して参りません。時が長く長く感じられました。部隊の方では艇の激しいエンジンの音やホイッスルの響きなど騒々しい音響がどよめいていると思っていましたけれども、なにも聞こえては参りません。ただ海端の松の枝に止まっているフクロウがやさしい声で啼いておりました。私のそばには浜木綿の花が真っ白いきれいな花を咲かせ、かぐわしい香気をあたり一面に漂わせておりました。呑之浦は深い入江でございますので、山中の湖のようにおだやかで、ほんとうに静かでございます。渚には寄せ退く小波の音がやさしく聞こえていました。私は砂浜に正座してじいっと時の至るのを待ちました。しかし待ち続けておりましてもいっこうに出撃の気配はなくて、とうとう夜が明けてしまいました。

島尾部隊では十三日の夕方、「特攻戦発動出撃用意」という信令が下りましたけれども、即時待機のままで防備隊本部のほうからは「発進」という合図がいっこうにかからず、即時待機のままでとうとう十四日の朝を迎え、十四日の昼もやはり出撃即時待機という状態で待っていました。十四日の長い長い一日も過ぎまして、十四日の夜になりました。ちょうど死刑台に立たされて、銃口を向けられたままずうっと立ち続けているのと同じでございます。それは島尾部隊の隊長さまはじめ搭乗員たちにとっても、また私にとっても同じ思いでございました。

出撃即時待機の緊張のままで再び夜を過ごし、十四日の夜も次第に更けてゆき、そして十五日の朝を迎え、十五日の正午に戦争は終わりました。島尾隊長も搭乗員も私も長い時間対峙した死の淵から生の方へ立ち戻ることになりました。

戦争が終わりましたから特攻隊隊長の島尾隊長は今度は輸送指揮官となり、特攻隊の搭乗員たちを漁船に分乗させて、九月一日佐世保のほうへ復員して帰りました。そして島尾隊長は島尾敏雄に戻り、これからの人生を生きることになりました。それから私は翌年三月に島尾の妻となりました。

あの出撃の晩の経験を島尾は「出発は遂に訪れず」という作品に書きました。つまり「出発は遂に訪れず」は昭和二十年八月十三日から十五日にかけての体験を背景として書いたものでございますし、その体験を私は「その夜」という題で書きました。そして復員後は、島尾は神戸市外国語大学の助教授などをいたしておりましたが、それと同時に文学者としての道も歩みました。

島尾はたくさんの小説、エッセイを書きましたけれども、その清書はほとんど私がいたしました。一家の主人と尊敬する夫の仕事に自分もお手伝いできますことを、私は有難いと感謝しました。その幸せの思いを「天が下なる幸い妻よ」と歌に書いたりしたことがございます。清書と申しますのは作業でございますから、いかに間違いなく書くかということに一生懸命心を使います。

島尾は「文章とは削るものなり」と申しておりましたから、島尾の文章はたくさん削ったり繋いだりしてございました。それをしっかり目と心に入れて間違いなく書くということばかり考えますので、中の文章などを心に入れる余裕はございません。

しかし戦争小説を清書いたしますときには、私も一緒に戦場で体験いたしました、あの時の情景が蘇ってきて、事実と小説に書かれている事の相違の妙に、私は感じ入りました。

島尾の生活、戦争体験も、小高での幼いときの体験もみんなそれらの体験が島尾の小説の背景になり、土台になっていると思います。そして夫婦として私は島尾が天の国に帰りますまで、一緒に過ごしたわけでございますから、二人の生活そのものも、そのときの愛情もいろいろなこともみな小説作品の中には含まれていると思います。島尾はとても私を大切にいたしました。もちろん子どもたちも大切にいたしました。人生にはいろいろなことがございます。そして島尾の伴侶としての私の長い生活のなかにもいろいろな紆余曲折がございました。しかしその紆余曲折のなかでも私と島尾は、根本的に深く結ばれておりました。ちょっと横道にそれますが、島尾はずっと日記をつけておりまして、新潮社の雑誌「新潮」が昭和三十年一月から十二月までの日記を昨年一年間連載してくださいました。今度それを単行本として新潮社の伊藤さんが出版なさってくださいます。当時まだ小さかった息子の伸三とマヤと私があの頃を振り返って、家庭の事情と普通言われていますあの時代のことを書き「死の棘日記」に添えて一冊の本として出ることになっております。つまりそういう非常に辛い時代もありました。修羅のような辛い時代も根本において私と島尾はいつもしっかりと結ばれておりましたから、いろいろな悲しみ苦しみも乗り越えて、また平和な安らかな生活に帰って行くことができました。

島尾は私をとても大事にいたしました。そして「僕とミホがどんなに望んでも百年も二百年も一緒にいられるわけではないから、せめてこの世に生のあるうちは一分でも長く一緒にいるようにしましょう」と言っていつも二人でいる時間を大切にいたしました。島尾は「僕は決してミホより先に死ぬようなことはいたしません」と申しておりました。「もし神様から天の国へ来なさいと僕にお召しがあったときには、僕は家の柱にしっかりしがみついて、どうぞ妻よりも一分でもいいですから後にお連れになってください。妻に別れの悲しい思いをさせないでください。どうぞお願いします」と必死になってお願いをして、決してミホを残して死ぬようなことはしませんといつも申しておりました。何十年もの間、常にそう申しておりました。そして非常に身を大切にいたしました。

しかしその願いも努力もむなしくて昭和六十一年（一九八六年）十一月十二日島尾は天の国へ帰りました。近頃は延命する医療のいろいろなことがございまして、十二日に亡くなりましたけれども、延命装置をしなかったら、島尾は十一月十一日お母さまの命日に、たぶんお母さまのみもとへ帰ったでしょうと私は思っております。島尾には義郎《よしろう》と申す弟がおりましたが、その弟もまた母親の命日の十一月十一日に亡くなりました。これをなんと母子の縁の深さと申すのでございましょう。

神様が島尾をお召しになりました時、私は悲しみのあまり不遜にも神様をお恨みさえいたしました。島尾は書庫で本の整理を私としていた時に倒れまして、別れのことばを交わす間もなく、まさに忽然と天の国へ召されました。そのような別れは悲嘆の極みでございます。しかし病気の苦痛や悲しみの果ての別れではなく、物思う間もない別れをさせてくださったのは、むしろ私と島尾への神様のお慈しみの賜わりもので、辛い思いを長くさせないようにという神様の思し召しでしたかもしれないと、月日の流れとともに思えるようになりました。看病をしないで別れるのは本当に辛うございます。夫の突然の死は自分の落ち度があったからではないかと、十年間自分を責めつづけてまいりました。しかし今は、総ては神様の思し召しだったのでしょうと考えるようになりました。

島尾は亡くなりまして、遺骨の半分は小高の墓地に両親に抱かれて眠っております。そして遺骨の半分は私のところにおります。島尾が帰天いたしましてから、十有余年が流れましたが、私は毎日遺骨を抱いて話しかけ、そして抱きしめて泣きます。一日中というわけではなく、昼のひとときとか、夜とか、日常の煩忙から離れて、私は島尾と向き合い、島尾と互いを暖め合っております。夜休みますときには毎晩私のそばに島尾にいてもらいます。島尾が生前着ておりました寝巻きを彼の上に掛けて、島尾が生前「ミホ早くお休みなさい」と言っていたあのやさしい言葉を思い返しながら、自分で「ミホ早くお休みなさい」と言い、「そうですね、休ませていただきます」と答えて毎晩休んでおります。島尾は、生前は私が眠りに入るまで毎晩ベッドの横に正座いたしまして聖書を読んでくれていました。毎晩私が眠りにつくまで読んでくれました。私は今は一人で休む前にお祈りを致しますが、島尾は生前と変わりなくいつも私と一緒におります。ただ姿が見えないだけで島尾は私と一緒におります。

私にも寂しいときも悲しいときもございます。そういうときには「夫島尾敏雄がいつも私と一緒なんだわ」と思って自分を励まします。そして迷ったときには「あなたこれはどうしたらおよろしいのでしょう」とお伺いを島尾にたてます。そして「あなたでしたらこうなさったでしょうねえ」と自分の考えを島尾の考えとして事を運びます。いつもいつもこれからもずっと島尾は私といっしょですから、彼の力を借りて私の残りの人生を、島尾文学にお心をお寄せくださる方々へのご恩返しや島尾の文学のために少しでもお役に立ちたいと願ってます。

大変につたない話しでございましたけれども、長い間ご静聴くださいましてありがとうございました。演題は「島尾敏雄の文学作品と創作の背景」という題でございましたけれども、島尾の人生そのものが島尾の小説の原点であり、背景であり、すべてだと思いますので、島尾の生きてきた証のようなものをお伝えさせていただきました。

『死の棘日記』への思い

此の度新潮社より『死の棘日記』〔二〇〇五年刊〕が刊行の運びとなりましたことを、私は亡夫島尾敏雄の霊前に報告し、無量の感懐を共に致しました。四二四頁に及ぶずしりと重い本を霊前に供え、祭壇に納った夫の写真に語りかけますと、深い思いを籠めた「ミホ　ミホ」と呼びかけるあの懐しい声が聞こえたように思えて、胸が込み上げ涙が降る降る零れました。そして『死の棘日記』の刊行を慰労して、何時かの日のように、祭壇の中から生前の姿となって、私の前に現われてくれることを祈りましたが、夫の姿は現われず、祭壇に納った写真が、じっと私を見つめているばかりでした。

天の国に在る魂が、此の現し世に在りし日の姿となって、愛する者の眼前に現われる、そのようなことが、実際に有り得るということを、私ははっきりまのあたりに致したことがあります。現実界では有り得ないと思えることを、私はまさしく、正しく、自分の瞳にはっきりと写し見たのです。かすかな夫の体温迄も自分の肌に感受しました。

あれは『死の棘日記』の最終の校正刷りに朱筆入れをすませ、新潮社出版部の担当の伊藤暁様へFAX送信をすませた、丁度その時でした。ふと人の気配を感じて顔をそちらへ向けますと隣室八畳の小鳥のクマ（セキセイインコ）の部屋と、私が座っているこちらの八畳の部屋の間の敷居近くに、背筋を伸ばして夫が正座しています。生前と全く変らぬ姿で。豊かな黒髪がふさふさと膨らみを持っているのも生前と変りません。夫は六十九歳で天に召されましたが、髪の毛も白髪はなく、太めの黒髪が密生していましたし、歯も一本も欠けることなく、白く綺麗に並んだ歯は全部しっかりした自分の歯でした。ちなみに作家仲間の吉行淳之介さんは、「島尾はいつ迄も年を取らないから気持ち悪いよ」と冗談に仰しゃっていました。然許《さばか》りに夫は何時迄も若々しかったのです。その時真っ直ぐに祭壇の方を向いて座っていた姿は、白地に紺色の井桁模様の単衣の着物、その井桁模様は濃紺と薄紺のかなり太い井桁です。帯は黒無地の太絞縮緬を強めにきっちり絞めています。夫が身に着けている着物も帯も私は初めて見る品でした。生前夫は家では着物を着ることが多かったのですが、今夫の身に着けている着物と帯には、これに似た品はありませんでしたので、その若やいだ衣装を私は不思議に思って見ていました。夫の体温が幽かに私の肌に伝わってくるのです。私は生前の夫を子供達が呼んでいたように「オトウサマ」と呼びかけて肩に手を当てようとした途端にその姿は消え失せました。まさに、正に、私は夫の姿をまざまざと目の前にし、視覚だけでなく、自分の肌に直接夫のあの柔らかな体温さえも感受したのです。表現の詞を知らない不思議な状況にあった私の側へクマが走り寄って来て、いぶかしげにしきりに可愛い青い嘴で合図をしています。クマとは青い羽の美しい小鳥ですが、十三年の間家族として起居を共にしておりますので、人の話す言葉を殆んど理解出来ますし、感情も豊かで、私が健康を損ねて臥せました折には、枕許で見守り、時々私の頬に自分の顔をよせて慰めてくれました。夫の姿が見えた此の時も私の様子に気付いたのでしょう。ひときわ強くクマが私の膝を突いた時に、はっと我にかえった私は涙が滂沱と溢れてきました。是をなむ「幻出」「幻覚」「幻想」と申すものなのでしょうか。

久々に逢いたる人と語らわで
　別れしあとの念《おも》い深しも

久方振りに亡夫と再会が叶ったうれしさに胸が高鳴り、じっとしておれずに私は和ちゃん〔ミホの従妹・和子〕へ電話をかけて、先程のことを話しました。僭越乍ら新潮社の『死の棘日記』担当の伊藤暁様へも、電話でこの出来事をお伝えしました。

＊

『死の棘日記』の最終の校正をすませる迄には、私の心のうちにはいろいろのことが去来しました。それはあたかも重い荷をずっと背負っているような、重圧な精神のさいなみにも苦しみました。『死の棘日記』の校正を全て終えた時、私は久々に肩の荷を降ろし、青空を振り仰ぎ、胸を開いて深い呼吸が出来る思いが致しました。その心中の重い負担を夫敏雄も亦、天の国で共に負い、私を支えてくれていたのでしょう。故に『死の棘日記』の校正が終った時に「ミホ　ゴクロウサマデシタ　アリガトウ」と告げる為に、私の前に帰り現われたように思えてなりません。幽明界を隔てても尚、身魂は夫婦の深い愛と絆で結ばれている有難さを、私は今更に胸裡に納めました。

＊

『死の棘日記』は夫婦の葛藤を書いた作品と読めますが、私には夫婦の絆の深さと、夫婦が更に愛を深め合う『夫婦愛日記』にも思えます。

はしきやし夫《つま》が手触れし文机と
　真夜をさめゐてわれ触れ惜しむ

俤《おもかげ》は眼間《まなかい》にたち藻塩焼く
　煙の如く絶ゆる間もなし（奄美大島では現在でも海端で塩を焼いています）

夫《つま》逝きて幽明界を隔つとも
　弥増《いやま》す念《おも》い身魂に満つ

Ⅲ

加計呂麻島の事など

日本本土を遥か南に遠く、三百八十粁《キロメートル》の洋上に、奄美大島が在り、更にその南に浮かぶ、与《よ》論《ろん》島の約四倍の面積を持つ島が、加計呂麻《かけろま》島です。亜熱帯圏にある為、年間平均気温二十二度が、四季を通じて適当に按分され、島山の木々の葉は、南国の太陽の灼熱と、冴えた月夜の玉露とを充分に吸って、年中濃緑色に照り映え、人家の庭先には、色彩鮮やかな南島の花々が咲き盛り、バナナやパパイヤ、マンゴー等が実をつけています。

島には多くの伝説が語り継がれ、源氏や平家に就いての伝説も多々あります。今から八百三十三年前の永万元年（一一六五年）の頃、保元の乱で平家に敗れた、源為朝が来島したとの語り伝えがあり、島の女性との間に誕生した子息、実久《サネク》三次郎の墓が加計呂麻島実久に在ります。そして三次郎の木像を神体とする実久三次郎神社が今も実久に現存していて、旧暦九月九日に祭が行われています。

ちなみに加計呂麻島は、瀬戸内町として合併される以前は、何れも源為朝に縁《ゆかり》の深い名前の、鎮西村と実久村の二つの村でした。

嘗て琉球王国と関わりの深かった諸鈍《ショドン》の集落には、壇ノ浦の戦いで源氏に敗れた平資盛が、文治二年（一一八六年）一門を率いて上陸し、城を築き島を統べ治めたとの伝説があります。諸鈍に残る資盛を祭る大屯《オオチョン》神社でも、実久の神社と同じく、毎年旧暦九月九日には祭が開催され、この時演じられる「諸鈍芝居《ショドンシバヤ》」は国の重要無形民俗文化財に指定されています。

源平のいくさの世に、其れ其れの敗軍の将が、相次いで加計呂麻島へ渡って来たのも、之をなん縁由《えんゆう》とでもいうのでしょうか。

江戸時代に活躍した読本《よみほん》作家滝沢馬琴も、その長篇大作「椿説弓張月」の中で、源為朝が渡った島のひとつとして、加計呂麻島のことを書いています。

加計呂麻島は遣唐使船の寄港地でもありました。そのことを実証する品々が、第二次世界大戦の頃迄は、島の旧家にかなり残っていました。

第二次世界大戦も終りに近い昭和十九年（一九四四年）十一月に、加計呂麻島呑之浦の細長く折れ込んだ入江の両岸に、海軍特別攻撃隊第十八震洋隊島尾部隊が、基地を設営して、百八十余名の隊員が駐屯していたことがありましたが、此の特攻隊の隊長は、島尾敏雄という、若い海軍中尉でした。

彼は加計呂麻島の特攻基地で、特攻出撃待機の日日を重ねているうちに、次第に島へ寄せる思いが深まっていったようです。

死を決しての前線基地進出に当たり、彼は古事記を携えたそうです。そして「古事記の世界というのは、自分の周囲の生活とは結びつけるものが何も無い、遠い世界の感じがしていたけれども、加計呂麻島で古事記を読むと、非常に現実に近いことを書いた書物のような気がした。つまり島の集落を歩いたり島の人と話したりすると古事記の世界が現存しているような感受があり、古事記の世界が加計呂麻島にはそのまゝ生きていて、島の人たちは古代人のような優しさとおおらかさに満ちていると思った」と後に書いています。（「琉球弧の感受」／『南風のさそい』泰流社、一九七八年刊所収）

島尾敏雄のいう古事記の世界さながらに、当時の島の人々は、南島の島影の集落で、先祖代々伝え受け継いできた、島の信仰や風俗習慣を、大切に守り実行しながら、長閑に暮らしていました。殊に祭や年中行事を大切として、親は子に心こめて教え伝えました。

私はその南島の信仰や習俗の中で育ちましたから、精神の受けた影響には深いものがあり、殊に死生観に於ては、幼時に培われて、胸底深く沈潜した思念が、今も尚強く留まっているように思います。

私の育った集落では、子供が誕生することを「ハマグマの浜へ行ってきた」と言います。集落から少し離れた、入江内の小さな浦の、渚にはアダンやユウナの木が生え並ぶ、美しい砂浜がありますが、其処をハマグマの浜と呼称します。其処へ海の彼方のニライカナイの国から神がみどり子を抱いて現れ、子供を砂浜において、母親にふさわしい女性の許へ行き、キリスト教で天使がマリアへ告げた受胎告知のように、神が子を授ける旨を告げると、それを受けた女性はハマグマの浜へ行って、赤子を戴いてくるのだ、と人の誕生に就いて、子供たちは教えられました。そのことを胸に納めている子供たちは、ハマグマの浜を通る時には、神聖な場所を踏み渡るのが畏れられて、砂浜を踏まぬよう波打際を歩き、声を出すのも憚られ、黙って大急ぎで通り過ぎました。海の彼方のニライカナイの国から此の世へ来た人間は、神のお召しがあれば、ニライカナイへ帰らなければならないこともまた子供たちは教えられました。そのことを私は年中行事の柴挿《しばさ》し祭の折に、幼い乍らも納得出来ました。

柴挿し祭とは祖先の霊魂、島の方言では、コーソガナシといいますが、そのコーソガナシを迎え接待する祭です。

旧暦八月壬《みずのえ》の夕方、迎え火を焚いてコーソガナシを迎え、表座敷で接待をします。家門の脇で迎え火を焚くのが、幼い私には不思議に思えて、母に尋ねたところ「コーソガナシが海の底を歩いておいでになるので、海水に濡れた大御足《おみあし》を乾かしたり、暖めたりなさる為なのです」と教えました。火を焚いて迎えることが非常に現実的に受け止められ、自分も神のお召しがあれば、ニライカナイの先祖たちの許へ行くのでしょう、と死は怖ろしいことではないと思えました。

死者を身近に感じていたのは、洗骨という習わしの影響もあったのでしょう。洗骨とは土葬にした墓を、没後七年以降に開けて骨を取り出し、洗い浄めて真綿で包み、甕に納めて再び埋葬する習慣です。此の時甕の半分を土中に埋め、残りの半分は地上に出し、蓋を取れば何時でも遺骨に会えるようにして置く、家族もあります。洗骨がすまないうちは仮埋葬で、洗骨をすませてはじめて葬儀が終了したことになるので、遺族にとっては、洗骨は大切な務めとなっています。

洗骨をすませた後、親類縁者が集まって宴を張り、故人への務めを果たし終えた安堵の中で、故人の霊を慰め、重荷をおろした喜びを共に分かち合います。

この晩は集落じゅうの老若男女、子供たち迄もが広場に集り、輪になって踊り、輪の内側で踊っている亡き人々の霊魂に向かって、なお生前の姿を見るかのように、現し身の人々は、懐しいその名を呼びかわし、話しかけました。そして「後生の人たちと踊り競べだ、負けるな、負けるな」と歌い、東の空に暁の明星が輝き、一番鶏が夜明けを告げる迄踊り続けました。もはや生も死も無く。

洗骨は現在も行われていて、私の叔父の洗骨の年が、来年巡ってくるので、私たち一族は、それを行う心づもりでおります。

母の料理帳

私が子供の頃、納戸の隅に置かれた母の朱塗りの衣装箱の蓋を何気なく開けて見た時、中は衣装ではなく、表紙に美しい羽二重や縮緬の布を張った、手造りの帳面がいっぱい詰まっていましたので、つい取り上げて見ると、最初の頁に、「軽羹《かるかん》＝粳米《うるちまい》粉、山芋、白砂糖、同量」次の頁に、「米羹《こめかん》＝餅米粉六割、粳米粉四割、黒砂糖、粉と同量」などという文字が書きつけられていました。そしてそれに続く次々の頁にも、カステーラ、朝鮮飴、求肥《ぎゅうひ》など菓子の名と粉や玉子や水飴、砂糖などの分量が流れるような毛筆の文字で書いてありました。私はそれが父の筆跡なのに気づき、何故この様な物が大切に仕舞われているのかと不審に思い、その数冊を手に取ってあちこちの頁を繰ってみたのですが、子供の私にはその意味が分らぬままに箱の蓋を閉じてしまいました。その後両親にその事を別段たずねてみるでもないままに年月は流れ、それが母の料理帳であった事を理解するまでには、十数年も経ってしまいました。

母の死後納戸の整理をしていて隅の方に朱塗りの衣装箱を見つけた時、私はまるで玉手箱を開くかのような思いで蓋をそっと持ち上げました。其処には私が遠い日に見たあの帳面が、その時のままに置かれてありました。薄暗い納戸の仄かな明りの中で手に取ると、帳面の和紙はいくぶん黄ばんではいましたが、墨の文字は生き生きとなおあざやかでした。母の為に此の様に数多くの料理帳を清書していた父の深い愛へも思いを寄せながら、私は終日かけて、全部の帳面の文字にすっかり目を通しました。そのかすかに黄味を帯びた和紙の面には、菓子や料理の名と材料の分量が記されているだけで、作り方は一切書かれていませんでしたが、大方の見当が私にはつきました。私は一人子の甘えと又手伝いの人たちもいた事から、年頃になっても炊事場に立つ事をあまりしませんでしたが、平生でも手間をかける母の食卓から、いつとはなしに母の料理の方法が身についていたようなのです。

「料理に携わる時が何事よりも楽しい」と言う母の為に、父は時折り京都や長崎あたりから料理の師匠を招聘していましたが、その時々に指導を受けた料理の覚え書きを、後で母が父に清書して貰ったのが、あの朱塗りの衣装箱の中の帳面だったのでした。

母は常日頃、女と生れていれば、調理は或る程度自ずと会得出来ても、家伝の膳部の作法は実際に当ってみなければ分らないので、それを私に教えて置きたいと言っていました。例えば五つ膳のほかに脇膳が二つもつく時の組み方とか、正式な膳部の向う膳を手許に取る時、前に傾く体を支える為に手に持つ砂糖黍の茎を客席の右側に用意する事だとか、食事の作法では箸を移す際に、前の移り香や味が箸に残らないように、白豆腐の中に差して箸清めをしてから次の品に移らなければならない事など、あれこれと母が話し出すと、私は辟易してしまい、その上膳部の組み合わせとなると、特別の料理の器はその多くが漆器でしたから、それを錠屋《さしんや》から出し入れする面倒も思い、ついつい母の言葉を聞き流しているうちに母は亡くなり、古くから伝えられてきた我家の膳部の作法は、私の代で途絶えてしまい、只後悔だけが私の胸の内に残されることになりました。

不確かな伝承から

一昨年の夏加計呂麻島のI部落へ墓参に行った時、長く続いた家を今も一人居残って守り継いでいる親戚の女の人が、

「先祖のお墓に行く前にまず『ソテツガナシ』へのお参りをすませてからにしましょう」

と言って私を屋敷の裏山へ案内しました。

其処には立ち並ぶ木々の木洩れ陽を斑らに受けて、ひっそりとひと本の蘇鉄が植えてありました。私たちはその周囲に散り敷いた枯葉を掃き清め、その前に置かれた湯飲み茶椀や盃などを近くの小川で洗ってから、持参した花や線香それに水や酒なども供えて、掌を合わせたのでした。

前の晩に彼女はこの家に古くから伝わる珍らしい品々を私に示しながら、古事来歴や伝承などをあれこれと語って聞かせてくれたのですが、その中に次のような話しがあったのです。

「NS家では『ソテツガナシ』への香華をおろそかにしてはいけないこととその蘇鉄が枯れた時には必ず植え継ぐことが家訓になっています」

その由来のはっきりした年代はわかりませんが、ずっと遠い昔に遡ることになるのでしょう。

沖縄でしきりにいくさの行われていた時分のこととか。負けた方の王の妃が身重のからだを一人の従者に付き添われただけで、夜陰に乗じ小舟で沖縄を脱け出したのですが、ようやくたどり着いたところがI部落の浜辺だったということです。陸に上がってはみたもののあてどはなく、行き暮れて磯辺に佇む二人を、たまたま通りかかった野良帰りの農夫が見かけて声をかけました。事情を聞いた農夫は二人を哀れみ早速自分の家に連れ帰りました。彼の妻もまた心やさしい者でしたので、二人をその家にとどめ夫婦共々手厚くもてなしていたのでした。やがて妃は月満ちて男の子を出産しましたが、不幸にも産後の肥立ちが悪くて果敢《はか》なくなり、生れた子もまた母親の後を追うように死んでしまいました。滅びの日に夫の王と自決を共にすることが許されなかったのは、ひとえに生れ来る子供のためだとさとされて、生き恥をさらしてはるばる逃れて参りました、と妃はさめざめと泣いてばかりいたということです。この非運の妃と薄幸な緑児の死を悼んだI部落の人々は、部落を見おろす小高い丘の上に二人の亡き骸を葬り、その上にひと本の蘇鉄を植えて墓標にしたのが誰言うとなく「ソテツガナシ」と呼ばれるようになったのでした。「ソテツガナシ」は人々から気持ちを寄せられ、その前には誰が手向けるのか野の花や線香がよく見られたということです。ところで従者については何の言い伝えも残ってはおらず墓の有無さえ定かではありませんが。

ずっと後代のことになりますが、この地に移り住むことを決めた当時のNS家の当主が、たまたま「ソテツガナシ」の場所に目をつけて、その恰好な土地柄が気に入り其処に屋敷を構えることを思い立ちました。いよいよ整地に取りかかる段になってその当主は「ソテツガナシ」の前で次のような誓いと願いを立てたのです。

「ＮＳ家の続く限りは子々孫々までお参りを絶やしませんからどうぞほかの場所へ移し替えることを許してください」

そして遺骨と蘇鉄を裏山に移し、その跡にＮＳ家の屋敷が建てられたのでした。ＮＳ家の者は今でも先祖の残したその家訓を忠実に守って「ソテツガナシ」を大切にし、香華の手向けを続け、蘇鉄が枯れると新しいものを植え継ぐことを繰り返してきました。

「そして現在のこの蘇鉄は亡くなった私の夫が植えたものです」

と親戚の未亡人は話しの終わりを結んだのです。


今となっては真偽のほどの確かめようはありませんが、私の母方の先祖のＮＧ家の家紋である㊥についての語り伝えもまた沖縄と深いゆかりのあるものです。

それは沖縄で中山王が次第に勢力を伸ばしてきた頃のことのようです。大島のあたりまでもその勢いを伸ばしてきた中山王は、大島の豪族たちを牽制するために、その娘を輿入れさせたというのです。その時王の娘が持参した嫁入り道具には皆㊥の紋がついていたのですが、その嫁ぎ先であったＮＧ家でも㊥の家紋を使うことが許されたのだと伝えられています。ＮＧ家ではそ

れ以来㊥の紋を家紋としてきました。（活字の都合を考え㊥と書きましたが、実物の㊥《ちゅう》は右にあるとおりです）

　第二次世界大戦の末期にNG家が戦災で焼失するまでは、仄暗い納戸の内に㊥の紋の画かれた長櫃や櫛箱などの道具が刀剣類を納めた長箱と並べて積み重ねてありました。それらはかなり古色を帯びたものやそれほど古い時代のものでもなさそうなものがまざっていたのを私も垣間見た覚えがあります。今家筋では今でも㊥を家紋としている家がありますが、本家のほうが十七代目と伝えられる私の従兄の代になってその東京遊学中に何を思ったのか、㊥の紋を廃して本土風な桜の紋に替えてしまいました。それを知った私の母などひどく淋しがったものでした。その母は生前に「東京へ行って宮城を拝むよりも那覇に行って首里城を拝みたい」とかねがね言っておりました。こよなく沖縄へ思いを寄せていた母の胸の裡には、伝説のようにして語り継がれてきたあの中山王の幼い娘の物語りが去来していたのでしょうか。

沖縄への思い

「沖縄へ寄せる並々ならぬ思いと二十年に及ぶ南島生活の中で、島尾敏雄が受容した南島を引き出して本にしないのは勿体ない」と、吉本隆明氏から示唆を受けた出版社の編集担当者高橋徹さんは、先ず事の始めにと、当時東京の大学で島尾が講義をしていた「南島文学」の集中講義に、自分も出席してカセット・テープに納め、原稿用紙に整理したものを早速に出版したいとのことでしたが、原稿に目を通した島尾は「恥ずかしくてとても本になど出来ない」とお断わりしました。

沖縄の歴史や文化その他もろもろのことに深く心を寄せていました島尾は、沖縄に関する書物は数多く出版されていることを熟知していましたから、今更自分が沖縄のことを著書にして発表するなどとは、烏滸《おこ》がましい限りと遠慮をしたのでしょう。しかしその時高橋さんは島尾の躊躇《ためら》いを、かえすがえすも残念です、と如何にも心残りげでした。

今にして考えますと、あんなにも思い入れ深かった沖縄を中心に纏めた著書を一冊も残していないということは、島尾にとっては心残りでしたのではないかと私には思い纏《まつ》わられてなりません。
「好きな場所は？」と尋ねられると、島尾は躊躇うことなく「沖縄です」と答え、文章にも書いてきました。その文章の一部分をここに引用して、島尾の沖縄へ寄せる心を偲びたいと思います。

私にとって沖縄の人と風土は限りなく好ましい。それはなぜか。その理由を正確には語れないとしても、沖縄の存在と表現に私が強く引かれていることはまちがいがない。この世に理想郷があるなどとは思わないが、自分の環境と現実を踏まえてなお住み易い土地はどこかと問われれば、たぶん早々と沖縄をそこだと決めてしまいそうに思える。沖縄の歴史と現実のそっくりそのままに対してである。甚だ個人的な思い入れでそうなのだが、独り身であれば明日にでも住まいを沖縄に移すだろう。所で私はやはりそのように沖縄に傾く心の根源を探らねばなるまい。……

さてそれらの信号を直接私に送りつづけているのは、沖縄の私の友人たちだといわなければなるまい。而してその最初の人が新川明であった。……新川明は南方から吹き寄せる清涼な海風、と私には感じられた。石垣島で、那覇大道で、彼の友情に私は支えられた。（新川明さんに「爽やか紳士」とひそかにニックネームを奉り、島尾と私の間ではそう呼び合っていました）。

私は次第に沖縄への傾きを強め、彼のまわりに、川満信一の、岡本恵徳、中里友豪の、伊礼孝、儀間進、仲程昌徳の顔々が見えるようになった。私に年毎に沖縄に渡る習慣がつき、……その折りに彗星さながらに沖縄に舞戻る大阪在の儀間比呂志と行き合う偶然が重なった。彼は最初の行き合いの時と少しも変わらぬ陽気で私を包んだ。実は私は当初那覇における群星とこの彗星がどう交叉するのか見通せずにいた。しかしそれは彼の版画をじっと見詰めさえすれば直ちにわかってくることである。その画には沖縄の心と肉が鋭く乗り移っているといわなければならない。仮初の陽気を突き抜け静寂の間合いで息をひそめている。新川明の詩は男性的な表情を放散しつつ含羞のやさしさを送ってよこす。それは何といっても沖縄の核心のあらわれにちがいない。……私は彼らの存在によって、日本が、そして自分が、見えてきたのであったから。

（島尾敏雄著『透明な時の中で』潮出版社）

島尾も書いていますように、毎年度重ねて沖縄を訪れ、殊に冬の間は長期滞在を例年のならわしにして来ました、その沖縄への旅立ちの折の島尾のうれしげな様子は、懐しい故郷へ帰る人そのものでした。沖縄は島尾にとりましては、かけがえのない故郷のような場所だったのでしょう。「私がどんなに望み願っても、大和人《ヤマトンチュ》の私は、沖縄の人になることは叶わないけれども、私の息子の伸三と娘のマヤには半分は沖縄の血が流れていると思うと、誇らしい気持ちになります」と喜びました。そして沖縄の血を受け継いで生れた妻はもとより、息子や娘が羨ましいとも申していました。

　島尾に伴われて私が初めて沖縄に参りました時、島尾は私を先ず糸満市の南山城址へ連れて行き、此処が私の父の先祖の城址であること、南山城は島尾城《しまじり》とも書き残されていることを教えてくれました。学問としては文学よりも歴史を専攻した島尾は厳しく、余程の確証と裏付けがない限りは、言葉に致しませんでしたので、私は彼の言葉をしっかりと胸に納めましたが、その後で南島史の研究家にもこのことを問い合わせてみましたところ、中山王に滅ぼされた南山王の王弟の後裔が父の家系に繋がることを、くわしく教えて貰うことができました。

　私の母の家系もまた沖縄の血筋を引くと聞いています。これは伝説か事実か定かではありませんが、遠い時代に首里の王女が母の実家へ降嫁したということが、一族の間で語り継がれています。その折に中山王から㊥の家紋を与えられて以来母の実家の紋所は㊥になりましたとかで、今もその紋所を家紋として使用しています。又遠隔の地へ輿入れした姫を慰める為に、その夫が小さいながらも守礼之門に擬して門を造りましたのが、昭和の初期までは残っていました。しかし白蟻の被害を受けて崩壊し今はもうその姿を見ることはできません。

　政略結婚を嘆いた姫は、人前へ出ることを生涯拒み通し、黄泉の国への旅立ちの際に「私の血を引く女は、決して美しく生まれることのないように、女は美しく生まれたら悲運に逢います」と言い遺して命を終えた、ということです。尚その子孫で美しく生まれた娘が心そまぬ結婚をきらって、自分の顔を焔で焼き潰したとも、一族の女たちの間でひそやかに悲伝されています。

首里の王女の話がもし真実としましたら、島尾と私の沖縄へのえにしが今一つ深まることになって嬉しい限りです。

「東京へ上って宮城を仰ぐよりも、沖縄へ詣でて、首里城を拝みたい」と、私の母は常々申していましたのに、念願を果たせないまま戦争のさなかに世を去りました。一族の間で語り継がれてきた、首里の王の血を引くという思いが、母の脳裡に秘められてでもいたのでしょうか、今は聞き質す術のないことを淋しく思います。

この話を島尾も心に留めていたのでしょう、沖縄への旅立ちの折にはいつも「アンマの代わりに首里を拝んできますよ」と笑顔で申していました。島尾が亡くなりました今は、何故か私は沖縄からの便りを戴く度に、島尾の沖縄への旅立ちの笑顔と、此の世での最後の島尾との語らいの言葉が偲ばれてなりません。

昭和六十一年十一月十日、午前九時頃から島尾と私は新築したばかりの書庫の建物の中で、前々日から続けていた蔵書の整理を始めていました。十一時少し前に島尾は仕事の手を休めて話しかけました。

「ここ十年間も構想を重ねてきた作品が、漸く纏まったから、正月になったらミホと二人で那覇へ行って、ホテルに滞在して書き始めましょう。これまでにない全く新しいスタイルの作品になりますよ、この作品を書き上げないうちは、僕の文学など未だ未だですよ」

「それは長い小説でございますか」

「長い作品になります」

「五、六百枚位でしょうか」

「もっと、ずっと、ずっと、長いですよ」

「早く那覇へ参って、おとうさまにお力のこもった作品を書いて戴きたいですね」

「そうだね、早く沖縄に行きたいですね」

二人は再びそれぞれ仕事に戻りましたが、島尾はまたすぐ私に声をかけました。

「少し疲れましたから、休んでもいいですか」

「どうぞお休みください、おとうさまがお休みになるのでしたら、ミホも休んでよろしいでしょうか」

暫く待っても返事がないので、不審に思えて「どうしてお返事をなさらないの」と声をかけながら振り向いた時、私ははっと胸を突かれました。本の入ったダンボールに腰をおろした島尾の表情が余りにも淋しそうに見えましたので。

「御冗談にもそんなお顔をなさったら、びっくりするじゃありませんか」

時計の針は午前十一時を指していました。

私は救急車を呼びました。

島尾と私の此の世での最後のしみじみとした話題が、沖縄へ行くことでしたのも、深い有縁のように思えてなりません。この最後の会話を思います度に私は沖縄を思い、沖縄を思う度にこの時の語らいが思い出されて、涙を降る降る流して声を上げて泣きます。今この稿を書きながらも、島尾を思い、沖縄を思い、溢れ出る涙を止めることができません。

沖縄の蒼い空と海、島尾がスペイン風な白い街、と表現した那覇の街、そして懐かしい友人達、その他の総てを包含した沖縄を、島尾はこよなく愛して、死の直前までも深い思いを寄せ続けてきました。

そして妻の私も島尾のように沖縄へのあつい思いを常に胸に秘めております。

悠久の時の流れの中で縁《えにし》の糸に導かれて、島尾と私は沖縄という心のふるさとの恵与に与かり、人生に貴重なふくらみと幸せが加味されましたことを、心から嬉しく思っております。そして島尾生前の懐かしいお友達の方々や親しく交誼を戴いた多くの方々に対して、今は亡き島尾と共々に心からのお礼を申し上げたいと思います。そして此の度「脈」に島尾敏雄特集を加えて下さいました、比嘉加津夫さん並びに同人の皆さまへ深甚の謝意をお捧げ致します。

沖縄の感受

沖縄や奄美の人々の信仰では人間は海の彼方の国から生まれ来て、地上での生涯を終えると、再び海の彼方へ帰って行くのだと信じられているようですが、私は沖縄を訪れる度に、その海の彼方の国の「ニライカナイ」へでもおとない来ったかのような、或いは遠い父祖の地に立ち戻っての安堵と帰郷の喜びが、身内に沁み広がるふうな思いを覚えてなりません。それは今の自分を打擲する力を感ずると同時に、しみじみとした懐しさに全身が満たされる感受でもあるのです。この衝動はどこから湧き起こってくるのでしょうか。

沖縄には御嶽《うたき》とか拝所《うがんじょ》とか呼称される場所が、訪ね行く先々の神社や祠、古城跡や嶽、森など到る処にそれこそ数知れずあって、その前には必ずといってよい程に、真新しい紙銭と四、五糎《センチ》かとも見える巾広の線香の供物が供えられ、そして餅や菓子等の入った重箱を供えた前で一組の人たちが額《ぬかず》き祈り、祈り終わると又その供物の重箱を風呂敷に包み直して胸に抱えて次の拝所へと巡礼して行く姿を、絶えず見受けることに気づきます。しかもそれは時と処を選ばず、どんな険しい山中の拝所にさえもその姿を見かけることに、私は感嘆の思いを抱かないわけにはいきませんでした。その人々は見も知らぬ行きずりの夫と私にさえ、ほほえみながら言葉をかけてくれたのです。そのことに私は神や自然を身近に受け止め、信仰厚く、人間同士も心豊かに互いに慈しみ助け合いながら生きていたであろう、古代の人々の姿を垣間見る思いにさせられ、これこそ人間の本来の生きる姿なのかも知れないと思えてきて、自ずと衿を正し謙虚な気持ちにさせられていくのでした。

拝所巡礼の人たちだけでなく、沖縄の多くの人々からは私はなぜか或る深い感銘を受けるのですが、それはおおらかで屈託なく明るい表情、凛と張った気迫を内に秘めながら、その挙措には対する総てのものを広い懐で包み込むような優しさが溢れていて、旅人の夫と私にさえまるで久々に会った身内に対するのと変わらぬまなざしと、思いを送ってよこすその肌合いのあたたかさが、父祖の地に戻り縁者たちと心の繋がりを確かめ合うような懐かしさを思い起こさせられるのでしょうか。

それともあの蒼い空、澄んだ海、白い砂浜、燃える焔を思わせる真紅の花が枝全体を覆い包むように咲き盛る梯梧《でいご》の木や、風にそよぐ椰子の葉等の、亜熱帯の自然そのものが充満する、南島特有の風物の気配から醸し出される思いがなせる仕業なのでしょうか。

いずれにしろ私は今はこよなく沖縄が好きです。東北を本籍地に持ちながら、私の夫は南島への思い入れが深く、「妻子がいない独り身であればすぐにでも沖縄へ引き移り生涯を沖縄で生きたい」と生前に常々言っていましたが、それ程に南島とは人の心を虜にする何ものかを持ち合わせているのでしょうか。

　夫の書斎には生前そのままに、かなりの数の沖縄関係の書籍が並べられていますが、沖縄に何程の関心も持たなかった頃の私は、それを手にすることなど殆どなくて過ぎていました。ところがたまたま沖縄の劇団の地方巡業の上演を見ましたところ、それが沖縄への私の開眼のきっかけとなったのでした。

　琉球王朝時代を想定した絢爛たる舞台衣装、聞く人の胸の奥に沁み入るような琉球音楽、尊厳をそなえた静寂を装いつつも、内面の激しさに満ちた宮廷舞踊や、琉球方言による歌劇等に、私はすっかり心を奪われてしまいました。

　こうして沖縄の芸能に魅せられた私は、老名優たちの歌劇が那覇で上演されると聞くと、旅先の福岡からすぐに夫と二人で飛行機で、飛んで見に行ったこともありました。又或る年など夫と共に四箇月ばかり那覇に滞在した間に、来る日も来る日も琉球音楽や組踊り（能に似た琉球王朝時代の楽劇）、御冠船踊りや雑踊りに歌劇や芝居等、古典から現代に至る数多くの芸能を堪能出来た日々もありました。

　沖縄は侍も刀を帯びることなく、文治の国として栄え、独自の歴史背景の中ではぐくまれた、芸能ばかりでなく、美術工芸、染織その他いろいろな高い水準の伝統文化が、甚だ豊富な土地柄といえるのではないでしょうか。日本の県単位で考えるならば、境域は全国都道府県中下位から四番目の小ささなのに、沖縄県程個性ある文化遺産の充実した県を私は他に知りません。沖縄戦の戦火で焼失するまでは京都、奈良に次いで、国宝文化財の多い県であった、といわれている程なのですから。

その憧れの地沖縄へ初めての訪れは、夏の真盛りの頃でしたが、南島の風物の魅力は、やはり真夏にこそその極致を知ることが叶うように思えました。殊に渡嘉敷島《とかしき》の阿波連《あはれん》の海の色の美しさと、白い砂浜の輝きのすばらしさは、生涯忘れることはないでしょう、と思える程の強烈な印象を受けたのでした。透きとおる海水を透して射し込む、強烈な真夏の太陽光線が、海中の珊瑚の赤や黄、緑、紫等とりどりの色に反射して、海の浅瀬から深みに移りゆく変化につれて、海面が宝石のオパールの煌めきのように変化する、その色調のすばらしさは、此の世の景色とも思えぬ程に心打たれたのでした。と同時にまた私は鋭い胸の痛みに立ち竦む思いも味わっていたのです。この渡嘉敷島は熾烈を極めた沖縄戦のさなかに、二三九名もの土地の人々が谷間に集結して、集団自決という凄惨極まる事態を引き起こした島でもあったのですから。その時この美しい阿波連の海には米軍の艦船が、海面が見えぬ程にも犇めき合って、米軍兵士が艦船の舷を跨いで渡り歩いていたということです。周囲を海に囲まれた小さな離島で、彼我の砲火の炸裂する近代戦の渦中に巻き込まれた島の人たちは、どのような思いを抱きつつ、親子、兄弟、姉妹、夫婦それぞれが、斧や鎌や石等で、互いを殺しまた自決を遂げていったのでしょう。目の前にする自然が美し過ぎるが故に、ひとしお私にはその修羅場のむごたらしさが偲ばれてなりませんでした。沖縄戦では非戦闘員である住民の実に四分の一が戦禍の犠牲となったということです。それを思うとき沖縄の土を踏む度に私は粛然と身を打たれ、風にそよぐ一木一草にも、それらの人々の慟哭の声を聞く思いで、胸が波立ち涙を零さずにはいられません。

思えば古今と洋の東西を問わず、人間の歴史が戦争の繰り返しの中で、興亡盛衰を繰り返しつつ、綴られなければならなかった事実は、なんと悲しいことでしょうか。それ程広い土地柄ともいえない沖縄の内にさえ、その昔の血なまぐさいいくさを偲ばせる古城址が数多く存在しているのですから。

沖縄ではその歴史の流れの渦の中で、数多くの城が築かれ、盛衰を繰り返したようです。その名残りの城址は離島も含めると、二百箇所以上もあると聞いていますが、私は未だやっと七箇所を見たに過ぎません。城跡のそれぞれには史実や伝統が語り継がれ歌い継がれ、殊に悲劇と悲恋は組踊りや歌劇、口説《くどき》等となって今も尚沖縄の人々の身近にあるようです。古いものに心ひかれる私は、背後の城取り争いの血なまぐささに心痛めつつも、史実や伝説の跡を辿りながら、いずれは度々城址巡りの旅に出たいものだと、ひそかに願っています。それは沖縄の古城の跡には、戦いの痕跡を越えて何か心をゆさぶる、安らぎと懐しさが感じられてならないのですから。

幾たびかの沖縄への旅のうちで、最も心に残っているのは、やはり何といっても最初の訪れの時と言えるでしょう。

その最初の沖縄旅行の機会に、夫は私を城址巡りに伴いました。その旅の道々夫は沖縄の古城それぞれの歴史や伝統等をくわしく話してくれましたので、私はひとしおの思いでいにしえの人々を偲びつつ古城の跡を訪ね、それぞれの荒城の姿が深く心に残りました。

日本音楽にとって馴染みの深い三味線が、沖縄渡来のものであるのと同じく、日本の築城術の石積みの技術もまた沖縄のそれが本土に先行していたと、夫は教えてくれましたが、城郭の総てを寸分の隙間もない切り石積みにして、ゆるやかな曲線を持たせた、優雅な座喜味《ざきみ》城址や中城城《なかぐすく》址のような美しい城壁を、私は日本の城では未だ見たことがありません。

読谷村《よみたん》にある座喜味城址には、私は夫と共に三度も訪れたことになります。最初の時は丁度復元工事の最中でしたが、三度目の時には作業はかなり進み、正門へのゆるやかな坂道筋も広々と整い、城壁の大部分は立派に整い、城郭の外には博物館等も建てられていました。未だ年輪の積み重なりの浅さは覆いようもなく、その姿には心に強く訴えかけてくるものが欠けるように私には思えました。しかしその城壁もやがては歳月を重ねて、古色蒼然たる冒し難さと、自然への融け入りを加えることになるのでしょう。

中城城址へ向かう途次、夫から城主護佐丸按司《ごさまるあじ》の物語りを聞かせて貰った私は、万感の思いを胸に中城城の石門をくぐりました。

中城城址は沖縄の城址のうちでは、昔の面影を最もよく残していると言われますが、六つの城郭からなるその古城の跡は、まるで中世の欧州の城塞を偲ばせるような優雅な姿を、小高い台地の上に忽然と浮かび上がらせています。見上げる城郭の曲線と角の部分の丸みを帯びた特異な造型美のすばらしさ、城郭に設けられた穹窿の石門と石積みの見事さは、城壁にさえ優しさの美を採り入れた、南島の人々の心の豊かさの現れのように、振り仰ぐ者の心に響き、ほのぼのとした思いに誘われました。恐らく沖縄の城は戦いの場としてだけではなく、根のところに祈りの場としての思いがこめられているからでもありましょうか。従って建てられる場所も城塞としての堅固さも申し分ない地形がよく利用されていながら、周囲の景色もまた祈念にもふさわしい絶景という場所が多いのです。

中城城址も見はるかす右方には知念《ちねん》半島の山並み、左方には勝連《かつれん》半島の深い森々が続き、真下には水中深く泳遊する魚の群れまで覗き見られそうにも澄んだ中城湾が見下ろされ、その湾口のあたりには津堅《つけん》島、更に目を遠くに転ずれば、海原の彼方に久高《くだか》島が望眺され、さながら一幅の絵のような景色が展開されているのです。

中城湾の美しい海面を見下ろしながら、ふと私は中城湾要塞司令部はどの辺にあったのやら、と胸の内でつぶやいていました。すると見下ろす中城湾の波間から、すーっと陸軍の軍服を纏った一人の青年将校の姿が現れ出たと思いました。私は思わず傍に立つ夫の手を握りしめて、「あっ、佐川さん！」と呼びかけましたが、彼はきれいな白い歯を見せてほほ笑みながら、すぐにまた波間に沈んで行ってしまいました。それはほんの瞬時の影像でした。そのあとしばらく私は胸の鼓動が波立って、なかなかに納まりませんでした。恐らくそれは幻視だったにちがいありませんが、私は海の彼方の国から、彼の魂が私に会いに来てくれたのにちがいないと思いました。

先の大戦のさなか、陸軍の中城湾要塞司令部副官として任務に就いていた彼は、戦局が破滅に傾くまでは、度々便りを私の両親と私宛に送ってくれていたのでしたが、やがてその便りは全く跡絶えてしまいました。彼はその後のあの苛烈な沖縄戦を、どのような経過を辿ったのでしょうか。恐らくは戦死した公算が高いのですが、戦後の混乱のさなかでその消息を知るすべのないままに、歳月は流れ去っていたのでした。

那覇市からかなり長い時間車にゆられて、夫と私は本部《もとぶ》半島の北山城址（今帰仁《なきじん》城址）に着きました。その城壁に立って、深い断崖の上にゆるやかな曲線を画きつつ長々と続く城壁を眺めながら、私は中国の万里の長城を思い浮かべていました。広い城郭内には夏草が生い繁り、人影ひとつなく風の音のみが蕭々と響き渡り、私は遥かな思いへといざなわれ、現在も尚荻堂《おぎどう》口説《くどき》として歌い継がれているという、その昔の城主北山王が、中山王に攻め滅ぼされた折の勇敢な物語りや、その雄姿が幻のように浮かび偲ばれてなりませんでした。

その昔丁度本土では鎌倉時代末期から室町時代にかけての頃に当たりますが、沖縄は北山、中山、南山の三国に分かれて鼎立していましたが、やがて南山、北山は中山によって滅ぼされ、十五世紀の初頭に沖縄は初めて中山王国として統一されたのでした。そしてその歴代の国王の居城であった中山城は、首里城とも呼称され、那覇の低地を見下ろす高台上にあって、沖縄の城の中では最も堅固で威厳に満ち且つ優美であったといわれますが、私が訪れた頃は未だ楼殿や城壁、城門等の悉くが沖縄戦で灰燼に帰されたまま、在りし日の面影を偲ぶよすがとてもありませんでした。しかし現在は復元工事がかなり進んでいるということですから、やがてはそのかみの威容を、首里丘上に現出し、見る人々に嘗ての琉球王国隆盛時代の面影を偲ばせるよすがとなることでしょう。

昔話の浦島太郎が招かれた龍宮城とは、沖縄のことだったとも聞いたことがありますが、空も海も蒼く美しく、年中亜熱帯植物が色とりどりの花を咲かせ、その花々の間を鳥が囀り遊ぶ自然の姿や、港に出入りする中国、朝鮮、爪哇《ジャワ》、安南等の異国の貿易船等の姿は、日本から行ってはじめて接する者にとっては、まさにお伽噺の国さながらだったのでしょう。殊に豪華絢爛な楼殿の建ち並ぶ首里城内での、中国からの賓客冊封使を迎える時の綺羅びやかな宴席のさまは、如何ばかり華やかだったでしょう。国王を初め文武百官が威儀を正して居並び、舞台上ではこの日の為に踊奉行まで設置して習得させた演劇、舞踊の数々が演じられ、鍛え抜かれた若者たちの、目も彩な紅型《びんがた》衣装の広袖をひるがえして群れ舞う技を目のあたりにすれば、それはまさしく此の世のこととも思えぬ、龍宮城そのものであったにちがいありません。

古い文書や地図に「島尾城《しまじり》」と記載された場所があるのは、北山城（今帰仁城）、中山城（首里城）と共に琉球三山といわれた南山国王の居城のことですが、沖縄へ初めて行った時、夫は先ず最初にこの南山城址に私を伴いました。南山王国はその昔、明国に進貢船と共に留学生等も送ったとかで、明国や朝鮮国の歴史書にもその名が書き留められている城ですので、私は思いをかなり膨らませつつ訪れたのですが、行って見た所は、城の跡らしい様相は全くうかがえず、只残された基底となる低い石垣のみがかすかに面影を留めるのみで、城址内には小学校が建ち、拝所のある近くに「南山城址」と刻まれた小さな石碑が淋しく建っているだけでした。しかしその石碑の前に膝まずき手を合わせていると、私は不思議な感動がこみあげ、涙が降る降る溢れ出たのでした。

琉球との縁由

奄美群島の中の加計呂麻島が私の故郷ですが、島では旧家のことをユカリッチュと呼称します。子供の頃私はユカリッチュとは、古い家具調度がたくさんある家のことをいうのでしょうと考え、私の家のサスィンヤ（鎖籠屋）やコザ（収納部屋）には家具や衣装櫃、刀剣、手裏剣、槍、種子島銃、更には赤錆びた十手までを道具箱に収めて、高く積み重ねてありましたから、私の家もユカリッチュなのでしょうと思っていました。

細長いサスィンヤは床が高く、三区画に仕切られていて、一つの区画には神事に使う道具と、色彩鮮やかな文様の大皿、大小さまざまな形の陶器、南蛮甕等の入った木箱が並び、他の区画には小豆色漆塗高膳、黒漆塗猫足膳、朱漆塗ヤスク膳、黄漆縁黒塗ムルキ膳、平膳、小膳、紫檀親子膳（十客分の子膳の縁は透し彫りが施され、親膳は彫刻なし）の他に黒や朱の漆塗金蒔絵の重箱や器具の類、祝儀用と不祝儀用のそれぞれ用途によって異なる漆器の組そろい、銀の洋食器セット等が木箱に入って並んでいました。多くの和食器の中で唯一の銀の洋食器は、父がシベリヤ鉄道に枕木を輸出したいと考えて、二人のロシア人（彼等の為に二人の中国人コックもいた）を招いた時に使ったものでした。

コザは薄暗く中座敷との境の重い板戸を開けると、黴と樟脳の匂いの混ざったひんやりとした空気が漂い流れ、これがユカリッチュの家の匂いなのでしょうと、私は子供心に納得していました。コザは陰湿でいつも空気が淀み、黄昏どきになると蝙蝠が低く飛び交い、気味悪さをいや増して、幼い私には近寄り難い恐ろしい場所のようにさえ思えました。しかし年に一度、七夕の頃の虫干しの日だけは、其処が華やかな衣装並べの座敷と変わりました。コザには金具の打ち込まれた頑丈な簞笥、黒漆塗金蒔絵や朱漆塗金蒔絵の櫃、深蓋、長持ち、挟み箱、玉箱等が所狭しと積まれていて、その中からネリギン（練衣）、シルギン（白衣）、ドゥギン（胴衣）の他に代々の先祖たちが日常身につけたでしょう男物、女物の衣類が、歳月の重みと、亡き人々の移り香と偲ばれるかすかな匂いを染ませて、母と手伝いの娘たちの手によって次々に取り出され、並べられ、内縁や外縁に張った綱に干されていきました。古い時代の品物は色彩も形もゆかしくまた珍しく、殊にドゥギンと呼ばれる錦織りの着丈の短い上衣は、文目《あやめ》の美しさはもとより、脇のあたりに衽と同じ朱色無地縮緬の紐飾りを垂らした形は、異国の衣装かとさえ思えました。黄色の小さな菊花模様をすきまなくびっしり刺繡さながらに織り浮かせた、打掛風な女物のハナウケギンは厚手で、子供の手には支え難い程にずしりと重く、薄地の芭蕉布を藍染めにして練り板の上に置き、なめらかな肌のサデスビ（宝貝に似た貝）で練り上げたといわれるネリギンは、軽くて、繻《しゅ》子《す》に似た光沢を放ち、サデスビの肌のような色艶とやわらかな感触が、掌を通してやさしく身内に染み透るようでした。それにしても此等の衣装は、いつの時代のどのような折に使われたのでしょうと、幼心にも不可思議な感受が胸中から離れませんでした。

朱漆塗沈金の玉箱には、ノロの祭りにつかう翡翠の勾玉や大きなガワル玉の首飾り、色とりどりの小さなガラスの色玉で模様を編み出した、タマダスキ等が入っていました。此等の品は女あるじが代々受け継ぎ、此の上ない大切なものとされていたようですが、私が子供の頃には使われることもなくて、コザの奥に静かに置かれているだけでしたから、私はタマダスキを解き、小さな色玉で指輪や人形の首飾りにして遊び、玉箱さえ玩具入れにしてしまいました。しかし父も母も何にも言いませんでした。両親は移ろう時代の変遷を胸広く受け入れていたのでしょう。

東北を本籍に持ちながら、私の夫島尾敏雄は南島への思い入れが深く、夫の書斎や書庫の本棚には沖縄や奄美関係の書籍が、その証ででもあるかのように歳月の積み重なりと共に多くの場所を占めるようになっていましたが、沖縄に何程の関心も持たなかった頃の私は、それを手にすることもなく過ぎていました。ところが、夫にさそわれるままに、沖縄の劇団「大伸座」の地方巡業の上演を見たところ、身内を打擲する衝撃を感ずると同時に、しみじみとしたなつかしさに全身が満たされる感受を受けました。幼い頃から何とはなしに胸底に沈み淀んでいた混沌の靄が、輝く日輪の光箭《こうせん》を受けて霧散する思いとでも言ったらいいのでしょうか。嘗て母から聞かされていたウヤフジガナシ（御先祖さま）の前に立つ思いだったのです。琉球王朝時代を想定した舞台上では、髪をカタカシラに結い上げた若侍が、広袖の舞台衣装に金襴の帯をきりりと前結びにして、胸の奥に沁み入るような琉球音楽につれて、尊厳をそなえた静寂を装いつつも、内面の激しさに満ちた宮廷舞踊を舞っていました。その若侍の姿は母から度重ねに聞いた祖父の面影と二重写しになり、私は思わず両手で胸を抱いて涙ぐんでしまいました。

母は私の記憶にない祖父、つまり母にとっての父親についてよく語ってくれました。

――広袖のお着物をお召しになり、見事な織の帯を前結びになされて、毎朝早暁のお陽さまを拝んでおいでたお姿は、それは、それは、御立派でした。

――書院の紫檀のお机の前に正座なされ、色白で面長の横顔を少しうつむき加減になされて、いつも部厚い横文字の本を、ツーピンシャラリーなどと読んでいらっしゃいました（祖父は長崎でオランダ語を学んだ）。

母から聞く祖父の様相を私は形象としては、なかなか思い画くことができませんでしたが、舞台上の若侍の姿は、母が伝えようとしていた祖父の姿をまのあたりにする思いでした。そして故郷の家のコザに収納されていた、あの古色につつまれた衣装類の謎も氷解してゆきました。

母は父親から教えられた、琉球王朝とのかかわりについて、私に諭し伝えたい風で折にふれて、琉球の王から頂戴した母の実家の家紋のことや、首里城の守礼門に似せて建てられた門が、白蟻の被害を受けて崩れ、私に見せることの叶わない淋しさなどを話していました。首里への思い入れは如何にも深げで、「東京へ上って宮城を拝するよりも、沖縄へ詣でて首里城をおがみたい」、と語り常に身を律していたのは、母の身の内に流れる血統のなせるわざだったのでしょうか。

父の家の系図を辿り遡れば、その先は南山城主の南山王に辿り着くと聞かされていたのですが、系図は十七代まで遡って記録されているだけで、それ以前のことは曖昧模糊の彼方にかすみ、適当につくり上げられた伝説にすぎないものと、私は軽くあしらう気持ちが強かったのでした。しかしその信憑性を確かめてみたくなり、或る南島史の研究家に問い合わせてみたところ、彼は、中山王との戦いに敗れた南山王は、かねて親交のあった朝鮮へ逃れ、王弟は沖縄の山原《ヤンバル》地方に身を隠し、その後裔がやがて首里の王に仕えて後に奄美大屋子職となって任地に土着した経緯を、代々名を挙げてかなりくわしく教えてくれましたので、それが父の家系につながることを私ははじめてはっきりと知ったのでした。思えば故郷の家のサスィンヤや暗いコザの奥に、ひっそりと収納されていた古色蒼然の品々は、例えささやかではあっても、長い歴史の流れの中で、ひとつの家がその時々の世の変遷に耐えながら、子子孫孫へと伝え、そして受け継ぎ守ってきたものだったのでした。

南山城とのかかわりが例え伝説性は免れぬものであったとしても、私は不思議ななつかしい因縁を感じないではいられません。それは南山城はまた「島尾城《しまじり》」とも言われていることとつながるからにちがいありません。なぜなら私が嫁した夫の姓が奇しくも島尾であること迄が何だか意味ありげに思えてくるのです。夫の話では沖縄ではじめて会う人に名刺を差し出すと、よく「島《しま》尾《じり》さんですね」と言われるそうです。しかし夫の先祖の出身は東北の相馬なので、南島とは何のかかわりもないのですが、何故か私は目に見えぬ深い縁由が感じられてならないのです。夫の導きによって私は沖縄への開眼へといざなわれ、沖縄の歴史、文学、その他多くを夫から学びました。遅れ馳せながらも遠い祖先への思いを深め、沖縄へ眼と心を向け得た幸せを享受できるようになったのは、ひとえに夫の恩恵にほかなりませんから。

――島尾敏雄は何故あんなにも沖縄へ心を寄せていたのですか。

夫が帰天して此の方、度重ねてこのような問いかけを私は受けてきましたが、然程に、生前の島尾は沖縄への思い入れが深く、那覇への訪れも繁く、

――私が沖縄へとけこみたいと、どんなに望んでも、私は沖縄の人になることは叶わないけれども、私の子供の中には沖縄の血が流れていると思うと、誇らしい気持ちになります。それにしても沖縄の血を受け継いで生れた子供がうらやましい。

島尾はしみじみこう述懐していました。

「海の一座」への思い

文化座九月公演の、沖縄を舞台とした「海の一座」の台本を手にし、私は青い海になぞらえた舞台の波間から、三線を抱えて現れる父娘の舞台姿をまざと目のあたりにする思いがしました。

昔から芸能の盛んな沖縄には日本復帰あたり迄は数多くの沖縄芝居一座が存在していて、琉球の島から島へと巡業を続け、私の故郷の奄美の島々に迄興業の足を延ばしていました。殊に私が幼かった時分は「島々里々を巡って歌と踊りと芝居をお目にかけまする」とある台本中の科白のように、四・五人の旅廻りの一座が島々の辺鄙な里々迄も小舟を仕立てて渡って来、歌い踊り、芝居を演じて二、三日の興業をすませると、又次の島へと去って行ったものでした。民家の一室を借り、奥の二畳位を舞台と見立て、役者も見物衆も互いの呼吸の弾みが感じられる程も肩を寄せ合った近さでの芝居でした。その時の何とも言いようのないあたたかさに溢れた熱っぽい狭い場内の雰囲気を、私は今も尚忘れる事ができません。台本を読むと私は遠い日のあの芝居と交錯して区別がつかなくなりそうでした。瞼を閉じれば直ちに御冠船《おかんせん》踊りのあの重厚で尊厳を具え且つ静寂を装いつつも激しさに満ちた身振りと、沖縄三線に誘い出される琉球音楽の調べがしみじみと胸の奥深く沁み入る心地になり、同時に又一転して明るく賑やかな雑踊りに心も軽々と浮き立つ情景が浮かんでくるのです。

台本を読み進むうちに私はその世界の中に没入し、芝居と記憶の心象が交錯して、「海の一座」の芸人たちと慶良間《けらま》諸島の渡嘉敷《とかしき》島へ旅を共にしているような気持ちになりました。見はるかす島の入江の蒼く澄んだ海、白い砂浜、血の色を思わせる真っ赤な梯梧の花、絶え間なく吹くやわらかな海風。そして「海の風や海ぬ息、波の花や海の心」と哀調を帯びた声で歌う父親の声が耳のうらに聞こえてきて、南島の人々特有の優しさに溢れた挙措と、彼のからだに沁み込んだ泡盛の古酒の醍醐味に熟れた香りさえがほのかに漂いくるようで、しかも戦争で深く傷ついた悲しみが朧な陽炎となって立ちのぼっている気配がはっきり感じられるのでした。更に又島山の形態さえ一変させられた程に激しく打ち込まれた米軍の砲火の中を、母親の背中に負われて逃げ惑い、集団自決の場からも生き延びることを得て、戦後の混乱を乗り越えて来た逞しさと、心の奥に秘めた万感の思いを垣間見せる娘も誠に存在感が確かなのに、この一座に加わりながら、明らかに違和を突き出す内地人の若者などが現れて、その父娘に向かった時のどことなくぎくしゃくした科白のおかしさの妙に、私は吹き出したりもしていたのです。

「海の一座」の筋書きは、熾烈を極めた沖縄戦の中でもひとしお凄惨な、親が子を子が親を、夫が愛しい妻や子を、斧、鎌、剃刀、石、縄等で手にかけて殺さなければならなかった、集団自決という恐ろしい出来事の物語りですが、それは私にとっても甚だ身近な胸の痛みを禁じ得ない思い出につながった事だったのです。実は私が住んでいた加計呂麻島でもまさにそれと同じ事態が出現させられようとしていたのですから。昭和二十年八月十三日夜半の事ですが、米軍が上陸して来ると言うので、「生きて虜囚の辱しめを受けず」とて村の住民全員が集団自決を果たす事となり、前以って掘り進めていた大きな横穴壕のある谷間へ出かける為、ひとまず小学校に集結したのでした。出発の合図は村の近くに基地を持つ海軍水上特攻艇の発進が行われた時という申し合わせがありました。中には逸る余りに特攻隊の出撃など待つ間に敵が上陸して来るやも知れぬから、一刻も早く集団自決を決行すべきだと主張する者も居りました。しかし手筈通りに事を運ぼうと時を待つうち、特攻戦は既に発動されたらしいという村の区長の話でしたのに、そのあとの出撃の様子はなく、住民たちは最後の時を今か今かと待つ生と死のはざまを宙吊りの状態のまま夜は白々と明け、十四日の朝を迎えていたのでした。そしてその日一日を憶測と不安に怯えて過ごした翌十五日には戦争は終わりを告げていました。ほんの紙一重の差で私の村の者たちも渡嘉敷の人たちと同じ運命を辿ったかも知れぬことを思うと、私はしみじみと運命の不可思議さを考えないわけにはいられないのです。

或る年の夏に私はその渡嘉敷島を訪れたのですが、船着場から峠を越えた阿波連《あはれん》の海と色の美しさと白い砂浜の輝きの見事さに息をのみ、此の世の景色とも思えぬ気持ちになりました。澄み透る海の浅瀬から深みに移りゆくその間の、海中の珊瑚礁の黄や緑・赤・紫等とりどりの色彩の上に、水中を透して射し込む南国の強い太陽の光線が反射して変化する海面の微妙な色相は、まさしく神の業の妙としか言いようのない素晴らしさで、私はその海の色を生涯忘れる事はないと思える程も強く心を打たれたのでした。

その白浜の渚近くに生えた榕樹の下蔭に坐って、じっと海を見ていた老婆の姿を目にした私は、旅心の気易さからつい臆面もなく彼女に、この島での集団自決の様子を問いかけていました。すると老婆は潤むような深い目をしてしばらくの間私の目の奥を見ていましたが、黙って立ち上るとそっとその場を立ち去って行ったのでした。白い砂浜を覚束ない足取りで歩み去る彼女の後姿を見送るうちに、私は言うに言えぬ申しわけなさと恥しさで身内が火照るのを覚えました。

しかし同じ日ふとした機会に土地の別の女の人が、私に戦時中の話をしてくれました。集団自決の当時彼女は十八歳でしたが、喉を切り気を失って倒れていた所を救助されたとかで、首筋には傷跡がなお深々と生々しく残っていました。先程私が眺めたあの色鮮やかな海の上には米軍の艦船が間隙なくひしめき合い、兵隊が艦と艦の舷を跨いで渡り歩いていたとも言っていました。又渡嘉敷島での戦闘や集団自決の折の様相も淡々と語ってくれましたが、そのむごい話はとても筆にするなどできそうにない程すさまじいものでした。

彼女に教えられたギズ山へも私は登ってみました。海を見下ろす小高い丘の上には「白玉之塔」と刻まれた慰霊塔が建っていました。私は台座の傍の小石を一つ拾って掌にそっとのせました。二三九名もの人々が集団自決を遂げた慟哭を聞く思いがして、私は何者かに胸を強く握りしめられたような痛みと共に涙が溢れてくるのをこらえる事ができませんでした。しかし仰ぎ見る塔は何も語らず、南島の真夏の太陽の強い光を照り返し、風の音のみが瀟々と吹き渡っているばかりでした。

「海の一座」の台本を読み進めつつ劇中の登場人物たちと行を共にしているような奇妙な錯覚に陥っていったのは、この渡嘉敷島での思い出が重なり合った所為《せい》だったのでしょうか。

南の島の時のたゆたい――映画『オキナワンチルダイ』を見て

高嶺剛さんの『オキナワンチルダイ』(琉球の聖なるけだるさ)は、彼の内にある故郷八重山への心象を南島の風物と人の動きの短い挿話とを組み合わせて作った七十五分ばかりの映画ですが、その試写を見終わった後で私は自分の故郷である奄美への思いが重なることもあって、様々な感慨に満たされました。如何にも二十代の若者らしく対象に体ごとぶつかるような対応の仕方で古いものにも新しいものにも好奇の目を凝らすかに見えながらも、しかしその底に流れているやわらかな感受が、彼の言う「琉球の聖なるけだるさ」となって私の心に豊かに語りかけてくるものがありました。生まれた島で二年ものあいだ身を据えて適切な瞬間をフィルムにとらえるという方法を採っただけあって、例えば白昼に家の外で泣いていた幼児が、カメラが自分を見ているることに気づき、恥じらいつつも泣くのはやめずにそっと壁陰に身を寄せて行く場景など、思わずため息をつく程の納得がありました。何でもない場面なのに、そこには南島のゆったりした時の流れが溢れていました。

川平《かびら》湾の蒼い海、真紅のハイビスカスの花、赤瓦の屋根など石垣島の風物を背景にして、白い犬、水牛、子供、ハブ、島の人たちの遠い日の姿や今の日常の姿、それに日本本土から来た人たちとの接触などが、それぞれ一見何のつながりもなく写し出されているようなのに、それを見る私の思いの中で或る一つの衝撃に脹らんできたのは、作者の映像に表現したいものが何であるかがはっきりしていたからにちがいありません。それは恐らく南島の持っている厳しい現実と、それにもかかわらずに現れている人々の大らかな表情に向かう時に、彼が勇気と確信のようなものを湧きたたせていたからでしょう。

石垣島ののどかな景色に見入っていると、やがて稲妻が走り黒雲で覆われた島山の木々がざわめき、それは台風の予兆とわかるのですが、それに追い立てられるようにしながら、狭い山田で実りの軽い稲穂を刈り取る老人の姿が写し出される所が出てきますと、それは平和なこの島に度々吹き荒れては通り過ぎて行った人為の世変わりの暴風の象徴ででもあるかのようで、私の心の奥にある沖縄への思いが誘い出され、その歴史や政治的な事柄についてはどれ程もわかってはいないのにおこがましいと知りつつ、涙がこぼれてくるのがとめられませんでした。

人々がつつましく先祖から受け継いだ日常を静かに送り迎えしている平和な石垣島に、本土から一億円札を鞄に詰めて土地買い占めに来た商人が日の丸の画《えが》かれた扇子を胸のあたりであおり立てながら、せわしげに踏みつけて歩く靴の下の赤茶けた土の色は妙に鮮やかに私の胸に突き刺さってきたのです。赤土は私が子供の頃遊んだ奄美の加計呂麻島の山道の色でもあり、また山肌に連なる段々畑の土の色なのですが、粘土質の地味の悪い赤土の畑はいくら耕しても一雨降ればすぐに固まり、日照りが少し続くとひび割れがして作物の実りは悪く、痩せた南瓜の蔓や唐芋の葉が海からの風に吹かれていたものです。しかし段々畑の畔には祖先たちが植え残した蘇鉄が大地にしっかりと根を張り、年毎に襲って来る台風にも倒されることはなく、日照り続きにも枯れず、どんな痩地の山肌でも南国の太陽の光りを受けて濃緑の照り葉を輝かせ、山裾から頂に向かって列をなして植えこまれたその眺めは、まるで島全体が蘇鉄に覆われているように見えていました。蘇鉄の幹と実は主食になり、味噌や焼酎の原料でもありましたから、どんな時でも島の人々はそれに支えられて食べ物にひどく困るということはなかったのです。

その蘇鉄の根方に坐って沖の方へ目を向けていますと、果てしなく続いた目の前の海は茫漠とした広がりを持ち、何故か陸と異相のものとも考えられず、島と一つにつながった大平原としか思えませんでした。その水平線の彼方へ思いを馳せた私たち子供は、南の海の向こうは自分たちの先祖の生まれ出て来た根の国、そして死んだらみんなそこに帰って行く所だと話し合っていたのです。一方北の海の彼方にはヤマトの国があり、そこには現世の幸が一杯満ちているそうな、だから小学校を卒業したら渡って行ってみたいという思いにも強く駆られながら。

また映画の中では、月夜の草原で車座になって歌い踊る毛遊《もうあし》びの男女の姿や、砂糖黍畑の横にたむろして通りすがりの本土風な娘に指笛を鳴らして揶揄の言葉を投げる若者、泡盛を飲みながら三絃に合わせて歌い興ずる人々などの姿が今も昔もない島そのもののように土の匂いに湧き立っていました。

那覇空港に降り立つ観光客と国際通りを行き交う土地の人々の仕草のちがいや、平和通りの露天市場の活力あふれた明るいおばさんと本土から来た新婚らしい二人連れとのやりとりのちぐはぐさも見事にとらえられていたように思います。市場のおばさんは沖縄でのごく日常的な会話をしているだけなのに、相手が本土の人だとうまく嚙み合わずにお互いの姿がおかしみを帯びてくるのが妙ですが、沖縄の青年が出現するとそのやりとりはぴたりと決まるのです。そして沖縄の内へ向けられた目差しにもなかなかにしたたかな覚めがあって、随所に容赦なく現れていました。バスの中でマッチを貸してほしいと本土の土地買い占め人にぐいと近寄る粗野な黒眼鏡の沖縄青年の場面なども、その一つではなかったでしょうか。

「唐ぬ世から大和ぬ世、大和ぬ世からアメリカ世、アメリカ世からまた大和ぬ世、ひるまさ変わたる此ぬウチナー」と高嶺さんは言っていますが、長い歴史の中で幾度か統治者の変わる、言うところの世変わりの前後には、実に大変なことが繰り返し島の中を通過して行ったはずです。時には激しい収奪が、また或る時は砲火の嵐が山の形を変える程に総てを無に近く破壊し尽くすといったような。その中で流された地と涙に塗《まぶ》された焼尽の焦土からの再起の苦労は、やはり実際に直面した者でなければわかり切ることはむずかしいでしょう。それにもかかわらず沖縄の人々はその中でなお自分たちの文化や生得のものを昇華させつつ守り通していることを、この映画ははっきりと示してくれたように思います。それもさりげなく「チルダイ」という否《ゆが》みと諾《うべな》いを含み持った方言の中に、沖縄の人と物を封じこめそして復活させせることによって。

亜熱帯の島で迎え送る幸

暦日では大寒の季節に、春の装いで日々を送り迎えていますと、心も身も延びやかな安らぎに満たされ、今住む島の季節は春と夏のみ、などと思ってしまいます。平均気温二十一度の南島は、寒中でも照葉樹林の島山が素枯れることなく濃緑に覆われ、裾野には真紅の緋寒桜が咲き盛っています。海端の道に生え並ぶ蘇鉄やゴムの木の照り葉が、陽光を受けて輝いているのを、毎日窓外に眺めていますと、此処奄美大島はまさしく亜熱帯の島との実感が強く致します。

しかし四季の移ろいがないわけではありません。島を囲む珊瑚礁のまわりを、白いレースが縁取るように、白波を立てていたナハニシ（北風）がいつしかやみ、入れ替わるようにウキバエ（南風）が、黒潮に乗って南方洋上から北上して来る候になると、コバルトブルーの海の色が冴え冴えと明るさを増し、干満の差が著しくなった潮の香が際立ち、春の訪れを告げます。旧暦三月のころを島では「三月小夏」と称して、春のたけなわと申せましょうか。島の自然が最も優しい美しさに煌めく時季です。

私の住んでいる家は海端に建ち、遮る物がないので、一階、二階、三階何《いず》れの部屋でも、座して眼下に広がる海が見渡せ、名瀬港や太平洋の水平線も一望出来ます。海面にひとみを落とすと、澄んだ海中に広がる珊瑚礁や白砂を見ることもかないます。波が穏やかな時よりも、海が波立ち騒ぐ日の方が、海の色が深くなり、海底がより鮮明に見通せることも、此処に住んで知りました。

大寒のさなかに白い砂浜に立って、さんさんと降る陽光を浴びていますと、北国の吹雪の中で冬を過ごす人々の、難渋がしのばれて胸が痛みます。しかし神の摂理はあまねく平等で、南島はのどかな春季が過ぎると、強烈な太陽が照り付ける酷暑の夏と共に、年ごとに数個の台風が島を襲い、建物や農作物に甚大な災害をもたらします。神は万物に愛と恵みを与え給うのに、何故に苛酷な試練をも降し給うのでしょう。「神よ、神よ、試みに引き給わざれ」と祈りますものを。

夫島尾敏雄は生前信仰厚く、外国旅行の折も目的地へ到着すると、まず教会堂を探し、ミサ聖祭にあずかり、家に在っては朝夕の祈りを欠くことなく、仕事を始める前には、必ず聖書をひもとくことを習わしとしていました。祭壇の前で祈っていた姿がしのばれてなりません。

「一分でもいいですから、妻より後にお召しください、といつも神に祈っていますから、ミホをのこして先に旅立つことは、決してありませんよ」と常々申しておりましたものを、一九八六年十一月十二日夜半、神は島尾をみもとへお召しになりました。別れを告げる間も与え給わぬ突然のお召しに、私は悲しみも涙も忘れて、ぼうぜん自失立ちすくみました。

島尾は『死の棘』その他多くの小説作品や非小説も執筆致しました。亡き後に著作をひもとくと、胸裡を去来するおもいに堪え難く庭に出ます。思い出の梅の下で仰ぐ天には星が瞬き亡き人の面影が立ちます。庭の芝生には夫が毎日歩いた足跡が、小道となって残っています。その上にほおを押し当て涙を降る降る零《おと》します。雪の積もった小道に正座し、地上のすべてを白銀の世界にして霏霏《ひひ》と降り募る雪の中で、その名を呼び続けた真夜《まよ》もありました。

眠れぬ夜々が続き、精神も身体も均衡が乱れて衰弱した私は、雪の夜の後から、時折奇妙な状態に陥るようになりました。脳の機能に変調が兆したのか、視覚神経の異常によるのか、何れにしろ突然電気ショックを受けた時のような、激しい衝撃が頭部を打ち、真昼の太陽がさっとかげり、空気中の太陽熱が、冷たい霧と入れ替わったかと思える、しっとりと皮膚ににじむ寒気が全身を包み、辺りが深い青味を帯びた薄やみに暮れて、眼に映るすべてが暮色に沈み、庭の樹木や花々でさえ薄墨色にあせて、物音も消え果てた深夜の静寂の底に、引き込まれる心地におちてゆくことを、繰り返すようになりました。身体が破滅へ向かうことは、夫のもとへの道程の短縮と、私はむしろ安らぎのうちにありました。

そんな折講談社文芸文庫に、島尾の小説作品収録の連絡があり、「著者に代わって読者へ」の文章を、との依頼を受けました。私は亡夫にのこされた自分の人生の意義に思いが至り、生への望みが甦りました。

世の仕来りによる、島尾の七回忌を迎えるのをしおに、一九九二年夏、私は本州を離れて、島尾が家族と共に二十年間を過ごした、奄美大島へ独り帰りました。奄美大島では静かな朝夕ですが、この平安は南島の温暖な気候のせいのみではなく、島の人々の温かなたすけの中に在る安堵の故のたまものなのでしょう。

「ワタクシハ、シマオ・クマチャンデスヨー」肩に止まって可愛い声で私に語りかける小鳥のクマと共に、温暖な気候、美しい自然、そして人々の深い情愛のうちに、今は心静かに夫島尾敏雄追慕の日日を、迎え送り得る幸を思い、感恩の外はありません。

滅びの悲しさ

予兆もなく、別離の言葉を交わすいとまもなく、夫島尾敏雄が、忽然と天に召された折りの悲しみを思う時、あの悲愁の極みにさえ、堪えなければならなかった日日を顧みれば、私にとって心痛むことなど、今更に何があるのでしょう、と思いつつ生き存《なが》えていますが、現し世に生きて在るうちは、喜怒哀楽の感情が小波たつのを、如何にとやせむと思い沈む折りもあります。人の世のことは、古今東西を問わず、いつの時代にも戦争、天災、人災等が、重なり続くのが常のようですが、殊に昨年の夏は異常気象に依る、思いも及ばぬような冷夏が続き、糅《か》てて加えて集中豪雨や大型台風が度々襲い、あまたの人命、財産を奪い流し、森林の夥しい倒木災害をはじめ、米や農作物の不作等の災禍が人々を苦しめて、末世の感さえ覚えるほどでした。天の下し給う天災は人力では如何とも為し難く、只々畏れ慎むより外はすべがありませんが、人災は人智に依って防ぎ得るのですから、人災に依る不幸にはひとしおの悲しみを禁じ得ません。

以前新聞に、アマミノクロウサギが、開発に依って生棲の場を失いつつあるという記事が掲載されているのを読んで、胸の痛みと同時に、遠い幼い日のことを懐かしく偲びました。

私が幼い頃、故郷の加計呂麻島の聚落のミャー（祭りの為の広場）に、大人の背よりずっと高く、随分太く見える柱が建っていて、人目をひきました。未だ難しい漢字を知らない私は、その柱を日清・日露の戦役で戦死した軍人の忠魂碑なのでしょうと考えて、幼な心にも敬う気持になり、側を通る折りには、丁寧にお辞儀をしていました。

或る日父にミャーの柱のことを尋ねますと、父は着ていた薩摩上布の着物の上に、さっと絽の夏羽織をはおり、私の手をとって柱の傍へ伴い、「天然記念物奄美の黒兎」と、文字を一字一字ステッキの先で指し示し乍ら、ゆっくり五回も繰り返して読み上げ、文字の意味は、奄美のクロウサギは地球上で、奄美大島と徳之島にしか生棲しない、化石のような動物で、国の天然記念物の指定を受けている、と書かれているのです、と教えてくれました。幼い頃から私は、見聞きしたことは、大抵一度で記憶に止める性格でしたから、父が心こめて教えた柱の文字とその意味は、胸底深く留まり、以後ミャーの側を通る時には、「天然記念物奄美の黒兎」という、文字姿も韻律もきれいな響きを持つその文字を、時々声に出して読み乍ら通り過ぎました。そして父の話してくれた、耳が小さく、足も短く、目の涼しいという真っ黒な兎が、貴重な生き物のように思えました。不思議なことにそのクロウサギの姿を、目のあたりにした者は、聚落には一人もいないと聞かされると、幻の生き物のような憧れと夢をさえ私は抱きました。

胸に深く刻んだ幼い日の思い出も、時の移ろいの中で、あれもそれもおぼろに霞み、いつしか忘却の淵に沈み、思い出すこともなくて過ぎていきました。去るものは日日に疎しなのでしょう。

夫が他界へ去り、独り残された私は、悲啼の明け暮れに堪え難く、七周忌をしおに昨年七月、二十年近くを夫と共に過ごした、奄美大島へ居を移しました。島の近況を報ずる地元の新聞で、たまたまクロウサギに関する記事に接した私は、身の丈が高く、常に背を正して凜然と見えた父への思いと共に、遠く過ぎた日の思い出も甦り、懐かしさに涙を零しました。しかし新聞の記事は、クロウサギが一晩に二頭も死体で発見されたが、ここ数ヶ月の間には既に六頭にも及び、今や開発に輪禍迄も重なって、絶滅の危機に瀕しているという、痛ましい報道でした。長く種を絶やすことなく、受け継ぎ伝えてきた、化石のような貴重な生き物は、種の保存には、環境への配慮が必要なのでしょうに。

　近年開発の波は、大洋中の離島の隅々迄も押し寄せて、原生林は容赦なく伐採され、山は崩されて人為で自在に施工されたゴルフ場や種々の施設へと姿を変え、山中にもコンクリート道路が縦横につくられていきます。その為にクロウサギをはじめ、野や山に生棲する動物は食物が乏しくなり、生棲環境がせばめられ、併せて貴重な植物類も絶滅の危険にあるとのことなのです。太古の昔から、人類がその身の内に秘めていた、万物への深いいつくしみの心は、何処へ失せてしまったのでしょう。私が子供の頃には、山の椎の実を拾う時でも、先ず最初の三個は山の神と木への供物として、木の傍に供え、感謝の祈りを捧げました。その伝承は種子として残すいたわりでもあったのでしょう。野草の花は摘んでも、決して根を掘《こ》じてはなりません、と母は私に教えたものでした。

クロウサギのことは、身近な例のひとつに過ぎませんが、日本の植物の四分の一、鳥類の五分の一、哺乳類の半分が絶滅の危険にさらされている、と聞き及ぶにつけ、人間の不遜に切なくなります。文明や開発が悪いとばかりも言えませんし、勿論人間の生活には開発が必要なこともありましょう。しかし地球上の動植物、小さな昆虫、そして道端にひそやかに咲く、可憐な小花へも愛《いとほ》しみを忘れずに大切にしたいものです。自然界も人類も共に存し共に栄え、滅びの悲しさなど憂えることのない日が訪れますようにと、只管に祈念するばかりです。

小川国夫さんと島尾敏雄

書庫の書棚に小川国夫さんの箇所がありますが、それは著者自身からの恵贈本ばかりです。小川さんは単行本としては初めての著作『アポロンの島』以来その著書の殆どを贈ってくださいました。そのお心遣いは夫島尾敏雄が他界へ去った後も途絶える事はなくて、遺された私へとついで下さっています。しかし形象は私への恵与であっても、内の心象は亡き後も移ろう事のない島尾への温情に外ならない、と私はひとしおの感慨に堪えません。

書簡や書物を頂戴した時は先ず島尾の霊前に供え、書簡はもとより島尾に関して書かれた文章は総てを読みあげて夫に聞いて貰うのを私は常としていますが、昭和六十二年十一月十二日（此の日は島尾の一周忌に当たります）小沢書店刊行の小川さんの著書『回想の島尾敏雄』を戴いた時も、毎日同じ時刻に祭壇の前に坐って、溢れる涙で文字が霞み嗚咽を留める事が出来なくなる箇所まで読みすすみました。小川さんのお人柄そのままに深い思いのこもる文章を、感涙で声を震わせながら最終章を読み終えた時、私は奇妙な体験をしていた事に気付きました。その時はその状態を別段の事とも思わずにいたのも又不思議な事ですが、朗読の間亡夫が傍らに坐って聞き入っているように思え、肌の温もりや息遣いさえも身近に感じていたのです。あの充たされた幸せな日日は神さまと小川さんからの私へのお恵みだったのでしょうか。まざまざの肌の感受は亡夫への思念の果ての幻覚だったのでしょうか。

小川さん御夫妻に初めてお目にかかった折に、小川さんのお姿に島尾の若い頃を偲びます、と私は申しました。背が高く色白で、目と眉が黒々として、澄んだ瞳は憂愁を秘めて、対象を暖かく包みこむふうにじっと見つめ、適切な言葉を選びながら静かに一語一語を丁寧に仰しゃる語り口にも、島尾との相似を私は感じたのです。厚い信仰に依って内在する精神の深淵は、その容姿や挙措にも顕れ出るものなのでしょう。小川さんと島尾は外貌からの感受だけでなく、敬虔なカトリック信者としての相通ずるものもあるように私には思えて参ります。

丁寧な墨書で署名をして下さった本を戴いて、思いが小川さんと島尾の通交の始まりの頃へと還る時があります。小川さん御夫妻と私達との縁《えにし》の絆を深めた記念的な書ともいえる『アポロンの島』を戴いた時、島尾は表紙の装丁に目を凝らし掌で優しく撫で、ゆっくり頁をめくる事を繰り返していました。それは如何にも感慨深げで、その只管な姿に私は思わずこみ上げるものを覚えた程でした。夫婦とはそのような寄り添うものなのでしょう。島尾は『アポロンの島』を食事の度に携えて傍に置き、食事がすむと持って自室へ戻る事を数日間繰り返していました。それは作品への強い感動の現れた姿だったのでしょう。

青年の頃の小川国夫さんの文学に初発から魅せられた島尾は、彼は文学の殿堂を築き上げるに相違ないと期待と願望を寄せましたが、数十年の歳月の積み重なりの上で小川国夫文学の殿堂は完成を遂げて、此の秋には『小川国夫全集』が小沢書店から刊行される由を伺う時、この慶福に島尾も遥かな国より更なる御健筆を祈り満腔の祝詞をお贈りすることでしょう、と万感の思いが胸奥に去来します。

ニェポカラヌフ修道院長の書翰

書翰を戴いた時も返書を認《したた》める折にも、豊かな気持ちになり、聊《いささ》か言挙げして「現し世に生ける験《しるし》あり」などと思ってしまいます。夫の帰天後は日日配達される郵便物の訪れが、夫が交誼を受けた方々との、えにしの綱が跡切れぬ証しのように思えるからです。

生前の夫宛には、毎日多くの郵便物が配達されましたから、僅か一週間の旅に出ている間にも、郵便物が積み重なりました。帰宅早々夫は目を通しましたが、傍らで封を切って渡す私には、その表情が如何にも楽しげに見えました。当時私宛のものは僅かで、その喜悦には与かれませんでしたが、夫が他界へ去った後は、宛名が島尾敏雄から次第に島尾ミホへと移っていきました。

歳月は人の世の愛別離苦には関わりなく、四季の移り変わりと共に過ぎゆき、嘆きの日日も何時しか八年の歳月を重ねましたが、郵便受けには今も毎日郵便物が届き、時折は島尾敏雄宛のものもあります。こうして多くの方々とのえにしという有難い遺産を、私は夫から授かりました。頂戴した書翰や印刷物は夫の霊前に供えてから封を切り、読みあげて夫に聞いて貰うことも始終あります。そして中には机辺に置き、毎日幾度となく読み返し、その都度感懐を深くすることも屢々です。書信をくださる方々の配慮は、之偏《ひとえ》に亡き島尾へお寄せくださる温情に依るものと、感恩の外はありません。

これ迄の人生旅程の間には、多くの方々から、それぞれに忘れ難い書状を戴きました。島尾もまた例え二、三日の旅に出ても、毎日手紙を書きましたから、近距離からの文《ふみ》は大方本人が帰宅した後に配達されました。一九六三年春、島尾が北アメリカとプエルトリコ、ハワイ等へ六十日間の独り旅をした折には、毎日届く夫からの便りに対して、私も毎日返事を認め、ワシントンのアメリカ国務省気付で投函しました。国務省では島尾の宿泊予定のホテルへ次々に転送してくれましたから、予定地のホテルへ到着すると、何時もフロントで、先ず私の手紙が手渡されて、安心して旅が出来た、と帰宅早々私へねぎらいの言葉を述べてくれました。長い旅を終え帰国に際して、国務省へ種々の配慮に対してのお礼に伺ったところ、書面転送係の婦人が側へ近寄り、「オヽ、アナタガ、ミスター・トシオ・シマオデスカ、アナタノナマエヲ、タクサンカキマシタ」とにっこり微笑み、握手を求めた、とも夫は話してくれました。

外国旅行の便りは、アメリカからは割合に早く私の手許へ届きましたが、ソ連やポーランドその他の東欧の国々からは、かなりの日数がかかりました。

一九六七年秋、ソ連、東欧諸国等を島尾が単独旅行をした折に、ポーランドのニェポカラヌフ修道院を訪れ、その際に老修道院長から藁半紙一枚に細字で余す処なく書きこまれた書状を托されました。島尾はそれを小さく折り畳み、安全剃刀のケースに収め、他の洗面具と一緒にさりげなく洗面具入れの中に入れました。ポーランド、チェコ等の東欧諸国を列車で越える度、また検閲厳しいソ連国境越えの際にも薄氷を踏む思いをしながら無事通過出来て、日本へ持ち帰り宛人のビクトール神父に手渡すことが出来ました。その書翰は諜報機関の秘密信書ではなく、ポーランドの現状や嘗てビクトール神父が在籍した頃は修道士が七百人もいたという、ニェポカラヌフ修道院の、近況を伝えただけの親愛の便りでしたが、受取人のビクトール神父に差し障りがありました。ビクトール神父は物静かで、何時も微笑を絶やさぬ優しい司祭でしたのに。

第二次世界大戦の折ポーランドへ進攻したドイツ軍に抵抗した、人民部隊軍の指導者として、カトリックの司祭ビクトールは激しい抵抗戦を続け、ドイツ軍のソ連侵攻の頃はポーランドとソ連国境の辺りにいました。やがてドイツ軍は敗走し、ソ連軍がポーランドへ進撃して来た時、ビクトール神父指揮下のパルチザン部隊は今度はソ連軍と激闘したが抵抗は長く続かず敗走し、途中ドイツ軍と休戦協定を結び、互いに後になり先になりして西へ西へと逃げました。チェコスロヴァキアのプラハへ辿り着き、進出して来たアメリカ軍に保護されたが、その指揮下で再びドイツ軍と戦うことになったのでした。戦争が終った時、ソ連側から引渡しを強硬に迫られたが、アメリカ軍指揮官は拒み通してアメリカ本国へ移してくれたのでした。その後紆余曲折の果てにビクトール神父は、日本の南海の離島奄美大島の小さな教会で、平和な日日を送り迎えていました。死んだ人間として処理され、故国との連絡も絶無のビクトール神父は、数十年振りの故国からの便りを、身体を震わせ涙を溢れさせて読んでいました。

歴史の流れの中で戦争の苛酷に翻弄された人への、万感の思いをこめた藁半紙一枚の書状の持つ重みが思われてなりません。冷戦時代と称された厳しい国際状勢下の頃のことでした。

映画『ドルチェ―優しく』への出演

ロシアのアレクサンドル・ニコラヴィッチ・ソクーロフ監督から、ロシア映画への出演依頼が齎された時、私は夫・島尾敏雄と私の父が、聖母マリアのお取り次ぎを願って、神に祈った賜物のようにも思えました。島尾は学生の頃からロシア文学に親しみ、戦後は度々ロシア（当時はソビエト連邦）を訪れて、親しい方々とお会いするのを楽しみにしていました。父も亦ロシアとの縁《えにし》浅からず、ロシア人二人を招き、その料理人としての中国人コック二人を加えた四人が、私の家に長期滞在していた事もありました。母はその時初めて外国の料理を習ったと話していまして、時折ロシア料理をこしらえてくれました。夫も父もロシア語の読み書きと会話を身につけていました。故にロシア映画への出演という、私にとっては稀有な出来事が、身近に感じられて諾《うべな》いました。

一九九九年夏ソクーロフ監督を我家へお迎えする事になった時、私は身は正装で装い、心は緊張で装ってお待ちしました。日本語で或いはロシア語での対話が叶わない事への不安で、心は戦《おのの》いていました。通訳を介しては隔靴搔痒の感を免れ得ないでしょうと。然《さ》れど思い煩う事勿《なか》れ、総ては神の御旨の儘《まま》に、と胸の奥に囁く声もありました。
玄関のドアが開き、其処に立つソクーロフ監督の姿に接した時、私は強い感動に震えました。なんという懐かしさ！　その人は父の俤《おもかげ》と父の優しさに重なりました。瞳を見つめ合った時魂は触れ合い、あらゆる領域を越えた納得で身内が満たされました。監督も又其の時の事を次のように記していらっしゃいます。〔『ドルチェ―優しく』岩波書店、二〇〇一年刊〕

初めてミホと会った瞬間私は二つの事を感じた、即ち品格を感じたんです。そして私が求める事を総て此の人は出来るだろうと思い、此の映画がうまくいくだろうと確信した。

私の家の中での撮影が始まりました。撮影は慎重且つ丁寧に進められました。カメラは固定して動かず、最良の瞬間の光を待ってフィルムが作動を始めます。此の光線のキャッチには撮影の数倍もの時間が必要のようでした。台本はなく総ては監督の指示に依って進行しました。スタッフそれぞれが位置につき、張りつめた緊張が流れ、撮影開始の緒《ちょ》です。私への状況説明や演技指導はなく、私は化粧も服装も普段の儘。「其処に坐ってお母さんに就いて話して下さい」、監督から短い指示を受け、私はその持つ意味を推測し乍《なが》ら、「銀《しろかね》も金《くがね》も玉も何せむに　まされる宝子にしかめやも」と慈しみ続けてくれた母の深い愛を想い画き、言葉にして表現します。そして故郷の島の母恋いの歌を歌いました。すると次第に心が亢《たかぶ》り、涙が降る降る零れました。演技ではなく、魂の震えでした。此の時のシーンを監督も『ドルチェ―優しく』に次のように記しています。

……泣いているのは彼女の身体ではなく、彼女の魂である事を感ずる。これは私が未だかつて出会った事のない特別の涙、特別の状態……。日本の女性だけが此のように歌う。歌が呻吟と境界を接し、音符を歌うのでもなく……。女性――人間の他の誰よりも罪とは、死とはなにかをよく知っている人の声帯が震え響きわたる。

私は自分を離れて島尾ミホという名の女性の内面と人柄を思い画き、演じ語るという難しい課題の撮影が続きました。娘のマヤも母と子の普遍的な愛の姿を私と共演してくれました。監督から短い指示を戴くだけで、演技テストもなく、即本番で、心に浮かぶ儘を自在に語り演じている台詞や演技が不安に思えてきて、撮り直しましょうと申し出ると、監督は「此の儘でいいです、あなたのテンポとリズムは完璧に映画の世界のものです。あなたは女優として生れて来た人です」と優しく仰いました。

此のようにして完成した映画をソクーロフ監督は「あなたと私の共同制作になる『映像小説』です」と仰いました。此の映画は詩人の吉増剛造氏の御紹介に依って制作が実現し、ソクーロフ監督と私の魂の寄り添いと、互いの信頼に依って完成したと申せましょう。そして此の映画への出演は記念すべき忘れ得ぬ事柄として私の脳裡に歳月を重ねても、深く残るでしょう。

Ⅳ

かんてぃみ

アムィ《雨》ヌ《が》フティ《降って》、クラグラッグヮ《うす暗く》ナトゥンキンヌンキャ《なっている時とか》、マタ《又》、ティダ《太陽》ヌ《が》ウティサ《落ち》ガティ《沈んで》、ユル《夜(に)》ナティッカラチンキャヤ《なってからというものは》、イッサイ《いっさい》カンティミアゴ《かんてぃみ・あご(の)》カタレシャリ《話をしたり》ウターシ《歌をうたったり》ヤリ シュンムンナ《するものでは》アランドー《ない》チ《と》ウフッチュンキャ《老人たち》ヌ《が》ウモユンムンナ《言うのは》、ウッリャ《それは》、アムィ《雨(が)》フリンチンキャ《降る時とか》ユル《夜(に)》ナティッカランキャ《なってからとか》、カンティミアゴ《かんてぃみ・あご(の)》カタレシャリ《話をしたり》ウターシ《うたったり》ヤリ スルィバヤ《すれば》、カンティミ《かんてぃみ》チ《と》イュン《いう》ムェーラベ《娘》ヌ《の》マブリ《魂魄》ヌ《が》タチュム《立つ》チイ《といって》チ、グスト《みんな》タマガティ《こわがって》ガンシ《そう》ウモユム《言っている》ムンチョ《のだ》。

ガンバ《では》、カンティミ《かんてぃみ(の)》マブリ《魂魄》チバ《というのは》ヌーグトゥ《なんのこと》チ《と》イイバヤ《いえば》、ムカシ《昔》、ヤケウチマギリ《焼内間切》ヌ《の》スコ《須古》ナン《に》カンティミ《かんてぃみ》チ《と》イュン《いう》ジューシチハチ《十七、八(に)》ナリュン《なる》ジキ《とても》キュラサン《奇麗な》ムエーラベ《娘》ヌ《が》ウタム《いた》チ《という》。

シュンムン《ところが》ウン《その》ウヤンキャ《親たち》ヤ《は》クラシ《暮らし》ヌ《が》ドムナララン《どうしようもない》グゥトゥ《こと(に)》ナティダロヤー《なったからだろうか》、

カンティミ《かんてぃみ》 バ《を》 ナガラ《名柄》 ヌ《の》 イイチュー《分限者》 ヌ《の》 トゥノチ《家》 ハチ《に》 ヤンチュ《家人》 ナチ《として》 ウタム《売った》 チ。ヤンチュ《家人》 チバ《といえば》 イッキャギン《短い着物(を)》 キチュテイ《着ていて》、ティナキュビ《綱の帯(を)》 シューティ《して》 ウレバクサ《それこそ》 ウシ《牛》 ウマ《馬》 ネシ《のように》 ティケトーサランバ《こき使われなければ》 ナランムン《ならないもの》 ジャンバムヤー《だったが》、カンティミ《かんてぃみ》 ヤ《は》 シュータ《主家の》 トゥノチ《家》 ヌ《の》 タメ《ため》 ウシリョムェー《うしろ前(かげひなた)》 ネングトゥン《ないように》 シューティ《して》 ジーキ《はなはだ》 イキショキリトゥ《一生懸命》ティ キバユタム《励んでいた》 チ《という》。

チューマサリ《人にまされ》 バ《ば》 ウワーナリ《嫉妬》 スィラレンムンナ《されるのは》 ユヌナハ《世の中》 ヌ《の》 ナレ《ならい》 ナリバヤー《だからなあ》。カンティミ《かんてぃみ》 ダカ《も》 ヨースィ《容姿》 ム《や》 キモゴホロ《気持》 ム《も》 マタ《又》 ウン《その》 シグトゥ《仕事ぶり》 ム《も》 チューマサティ《人にまさって》 イッチャタットゥ《よかったところ》、フカヌ《他の》 ヤンチュンキャ《家人たち》 ヌ《が》 ウリバ《それを》 ネタディ《ねたんで》 ジーキ《とても》 ウワーナリ《嫉妬》 シー《し》、サマダマナ《さまざまな》 ワルクトゥ《悪いこと(を)》 シューティ《して》、カンティミ《かんてぃみ》 バ《を》 ナカシュタム《泣かしていた》 チ。ガンシシッカラ《そして》、シュータ《主人や》 マタ《又》 アセタン《奥様》 カテンニム《方にも》、カンティミ《かんてぃみ》 ヤ《は》 カンシカンシ《こんなこんな》 アリョーッドー《ですよ》 チ《と》 イチ《言って》、アリム《有りも》 スィラム《しない》 クトゥバ《ことを》 エイト《たくさん》 シリャレタリ《申し上げたり》 シャム《した》 チ《とか》。シュムバム《しかしながら》、ウン《その》 トゥノチ《家》 ヌ《の》 シュー《主人》 ヤ《は》 カンティミン《かんてぃみに》 ウメ《思い(を)》 ケヘティ《かけて》 ウモユタン《いたから》カナン、フカヌ《他の》 ヤンチュンキャ《家人たち》 ヌ《が》 イキャシ《どんなに》 アガンシ《ああだ》 カンシ《こうだ》 チ《と》 イチム《言っても》、イッサイ《いっさい》 ウケウェン《受け合おうと》 ショランタム《しなさらなかった》 チ。ガンシシャットゥ《そうすると》、ウン《その》 トゥノチ《家》 ヌ《の》 アセ《奥様》 ム《も》 マタ《又》 フカヌ《他の》 ヤンチュンキャ《家人たち》 ム《も》 ウ

リバ《それを》 ジーキ《はなはだ》 ネタディ《ねたんで》、カンティミ《かんてぃみ》 バ《を》 イフー《いっそう》 ティケトーチュティ《こき使って》 イジメユタム《いじめていた》 チ《という》。

ウンクロ《そのころ》、ナガラ《名柄》 トゥヤ《とは》 ヤマ《山》 ティティ《一つ》 ヒダメトゥン《はさんだ》 クジ《久慈》 ヌ《の》 マギリヤクショ《間切役所》 ナンティ《に》 ティッコ《筆子》 チ《と》 イュン《いう》 シュータ《役人(に)》 ナティ《なって》 ウモユン《いた》 イワカナ《岩加那》 チ《と》 イュン《いう》 ニセ《青年》 ヌ《が》 ウモユタム《いらした》 チ。

ガンシシ《そして》 ヤクショ《役所》 ヌ《の》 シグトゥ《仕事》 シ《で》 アマクマ《あっちこっち》 シマジマ《村々(を)》 マワティ《廻って》 ウモユン《いる》 トゥキン《時に》、ナガラ《名柄》 ヌ《の》 シュータトゥノチ《主人の家》 ハチム《にも》 ウモチャム《来られた》 チ。シュータトゥノチ《主人の家》 ナンティ《で》 ヤ《は》 ウレー《ほれ》 ヤクショ《役所》 ヌ《の》 シュータ《役人》 ヌ《が》 ウモチャン《いらっしゃる》 ムンナティ《ものだから》、エイト《大いに》 グッソ《御馳走》 シューティ《して》 ムケーシ《歓迎して》 ウェースィタム《さしあげた》 チ《そうな》。

ウン《この》 イワカナ《岩加那》 チ《と》 ウモユン《いう》 ニセ《青年》 ヤ《は》、ヨースィ《容姿》 ム《も》 ジーキ《はなはだ》 キュラニセ《美青年(で)》 アティ《あって》、マタ《又》 ウタシャムセン《歌三味線》 ダカ《も》 ジーキ《とても》 ジョティ《上手》 アリンショユム《である》 チュー《人》 アタットゥ《であって》、ドゥーシ《自分で》 シャムセン《三味線(を)》 ヒチューティ《ひいていて》 ナティカシャハラ《なつかしい調子の》 ウター《歌(を)》 シンショチャーム《うたいなさった》 チ。

ガンシシ《そして》 マタ《又》 カンティミ《かんてぃみ》 ダカ《も》 ジーキ《とても》 ウター《歌》 ヌ《が》 ジョティ《上手》 アタットゥ《だったから》、シュインハチ《書院に》 アビラッティ《呼ばれて》、イワカナヤクムィ《岩加那様(の)》 シャムセン《三味線》 ナン《に》 ウター《歌(を)》 ティキティ《つけて》 ウェースリー《さし上げなさい》 チ《と》 イヤッタム《言われた》 チ。

ウタシャムセンヌ《歌三味線の》 ジョッタ《上手は》 イワカナヤクムィ《岩加那様》、チ《と》 イヤッティ《いわれて》 シマジマ《村々》 ガディ《にまで》 ナダ《名高く》

ケナトゥティ《なっていて》、カンティミ《かんてぃみ》 ダカ《も》 ウン《その》 クトゥ《こと》 ヤ《は》 カネテハラ《前々から》 キチュタンムンナティ《聞いていたものだから》、ホホラシャ《嬉しく》 シューティ《なって》 ドゥー《自分》 ダカ《も》 コホロ《心(を)》 クメトゥティ《こめて》 ウター《歌(を)》 ティキティ《つけて》 ウェースィタム《さし上げた》 チ。

チョード《ちょうど》 ニョータカマタ《似合い似合い》 ヌ《の》 キュラニセ《美青年(と)》 キュラムェラベ《美女》、クイギュラサ《声の美しいの》 ム《も》 マタ《又》 ニョータカマタ《似合い似合い》 シ《で》、カンティメ《かんてぃみ》 ヤ《は》 ヤンチュミブン《家人の身分》 ダカ《も》 ワスレトゥティ《忘れてしまって》、ヨーネ《この夜》 ベヘリッリャ《ばかりは》 ウター《歌》 ヌ《を》 シーカギリ《うたいたいだけ》 シンニョー《うたってみよう》 チ《と》 ウモトゥティ《思いつつ》、イワカナ《岩加那に》 ウタン《歌を》 ティキティ《つけて》、ウン《この》 タッリャ《ふたりは》 ユナハ《真夜中(に)》 ナリガディ《なるまで》 クイ《声(を)》 ヒキョチュトゥティ《響き合わせて》 エイト《思いきり》 ウタ《歌》 ヌ《の》 ウケクタエ《受け答え(を)》 シャム《した》 チ。

ガンシシャットゥ《そうしたところが》 ウン《その》 ユル《夜》 ハラ《から》 ウン《この》 タッリャ《ふたりは》 コホロ《心(を)》 カヨシュン《通わす》 グゥトゥン《ように》 ナタム《なった》 チ。

ガンシシ《そして》 イワカナ《岩加那》 ヤ《は》 クジ《久慈》 ハチ《に》 ムドゥリンショチャーム《もどって行った》 チ。

ウン《その》 ユル《夜》 ナッタッリャ《そのふたりは》 ダンゴッグヮ《談合》 バシ《でも》 シー《して》 アタロナ《あった》 ヤー《のだろう》、ウリンハラ《それから》 ヤ《は》 ユルンカハティ《夜ごと》 ユナハ《夜中(に)》 ナティ《なって》 チュンキャ《人々》 ヌ《が》 グスト《みんな》 ネブリッチンカラ《眠ってしまってから》、カンティミ《かんてぃみ》 ヤ《は》 ヨーリッグヮ《そっと》 ジョーグチ《門口》 ハラ《から》 イジティ《出て》 イキュタム《行った》 チ。

ガンシシ《そして》 ハリャハリャ《小走りで》 ヤマ《山》 ヌ《の》 サクザク《谷々(を)》 クェーティ《越えて》、ナガラ《名柄》 トゥ《と》 クジ《久慈》 ヌ《の》 イエ《あいだ》

ーダ ヌ《の》 サネンヤマ《佐念山》 ヌ《の》 ティチブテ《峠のあたり》 ナン《に》 アン《ある》 スィタヤドリ《砂糖小屋》 ハチ《に》 イッチ《はいって》 イキュタ《行った》

ム チ。

スィタヤドゥッリャ《砂糖小屋は》 スィタシンヌンカハッドゥ《砂糖を作るときこそ》 チュー《人》 ヤ《が》 ウティ《いるが》 ウマン《いつもは》 ニャ《もう》 タルム《誰も》

ウランカナン《いないから》 ヤ《ね》、 ウン《そこ》 ナンニャ《には》 マタ《又》 イワカナ《岩加那》 ガ《が》 クジ《久慈》 ハラ《から》 ウスジ《尾根道(を)》 クミキチ《踏み通して》 ウ

モチュティ《いらして》 マッチ《待って》 ウモユタム《いた》 チ。

ガンシシ《そして》 ナッタッリャ《二人は》 スィタヤドンヌ《砂糖小屋の》 ナハ《中》 ナンティ《で》 ユー《夜》 ヌ《が》 イエヘロイエヘロ《明けよう明けよう(と)》

シーガディ《する頃まで》 ユナガト《夜っぴて》 カタレ《話し》 シャリ《合ったり》 シャムセン《三味線(を)》 ヒチュティ《ひいて》 ウター《歌を》 シューティ《うたったり》 カナ《いつくしみ》

シャ シュータム《合っていた》 チ。

ナッタリ《そのふたり》 ガ《の》 クゥトゥ《こと》 ヤ《は》 ハチメ《始め》 ヌ《の》 クロ《頃》 ヤ《は》 タルム《誰も》 シリャンタンムン《知らなかったが》、 イティ《いつ》

ターガ《誰が》 イキャーシシーガ《どういうふうにして》 シッチャロ《知ったのだろう》、 テンテン《だんだん》 チュンキャ《人々》 ヌ《が》 イサタ《噂(を)》 シュングトゥン《するように》

ナタム《なった》 チ。

ヤンチュンキャ《家人たち》 ヤ《は》 クンドクソ《今度こそ》 ジャガ《だぞ》 チ《と》 イャーティムティ《言い合って》、 シュンカティ《主人に》 カンティ《かんてぃみ》

ミ ヤ《は》 ユルン《夜》 カハティ《ごとに》 サネンヤマ《佐念山》 ハチ《に》 ヌブティ《のぼって》 イジ《行き》、 イティガアーロ《いつだったか》 ウモチャン《いらした》

クジ《久慈》 ヌ《の》 イワカナヤクムィ《岩加那様》 トゥ《と》 スィタヤドンヌ《砂糖小屋の》 ナハ《中》 ナンティ《で》 イイナカッグヮ《いい仲(に)》 シュ

ーリヨッドー《なっていますよ》 チ《と》 シリャレタム《申し上げた》 チ。

シュー《主人》ヤ《は》カンティミ《かんてぃみ(を)》ミチャットゥ《見た》スグハラ《すぐから》ドゥー《自分》ヌ《の》ネングロ《めかけ(に)》ナリー《なれ》チチ《と言って》
イッケヘリム《幾回も》スィッカンゴ《せき立て》シンショチャンバム、《なさったが》イトゥムケム《いつも》カンティミ《かんてぃみ》ヤ《は》ドーカ《どうぞ》
ウンクトゥ《そのこと》ダケヤ《だけは》ユルチタボレー《お許しください》チ《と》イチ、《言って》イッサイ《いっさい》イュンクトゥ《言うこと(を)》キキャンタム《きかなかった》チ。
ガンシュン《こんな》クトゥ《こと》ヌ《が》アタンカラン、《あったから》シュー《主人》ヤ《は》イワカナ《岩加那》トゥヌクトゥ《とのこと(を)》キキンショ《きかされた》チ
タットゥ《ところ》ニャー《もう》フリダタリ《気狂いのような激怒(を)》シンショチ、《なさって》ドゥー《自分》ヌ《の》トゥチ《妻(を)》アビティ、《呼んで》カンティミ《かんてぃみ》ヤ《は》
カンシカンシ《こんなこんな》チュスカ、《だそうだ》ディ《さあ》ワッタリ《われわれふたり》シ《で》カンティミ《かんてぃみ(を)》クナソヤー《いためつけよう》チ《と》ウモチャム《言われた》チ。
シャットゥ《ところが》トゥッチャ《妻は》マタ《又》カネティハラ《前々から》ドゥー《自分》ヌ《の》ウトゥ《夫》ヌ《が》カンティミ《かんてぃみ》ハチ《に》
ウメ《思い(を)》ケヘトンクヮトゥ《かけていること(を)》シッチュティ《知っていて》ウヮーナリ《嫉妬》シーウモユタンムンナティ、《していたものだから》クンドジガ《この際だ》
ー チチ《とて》ジーキ《とても》イカリンショチ、《喜び》ガンシシー《そうして》ニャー《さあ》ウリンハラ《それから》ヤ《というもの》ユルヒル《夜昼》カンテ《かんてぃみ》
イミン《(に)》クセー《難癖(を)》ティキトゥティ《つけては》ブリ《棒》シ《で》ウッチャリ《打ったり》ムン《物(を)》カマサングトゥン《食べさせぬように》シャリ《したり》
アンカハンヌ《ある限りの》セメセッカン《責め折檻(を)》シュン《する》グトゥン《ように》ナタムチャンナ。《なったのだった》
シュムバム《しかし》カンティミ《かんてぃみ》ヤ《は》シュートゥジュトゥ《主人夫婦》ハラム《からも》マタ《又》ヤンチュンキャ《家人たち》ハラム《からも》
クヘサ《つらいこと》ヌ《の》アリゴク《あるだけ(を)》スィラッティム、《されても》ユルユル《夜々》イワカナヤクムェ《岩加那様》トゥ《との》ミキョシュン《逢う瀬の》
クトゥ《こと(を)》ウモトゥティ、《思って》クネトゥティ《こらえながら》キバユタム《励んでいた》チ。
ガンシシ《そして》ユル《夜(に)》ナリバヤ《なれば》ヒンニュ《昼の》クヘサム《つらいことも》ワスレティ《忘れて》ショーマデ《いそいそ》シ《と》サネンヤマ《佐念山》

ハチ《へ》 ムカティ《向かって》 ヌブティ《のぼって》 イキュタム《行った》 チ。

シュムバム《しかし》、アスィブ《遊ぶ》 ユ《夜》 ヌ《の》 アササヨ《浅いことよ》 ヨネ《宵》 チ ウメバ《だと思っていると》 ニャ《もう》 ユ《夜》 ヌ《が》 アケル《明ける》、チドゥ《と》 イュンヤー《(人は)言うが》、アガレ《東》 ヌ《の》 ティン《空》 ナン《に》 アケブシ《明星》 ヌ《が》 イジリバ《あらわれれば》、イワカナ《岩加那》 トゥ《と》 カンティミ《かんてぃみ》 ヤ《は》 ワカレ《別れ》 ヌ《の》 クヘサ《つらさ(を)》 シチューティ《おさえて》、イワカナ《岩加那》 ヤ《は》 クジ《久慈》 ハチ《に》 カンティミ《かんてぃみ》 ヤ《は》 ナガラ《名柄》 ハチ《に》 ウリティ《降りて》 イキュタム《行くのだった》 チ。

ガンシシュータンムン《そうするうち》 イティ《いつ》 ガ《で》 アーロ《あったか》 ヌ《の》 スィカマ《朝方》 チュスカナー《だったというが》、カンティミ《かんてぃみ》 ガ《が》 カマチ《髪》 ム《も》 キヌ《着物》 ム《も》 ユーティユ《夜露(を)》 カプティ《かぶって》 シトゥジトゥッグヮ《しとどに》 ヌリティ《濡れて》 ヨーリッグヮ《こっそり》 ヤー《家》 ハチ《に》 ムドティ《もどって》 チャットゥ《来たところ》、ジョーグチ《門口》 ナン《に》 マッチ《待って》 ウモユタン《いた》 シュー《主人》 ガ《が》、アタダン《突然》 カンティミ《かんてぃみ(の)》 カマチ《髪》 ヌ《の》 ムトゥイ《元結い》 ハチ《に》 イービ《指(を)》 ティックディ《突っこんで》 ウガン《そこに》 ヒキトーチュティ エイト《思い切り》 ヒキマワシンショチャム《引き廻しなさった》 チ。

ウベヘティキタン《驚いた》 カンティミ《かんてぃみ》 ヤ《は》 イッキャギングヮ《短い着物》 ヌ《の》 スソー《裾を》 ティー《手》 シ《で》 カベリヤ《かばい》 ガチャナ《ながら》 ナダ《涙(を)》 ウトゥチュティ《落としつつ》 ヒキマワサットゥタン《引き廻されていた》 トゥロハチ《ところに》、クンドヤ《今度は》 トゥチ《妻》 ヌ《が》 アハーサハラ《真っ赤に》 エヘトゥン《焼けた》 ヤキヒバシ《焼火箸》 ターティ《二本》 ティー《手》 ナン《に》 カマエティキティ《構えつけて》 ハチ《走って》 ウモチ《来》、ウチャゲティ《仰向けになって》 ヒキマワサットゥン《引き廻されている》 カンティミ《かんてぃみ(の)》 ムケディラ《ひたい》 ナン《に》 ウシティキティ《押しつけて》、マタ《又》 ニャー《もう》 ティティ《一本》 ヌ《の》 ヤキヒバシ《焼火箸》 ヤ《は》 マタスバ《内股》 バ《を》 ウシエヘティッカラ《押しあけてから》 カンティ《かんてぃみ》ミ《(の)》 マッコ《陰部》 ハチ《に》 ティックダム《突き刺した》 チ。

シャットゥ《すると》 カンティミ《かんてぃみ》 ヤ《は》 アゲー《あれー》 チ《と》 アビティキティ《叫んで》 ウンママ《そのまま》 キゼツ《気絶》 シャム《した》 チ。

シャットゥ《すると》 シュートゥジュトゥ《主人夫婦》 ヤ《は》 マリフガウナグ《尻軽女》 イイ《いい》 ウカゲ《おかげ》 ジャガ《だ》 チ《と》 ウモチ《言って》 ヤンナハ《家の中》 ハチ《に》 イッチ《はいって》 ウモチャム《行かれた》 チ《とさ》。

カネガネ《いつもは》 カンティミ《かんてぃみ》 バ《を》 ウヮーナリ《嫉妬》 シュータン《していた》 ヤンチュンキャ《家人たち》 ヤ《は》 シュートゥジュトゥ《主人夫婦》 ヌ《の》 シンショユンクトゥ《なさること(を)》 トゥーサハラ《遠くから》 ヨーリッグヮ《そっと》 ミチュタンムン《見ていたが》、 アンマリシャン《あんまり(な)仕》 クトゥ《様》 アタットゥ《だったから》、 ハゲー《ああ》 キムチャゲサー《かわいそうな》 チ《と》 イチ《言って》 カンティミ《かんてぃみ》 バ《を》 ヤンチュヤドリ《家人長屋》 ハチ《に》 ティレティ《連れて》 イジ《行き》 ミベカベ《介抱》 シャットゥ《してやったら》、 カンティミ《かんてぃみ》 ヤ《は》 キゼッハラ《気絶から》 サムィティ《覚めて》 エイト《うんと》 ナチャム《泣いた》 チ。

シュムバム《しかし》 ヤンチュミ《家人の身》 ヌ《の》 アワレサ《哀れなこと》 ヤ、《といったら》 ウン《その》 スィカマム《朝も》 ヤッパリ《やはり》 ウマントゥ《いつもと》 カワラングトゥン《変わらぬように》 キバレー《はたらけ》 チ《と》 イヤッティ《言われて》、 キティ《傷》 ヌ《が》 ヤディ《病んで》 アッキム《歩きも》 ナランタンバム《ならなかったが》 クネティ《こらえて》 ヤットカット《どうにかこうにか》 シーガチャナ《して》 ヤンチュンキャ《家人たち》 トゥ《と》 マゼン《いっしょに》 ヤマ《山》 ハチ《へ》 ウマンクサ《まぐさ》 キチャリ《切ったり》 クィ《薪(を)》 ヒリヨタリ《拾ったり》 シーガ《するため》 イジャム《出かけて行った》 チ。

ガンシシー《そうして》 ホーユングトンシューティ《這うようにして》 ナキャガチャナ《泣きながら》 チンチャハル《一日じゅう》 ユレサレシューティ《よろよろして》 キバティ《はたらいて》、 ユマグレ《夕方(に)》 ナタットゥ《なってから》 フカヌ《他の》 ヤンチュンキャ《家人たち》 トゥ《と》 マゼン《いっしょに》 ヤーハチ《家に》 ムドティチャム《もどって来た》 チ。

ガンシシューティ《そうしていて》 ユル《夜(に)》 ナタットゥ《なったので》 マタ《又》 ヨーリッグヮ《こっそり》 サネンヤマ《佐念山》 ヌ《の》 スィタヤドリ《砂糖小屋》
ハチ《に》 ホーティ《這って》 ヌブティ《のぼって》 イジャム《行った》 チ。
シュムバム《しかし》 ドゥー《自分》 ヌ《の》 クン《この》 アワレサン《哀れな》 スィガタ《姿(を)》 カナシャン《恋しい》 イワカナヤクムィン《岩加那様に》
イキャーシシー《どのようにして》 ミンショラサレンニャー《お見せされよう》 チ《と》 ウモティ《思い》、ムンウメ《物思い》 ヌ《の》 アルゴク《ある限り》 シーガチ《しながら》
ヤナ ヤドン《小屋》 ヌ《の》 クィタ《梁》 ナン《に》 ティナ《綱(を)》 ケヘティ《かけて》 ドゥーシ《自分で》 クビリティ《縊れ》 サガタム《下がった》 チ《という》。
ガンシュン《そんな》 クトゥ《こと》 ヤ《とは》 ティートゥム《ひとつも》 シリンショラン《知りなさらん》 イワカナ《岩加那》 ヤ《は》 ウン《その》 ユル《夜》 ダカ《も》
サムセン《三味線(を)》 ムッチ《持って》 イショガティ《急いで》 サネンヤマ《佐念山》 ヌ《の》 ヤドリ《小屋》 ハチ《に》 ウモチャム《いらしたのだった》 チ。
シャットゥ《すると》 カンティミ《かんてぃみ》 ガ《が》 ヨーリッグヮ《そっと》 スバ《そば》 ハチ《に》 ユティッチャム《寄って来たのだ》 チ。
ガンシシ《そして》 ウン《その》 タッリャ《ふたりは》 イトゥンキム《いつもの》 ニシ《ように》 マゼン《いっしょに》 シャムセン《三味線》 ナン《に》 オーチュティ《合わせて》
ウター《うたっ》 シャリ《たり》 カタレ《話し》 シャリ《たり》 シャム《した》 チ。
ワカレ《別れ》 ヌ《の》 アケブシ《明星》 ヌ《が》 アガレ《東》 ヌ《の》 ティン《空》 ハチ《に》 ヌブティ《のぼって》 チャン《きた》 トゥキン《時に》、カン
ティミ《かんてぃみ》 ヤ《は》 ジーキ《とても》 アワレナ《哀れな》 クイ《声(を)》 イジャ《出して》 チ、

アカスユヤ《(ふたりで)明かす夜が》 クリティ《暮れて》
ナーキャユーヤ《あなたの夜は》 エヘユム《明けて行きます》

カホシティヌ《果報な機会が》　アリバヤ《巡ってくるなら》
マタミキョソ《またお会いしましょう》

チ《と》　ウタテッカラ《うたってから》　ヨーリッグヮ《そっと》　ヤドリ《小屋》　ヌ《の》　クィタ《梁》　バ《を》　ティー《手》　シ《で》　サチャム《差し示したのだ》　チ。シャットゥ《すると》　ウントゥキン《その時》　イワカナ《岩加那》　ヤ《は》　カマチ《頭》　ヌ《の》　サキカラ《先から》　ハギ《足》　ヌ《の》　サキ《先》　ガディ《まで》　ブンヌキ《総毛》　ダッチ《立って》　フッダム《ふるえた》　チ。ハギー《あれ》　ヌーガカヤー《なぜだろう》　チ《と》　ウムェガチャナ《思いながら》　カオ《顔(を)》　アゲティ《あげて》　クィタ《梁》　バ《を》　ミリンショチャ《見たところ》ットゥ　カンティミ《かんてぃみ》　ガ《が》　クィタ《梁》　ナン《に》　サガティ《ぶら下がって》　モーリシュータム《死んでいたのだ》　チ。イワカナ《岩加那》　ヤ《は》　ウベヘティキティ《驚いて》　ショーマデシ《急いで》　クィタ《梁》　ハラ《から》　ウルチ《おろし》、ダキティキトゥテ《抱きつけていて》ィ、ヌーガ《どうして》　クンザマ《こんなざま》　クンスィガタ《こんな姿》　ヤ《に》　ナトゥン《なってしまった》、ヌーヌ《どういう》　ユイ《わけ》　シ《で》　カンシガディ《こんなにまで》　ウクレハティヤシャン《落ち果ててしまったのか》、チ《と》　ウモチ《言って》　エイト《うんと》　クイ《声(を)》　アギトゥティ《あげて》　ナキンショ《泣かれた》　チャム　チ。

カンティミ《かんてぃみ》　ガ《が》　ムンウメ《物思い(を)》　シーカハリシューティ《するだけして》　モーリシッカラ《死んでから》、ナグェクム《長くも》　ナランウ《ならぬうち》チ　シュー《主人》　ヤ《は》　ウフネッ《高熱(を)》　イジャシンショチ《出されて》　モーリ《死に》　シンショチ《なされて》、マタ《又》　ウリンハラ《それから》　アト《あと》ティキティキ《次々(に)》　ウン《その》　トゥノチ《家》　ヌ《の》　チュンキャ《人たち》　ヤ《は》　ハブアタリ《ハブにかまれ》　シンショチャリ《たり》　フシギナ《不思議な》カナ　サマダマナ《様々な》　クトゥシ《ことで》　グスト《みんな》　モーリ《死に》　シーハテンショチ《果てられ》、ウン《その》　トゥノッチャ《家は》　ニャ《もう》サビレハテタム《寂れ果てた》 チ《という》。

マタ《又》 カンティミ《かんてぃみ》 ガ《が》 イキチュリン《生きている時》 ムイナカクトゥー《ひどいことを》 シューティ《して》 カンティミ《かんてぃみ》 バ《を》 ナカチャン《泣かせた》 ヤンチュンキャム《家人たちも》 ティキティキ《次々に》 グスト《みんな》 アワレナ《哀れな》 クトゥ《ことに》 ナティ《なって》 イジャットゥ《行ったから》、シマ《村》 ヌ《の》 チュンキャ《人々》 ヤ《は》 カンティミアゴ《かんてぃみ・あご(の)》 タタリ《祟り》 チ《と》 イチ《言って》、ジーキ《とても》 タマガタム《こわがった》 チ《という》。

クン《この》 ハナッシャ《話は》 シマジマ《村々(の)》 ムィムィカマガマ《隅々》 ガディ《まで》 ウトダハサ《音高く》 キキャッタットゥ《噂されたから》 ナマガディ《それまで》 ヤ《は》 マギリマギリ《各間切》 ヌ《の》 ユカリッチュ《旧家》 ヌ《の》 トゥノチ《家》 ナンティヤ《では》 ウレバクサ《それこそ》 ヤンチュンキャン《家人たちに》 ムイナクゥトゥ《ひどいこと(を)》 シーウモユタンムン《していたのだが》、カンティミ《かんてぃみ(の)》 クトゥ《事件》 ヌ《が》 アテッ《あって》 カラヤ《からは》 ヤンチュンキャ《家人たち》 バ《を》 アンマリ《あんまり》 スソン《粗末(に)》 シンショラングトゥン《しないように》 ナタム《なった》 チャンナ《ということだ》。

カンティミ《かんてぃみ》 ガ《が》 モーリシッカラ《死んでから》 ナガラ《名柄》 ヌ《の》 ウタシャ《歌上手》 ヌ《が》 カンティミブシ《かんてぃみ節》 チ《と》 イユン《いう》 ウタ《歌》 バ《を》 ティキティ《作って》 ドゥーシ《自分で》 シャムセンナン《三味線に》 オーチュティ《合わせて》 ウタタム《うたった》 チ《そうだ》。

シャットゥ《そして》 ウン《その》 ウタ《歌》 ヤ《は》 ジーキ《とても》 ナティカシャハラ《なつかしげに》 シュン《している》 ウタ《歌》 アタットゥ《だったから》、シマジマ《村々》 アマクマ《あっちこっち》 ガデ《に》 ハヤティ《はやって》、グスト《みんな》 ガ《が》 ウタユングトゥン《うたうように》 ナティ《なって》、ナマニム《今も》 カンティミブシ《かんてぃみ節》 チバ《といえば》 テーゲヌ《たいていの》 チュー《人》ヤ《は》 キキシッチュン《聞き知っている》 フドゥ《ほど》 ナダケ《有名な》 シマウタ《島歌(に)》 ナトゥ《なって》ッドー《いるのだ》。

(この語り口は旧鎮西村押角の方言に拠った)

うらとみ

ムカシ《昔》 シマ《大島》 ヌ《が》 ナファンユ《沖縄の世》 ハラ《から》 ヤマトユ《薩摩の世(に)》 ナタットゥ、《なったら》 ヤマト《薩摩》 ハラ《から》 ダイクヮンサマ《代官様》 ヌ《が》 クダティ《下って》 ウモチ、《いらして》 シマ《島》 ヌ《の》 サバクリ《支配(を)》 シュングゥトゥンシ《するように》 ナタム《なった》 チ。

ウン《その》 ダイクヮンサマ《代官様》 ヌ《の》 クゥトゥ《こと》 バ《を》 シマ《島》 ヌ《の》 チュンキャ《人たち》 ヤ《は》 ヤマトトゥノガナシ《大和殿加那志》 チ《と》 シリャレティ《申し上げて》 ジーキ《とても》 ウヤグモサ《あがめて》 ウトゥルシャ《おそれて》 シュータム《いた》 チ。

ヤマトトゥノガナッシャ《大和殿加那志が》 シマ《島》 ハチ《に》 クダティ《下って》 ウモユン《いらっしゃる》 トゥキンニャ、《時は》 トゥジックヮン《妻や子供ら》キャ ヤ《は》 グスト《全部》 ヤマト《薩摩》 ナン《に》 ノホチ《残し》 ドゥンチュリ《自分一人》 ウモユタン《いらした》 ムンナティ、《ものだから》 シマ《島》 ハチ《に》 ウモレバ《おいでになると》 スグ《すぐ》 シマジマ《村々》 ヌ《の》 シュータン《役人》 カティ《に》、 シマイチバン《島一番》 ヌ《の》 キュラムン《美人(を)》 ティレティ《連れて》 コー《来い》 チ《と》 イインショユタム《言いつけておられた》 チ。

ガンシスィリバ《すると》 ムエーラベ《娘(で)》 アティム《あっても》 チュー《人》 ヌ《の》 トゥジ《妻で》 アティム《あっても》 カモングトゥンシ、《かまうことなく》 ヒャクショーウナグ《百姓女》 ヌ《の》 ナハ《中》 ハラ《から》 キュラムン《美人(を)》 イラディ《選んで》 ウェースィユタム《差し上げていた》 チ。

ガンシシ《こうして》 ウン《その》 イラバッタン《選ばれた》 ウナッカ《女は》 ヤマトトゥノガナシ《大和殿加那志》 ヌ《が》 シマ《島》 ナン《に》 ウモユン《いらっしゃる》

タトゥー《二年》 チンキャ《とか》 ミチュー《三年》 チンキャ《とか》 ヌ《の》 イェーダ《あいだ》 ウン《その》 チューヌ《人の》 シマトゥジ《島妻(と)》 ナト《なって》 ウティ《いて》 ホーコ《奉公(を)》 シ《して》 ウェースィランバ《差し上げなければ》 ナラムタム《ならなかった》 チ。 ウン《その》 ウナグ《女》 ヌ《の》 クトゥ《こと》 バヤ《を》 アンゴ《あんご》 チ《と》 イチー《いって》、アンゴ《あんご(に)》 ナルバ《なれば》 ヒャクショウナグ《百姓女》 ヌンキャヤ《たちが》、カマチ《髪》 ナン《に》 サシュン《挿す》 クトゥ《こと》 ヤ《を》 ユルサランタン《許されなかった》 ギン《銀》 ヌ《の》 ギファ《かんざし(を)》 サチ《挿し》 ウマンニム《普段でも》 キュラギン《美しい着物(を)》 キチュティ《着ていて》 ウバン《米の飯(を)》 カドゥティ《食べて》 ジーキ《とても》 イイ《いい》 クラシ《暮らし》 ヌ《が》 スィラッタン《できた》 カナン《から》、ウナグ《女》 ヌンキャヤ《たちは》 アンゴ《あんご(にこそ)》 ナリブシャ《なりたい》 ドゥ《ものと》 シュータム《されていた》 チ。

マタ《又》 アンゴ《あんご》 ヌ《の》 ウヤキョーデンキャ《親きょうだいたち》 ガディ《まで》 ネング《年貢》 ヌンキャ《とか》 ブエキ《賦役》 ヌンキャ《とか》 ティゴコロ《手心》 シー《して》 ムロタリ《もらったり》 サマダマナ《さまざまな》 カホ《恩恵》 ヌ《が》 マワティ《まわって》 キュータン《きた》 ムンナティ《ものだから》、アンゴ《あんご》 ヌ《を》 イジリバヤ《出せば》 ウヤキョーデンキャ《親きょうだいたちや》 ウン《その》 ハルチ《親類》 ヌ《の》 チュンキャム《人たちも》 ジーキ《とても》 イカティ《喜んで》 マタ《又》 シマ《(その)村》 ヌ《の》 チュンキャム《人々も》 グスト《みんな》 ウレマシャ《うらやましがりを》 ドゥ《こそ》 シュータム《した》 チュスカナー《という》。

シャンムン《ところが》 ウン《その》 アンゴ《あんご(に)》 ナリュン《なる》 クトゥ《こと》 バ《を》 バー《いやだ》 チ《と》 イチー《いって》 コトゥワタン《ことわった》 ウカゲ《せい》 シ《で》 サマダマナ《さまざまな》 ムイナカナ《ひどい》 クトゥ《こと(に)》 イキョユン《出会った》 ウナグヌクヮー《娘》 ヌ《で》、ウラトミ《うらとみ》 チ《と》 イチー《いって》、カタレ《伝説》 ナン《に》 ノホタリ《残ったり》 シマウタ《島歌》 ナニム《にも》 ノホティ《残って》 ナマニム《今でも》 ウテティガティ《うたい継がれて》 ウム《いる》 ハナシ《話》 ヌ《が》 アムチョ《ある》。

ウラトミ《うらとみ》 チバ《というのは》 ナマハラ《今から》 チョード《ちょうど》 ニヒャクネン《二百年》 ベヘリ《ばかり》 ムカシ《昔》 ヌ《の》 クトゥ《こと》 チ《だ》 ドゥ《と》 イヤットゥスカ《いわれているが》、ドレンマギリ《渡連間切》 ヌ《の》 イキンマ《生間》 ナン《に》 ウラトミ《うらとみ》 チ《と》 イユン《いう》 ジューハチ《十八(に)》

ナリュン《なる》 ヒャクショーヌクヮー《百姓娘》 ヌ《が》 ウタム《いた》 チ。
ウラトミ《うらとみ》 ヤ《は》 ムィマヨ《目眉(が)》 スイスイ《涼しく》 クルグル《黒々》 トゥシー《としていて》 ヨースィ《容姿》 ヌ《が》 ジキ《とても》 キュラサリ《美しく》
マタ《又》 キグクロム《気心も》 ジキ《とても》 イッチャティ《よくて》 マレナフドゥ《珍しいくらい》 イイ《いい》 ムェーラベ《娘》 チチ《だと》 シマジマ《村々》
ガディ《に》 ナー《名が》 ヒキョチュタム《ひびいていた》 チ。
シャットゥ《ところが》 チョード《ちょうど》 ウンクロ《そのころ》、ヤマト《薩摩》 ハラ《から》 クダティ《下って》 ウモチャン《いらした》 ヤマトトゥノガナ《大和殿加那志》
シ ヌ《が》 ウラトミ《うらとみ(の)》 クトゥバ《ことを》 キキンショチ《きかれて》、イキンマ《生間》 ヌ《の》 トゥナリ《隣り》 ヌ《の》 シュドン《諸鈍》 ナン《に》
ウモユン《いる》 シマ《村》 ヌ《の》 シュータンカティ《役人に》、ウラトミ《うらとみ》 バ《を》 ティレティ《連れて》 コー《来い》 チ《と》 ウモリンショ《言いつけられた》
チャム チ。
シャットゥ《すると》 シュドン《諸鈍》 ヌ《の》 シュータ《役人》 ヤ《は》 スグ《すぐ》 イキンマ《生間》 ハチ《に》 ティケー《使いを》 イジャシンシ《出しなさって》
ヨチ、ウラトミ《うらとみ(の)》 ウヤンキャン《親たち》 カティ《に》、ウラトミ《うらとみ》 バ《を》 ヤマトトゥノガナシ《大和殿加那志》 ヌ《の》 ムェー《ところ》 ハ《に》
チ ウェースィリヨー《差し上げなさいよ》 チ《と》 イヤーチャム《いわせた》 チ。
シャントゥロガ《ところが》 ウラトミ《うらとみ》 ヤ《は》 ワンナ《あたしは》 ヤマトトゥノガナシ《大和殿加那志》 ヌ《の》 シマトゥジ《島妻》 ヤ《には》 ナリキ
リヨラン《なれません》 ドー《から》 チ《と》 イチー《いって》 クトゥワタム《ことわった》 チ。
シュムバム《しかし》 ウィー《上》 ヌ《の》 チュンキャ《人たち》 ヤ《は》 キキンショラッ《承知せず》、ヤマトトゥノガナシ《大和殿加那志》 ヌ《の》 ムェ《ところ》
ー ハラヤ《からは》、ヘーク《早く》 ティレティ《連れて》 コー《来い》 チチ《とて》 シュドン《諸鈍》 ハチ《に》 スィッカンゴ《急き立て》 ヌ《が》 チー《来て》、マ《又》
タ シュドン《諸鈍》 ヌ《の》 シュータ《役人(の)》 ムェー《ところ》 ハラヤ《からは》、ヘーク《早く》 ウラトミ《うらとみ(を)》 ウェースィリ《差し上げろ》 チチ《といって》 ミキ《三日の》

ヤン シリクチ《前後(一日置きに)》 ティケ《使い》 ヌ《が》 イキンマ《生間》 ハチ《に》 カヨタム《通った》 チ。シュムバム《ところが》 イキャシ《どんなに》 カサネガサネ《かさねがさね》 ティケ《使い》 ヌ《が》 チム《来ても》、ウラトミ《うらとみ》 ヤ《は》 イッサイ《決して》 オー《はい》 チヤ《とは》 イヤンタム《いわなかった》 チ。

ガンシシャットゥ《そうしたところ》 クン《この》 シマ《島》 ナンティ《で》 ドゥー《自分》 ヌ《の》 イュンクトゥ《いうこと》 ヤ《が》 キキャサランクトゥ《きかれないこと》 ヤ《は》 ヌーム《何も》 ネム《ない》 チ《と》 ウモティ《思って》 ウモユタン《おいでの》 ヤマトトゥノガナッシャ《大和殿加那志は》 ジーキ《とても》 タタリンショチ《怒られて》、マタ《又》 シュドン《諸鈍》 ヌ《の》 シュータム《役人も》 ドゥー《自分》 ヌ《の》 ミンブク《面目》 ヌ《が》 タタム《立たぬ》 チチ《とて》 タタリンショチ《怒られ》、ウリンハラ《それから》 ヤ《は》 ウラトミ《うらとみ》 タ《の》 ウヤキョーデ《親きょうだい(や)》 ウン《その》 ヒキハルチヌンキャ《親類縁者たち》 ハチ《に》 ガディ《まで》 ネング《年貢》 ヌ《を》 ウフーサ《たくさん》 カプスィラッタリ《かぶせられたり》 サマダマナ《さまざまな》 ムイナ《ひどい》 シメティキ《しめつけ》 ヌ《が》 チャリ《来たり》 シ《し》、マタ《又》 イキンマ《生間》 ヌ《の》 シマ《村》 ハチ《に》 ダカ《も》 イロンナ《いろいろな》 シメティケ《しめつけ》 ヌ《が》 イチッチャリ《いって来たり》 シュングトゥンシ《するように》 ナタム《なった》 チ。

シャットゥ《だから》 ウラトミ《うらとみ(の)》 ウヤンキャ《親たち》 ヤ《は》 クエヘサン《つらくて》 オーシラッ《たまらず》、カンシ《こんなに》 シューティヤ《していては》 ウィー《上》 ヌ《の》 チュンキャ《人たち》 ニム《にも》 ドムナラム《申しわけが立たぬ》、スィケン《世間》 ハチム《にも》 ネゲム《おわび》 スィララン《できない》 フドゥ《ほど》 ジャー《だ》、マタ《又》 ドゥンキャム《自分たちも》 カンシガディ《こんなにまで》 シューティヤ《していては》 ティッチャ《つづけては》 イキャラム《いけない》 チ《と》 ナティ《て》、ウラトミ《うらとみ》 バ《を》 イキャーカ《どうにか》 スィロー《しよう》 チ《と(いうことに)》 ナタム《なった》 チ。

ウッリャ《それは》 ティキ《月》 ヌ《が》 ジーキ《とても》 キュラサン《美しい》 アキ《秋》 ヌ《の》 ユル《夜》 ヌ《の》 クトゥ《こと(で)》 アタム《あった》 チュス《という》

カ。

ウラトミ《うらとみ(の)》 ウヤンキャ《親たち》 ヤ《は》 クリブネッグヮ《くり舟》 ナン《に》 ヨホ《櫂》 ヤ《を》 ヌィスラン《乗せない》 グトゥンシシー《ようにして》、ティチ《搗いて》 スグ《すぐ》 ヌ《の》 ムチ《もち》 トゥ《と》 ムィティ《水》 トゥ《と》 ミスンキャ《みそなど》 フカニム《ほかにも》 サマダマナ《さまざまな》 カミュ《食べ物(を)》 ンムン チュティキブン《一月分》 チム《とも》 トゥーカブン《十日分》 チム《とも》 イヤットゥスカ《いわれているが》 ウリバ《それを》 ヌスィテッカ《乗せてから》 ラ、バーバー《いやよいやよ》 チ《と》 イチー《いって》 ナキソード《泣きさわ》 シュン《ぐ》 ウラトミ《うらとみ》 バ《を》 ウヤ《親》 ターリ《ふたり》 シ《で》 エイト《うんと》 ウシッキトゥティ《押さえつけて》 ヌスィティ《乗せて》 フネッグヮ《舟》 バ《を》 ウキ《沖》 ハチ《に》 ウシヤラチャム《押しやった》 チ。

シャットゥ《すると》 ウラトミ《うらとみ》 ヤ《は》、アンマー《母さん》 ジュー《父さん》 アンマリシャン《あんまりな》 ムイナカナー《ひどいことを》、チ《といって》 アビトゥティ《叫びながら》 エイト《うんと》 クイカギリ《声のかぎり》 ナチャム《泣いた》 チ。

スィリバ《そうすると》 マタ《又》 ウヤンキャム《親たちも》 カンシュン《こんな》 ウヤックヮ《親と子》 ヌ《の》 イキワカレン《生き別れは》 スギリヤラッ《耐えがたく》、ナガレティ《流れて》 イキュン《行く》 フネッグヮ《舟(を)》 ウーティ《追って》 クビ《首》 ガディ《まで》 ティカトゥティ《(海に)つかって》、ウラトミー《うらとみよ》 ウラ《お前》 ヤ《は》 ウマレブ《生まれ運》 ヤ《は》 アタムバン《あったが》 イニョチブ《いのちの運》 ヤ《は》 ネンタ《なかった》 ドー《なあ》、クネティ《こらえて》 ナガレティ《流れて》 イジ《行って》 クレレ《くれ》 ヨー《よ》、シュムバン《けれども》 ムシ《もし》 ウラン《お前(に)》 イニュチブ《いのちの運》 ヌ《が》 アリバヤ《あれば》 ダーカヌ《どこかの》 シマ《島》 ハチ《に》 ナガレティチ《流れついて》 イニュチ《いのち(を)》 ムロティ《もらって》 イキチ《生きて》 イキヨー《行けよ》、ムシ《もし》 ウラン《お前に》 イニュチブ《いのちの運》 ヌ《が》 ネンキンニャ《ない時には》 ティモリ《運命》 チ《と》 ウモティ《思って》 ウメキチ《あきらめて》 グショ《冥土》 ヌ《の》 ユー《世界》 ハチ《に》 ワタティ《渡って》 イジ《行って》 ー、アンユー《あの世》 ナンティ《で》 クラスィヨー《暮らせよー》 チ《と》 アビトゥティ《叫んでいて》 ウヤックヮ《親子》 トゥモドゥモ《ともども》 ナキ《泣き》 ワカレ《別れ(を)》 シャム《した》 チ。

ヨホ《櫂》 ヌ《の》 ネン《ない》 フネッグヮ《小舟》 ヤ《は》 ヒキシュン《引き潮に》 ヒキャサッティ《引かれて》 ティッキョ《月夜》 ヌ《の》 ウミ《海》 バ《を》
オーミジュ《青い深み(に)》 ハチ《向かって》 ナガラサッティ《流されて》 イジッカラ《行き》 イキンマ《生間》 ヌ《の》 ウラ《浦》 バ《を》 テンテン《だんだん》 ウキ《沖》
ハチ《に》 イジー《出て》、 アンキャバ《安脚場》 ヌ《の》 ハナ《岬(を)》 クィーティ《越え》 クルシュ《黒潮(が)》 マキャゲトゥン《渦巻きあげている》 ウフウミ《大海》 ハ《に》
チ イジティ《出て》 イジャム《行った》 チ。
ウリンハラヤ《それからは》 カデン《風に》 フカレ《吹かれ》 ナミン《波に》 ムマリガチャナ《もまれながら》 ティダ《太陽》 ヌ《の》 ティリュン《照る》 ヒュー《日も》
リム アムィ《雨》 ヌ《の》 フリュン《ふる》 ユルム《夜も》 キュン《来る》 ヒム《日も》 キュン《来る》 ユルム《夜も》 ウフウミ《大海》 ヌ《の》 ウィー《上》
バ《を》 ナガレモーティ《流れまわって》 アッチュタム《さまよっていた》 チ。

イッカベヘリ《何日ぐらい》 ナトゥタンカヤ《たっていたか》 ワカランバム《わからないが》、 ウラトミ《うらとみ(の)》 フネッグヮ《小舟》 ヤ《は》 イキンマ《生間》 ハラ《からは》
ヤ ウメムケヘラン《思いもかけぬ》 ジーキ《とても》 トゥーサン《遠い》 キキャ《喜界》 ヌ《の》 シマ《島》 ヌ《の》 オノツ《小野津》 ヌ《の》 トバヤヌハマ《とばやの浜》
チキャサ《近い》 ハチ《(ところ)に》 ナガレティ《流れて》 イキュタム《行った》 チ。
シャットゥ《すると》 ウリンキンニャ《その時》 ハマ《浜》 ナン《に》 チュンキャ《人々》 ヌ《が》 ウティ《居て》、 ミチシュン《満ち潮に》 ウシアゲ《押しあげ》
ラリガチャナ《られながら》 ユティッキュン《寄って来る》 フネッグヮ《小舟(を)》 ミチ《見て》、 エイト《どんどん》 ウミ《海》 ハチ《に》 イッチイジー《はいって行き》 フネ《小舟》
ッグヮ バ《を》 ヒキユスィケヘティ《引き寄せて》 ミチャットゥ《見たら》、 ナハ《中》 ナンニャ《には》 ジーキ《とても》 キュラサン《きれいな》 ムェ
ーラベ《娘》 ヌ《が》 モルシュングトゥンシ《死んだように》 ナティ《なって》 ユクー《横(に)》 ナトゥタム《なっていた》 チ。
シャットゥ《だから》 ウベヘテ《驚き》 ソードーシー《騒いで》、 クッリャ《これは》 シニン《死人(を)》 ヌスティ《乗せて》 ナガラシュン《流す》 シニン《死人》

ブネ《舟》 ヤ《じゃ》 アランカヤー《ないか》、クンママ《このまま》 マタ《又》 ウキ《沖》 ハチ《に》 ウシイジャスィ《押し出してやるの》 バドゥ《こそ》 イッチャン《いい》
ムンナ《のでは》 アランカヤー《ないか》 チンキャ《とか》 イチャリ《いったり》 シャムバム《したが》、カンシ《このように》 ムェーラベ《娘》 ヌ《が》 チューリ《一人》
フネッグヮシ《小舟で》 ナガレユティ《流れ寄って》 キュム《来る》 チバ《というのは》 ヌーカ《何か》 ジジョー《事情》 ヌ《の》 アリチャゲナ《ありそうな》 クトゥ《こと》
ジャー《だ》 チ ナティ《と(いうことに)なって》、グスト《みんな》 シ《で》 ウンキンポ《その近く》 ヌ《の》 ヤー《家》 ハチ《に》 ダチ《抱いて》 イジューティ《行って》 カイ《介抱》
ホシャム《した》 チ。
シャットゥ《すると》 ウラトミ《うらとみ》 ヤ《は》 テンテン《だんだん》 ゲンキ《元気(を)》 トゥリムドチ《取りもどし》、ウン《その》 ヤー《家》 ナンティ《で》 ヤッ《厄介(に)》
ケ ナリュングゥトゥン《なるよう》 シ《に》 ナタム《なった》 チ。
ウラトミ《うらとみ》 ガ《が》 ヤッケ《厄介(に)》 ナタン《なった》 ヤー《家》 ヤ《は》 トゥジ《妻(を)》 モーリ《死》 スィムィティ《なせて》 インガダチ《男世帯(に)》 シ
ユーティ《なって》 ドゥンチュリ《自分一人(で)》 クラチュン《暮らしている》 ヒャクショヌヤー《百姓の家》 アタム《だった》 チャンナ《そうな》。 ウンナンティ《そこで》
ウラトミ《うらとみ》 ヤ《は》 テーゲ《ずっと》 ヤッケ《厄介(に)》 ナトゥタンムン《なっていたが》 チュー《人》 ヌ《が》 クチキキ《口きき(を)》 シ《して》 ナッタッリャ《その二人は》
トゥジュトゥ《夫婦(に)》 ナリュングトゥシ《なるように》 ナタム《なった》 チ。
ガンシシー《そして》 トゥジュトゥ《夫婦(で)》 コホロ《心(を)》 オーチュティ《合わせて》 キバティ《はたらき》、ヌーヌ《何の》 ウメグトゥム《思うことも》 ネン《ない》
グトゥン《ように》 シューティ《して》 ユルットッグヮ《ゆったりと》 クラチュタム《暮らしていた》 チ。
チュンシマ《よその村》 ハラ《に》 イキバ《行けば》 タシマムン《よそ者(と)》 チチ《いうので》 グストハラ《みんなから》 ハチキャレンムンナ《爪弾きされるのは》 ユ《世》 ヌ《の》
ナレ《ならい》。 マタ《又》 チュー《人(に)》 マサティ《まさって》 イッチャティム《よい(状態で)あっても》 ウヮーナリ《嫉妬》 スィラレンムンナ《されるのは》 ユヌナハ《世の中》

ヌ《の》 ナレ《常》。ウラトミ《うらとみ》 ダカ《も》 ヨースィ《容姿(が)》 ギュラサ《美しい》 ム《のも》 キグクロ《気心(が)》 ギュラサ《美しい》 ム《のも》 チューマサテ《人にまさり》イ、トゥジュトゥナハ《夫婦仲》 ム《も》 マタ《又》 ジキ《とても》 イッチャタットゥ《よかったところ》、オノツ《小野津》 ヌ《の》 ウナグヌンキャ《女たち》 ヤ《は》ウヮーナリゴホロ《嫉妬心(を)》 イジャチ《起こし》、マタ《又》 インガンキャ《男たち》 ヤ《は》 キュラムン《(うらとみを)美人》 チ《だと》 イチー《いって》 カハリヤカ《言い寄ろう》ハリヤ《言い寄ろう(と)》 スィローチシム《しても》、ウラトミ《うらとみ》 ヤ《は》 キキャンホーリン《きかない振り(を)》 シューティ《して》 イッサイ《決して》 イエーテ《相手(に)》イ スィランタットゥ《しなかったら》、ウリバ《それを》 マタ《又》 ネタサシー《ねたんで》 インガウナグ《おとこ女(一緒に)》 シューティ《なって》、アガンシュン《あんな》タシマムン《よそ者》 ナ《は》 クンシマ《この村》 ハラ《から》 ウィーヤラスィ《追いやろう》、タシマムン《よそ者》 ヌ《が》 ウリバ《居れば》 シマ《村》 ヌ《が》 サイ《災難》ナン《(に)》 イキョユム《行き会う》、チンキャ《とか》 アリム《ありも》 スィラム《しない》 クトゥ《こと(を)》 イチューティ《いって》 サマダマナ《さまざまな》 ワリクトゥ《(を)》 シャリ《したり》、ドゥー《自分》 ヌ《の》 ウマレジマ《生まれ島》 ハチ《へ》 ムドリクレー《もどりやがれ》 チ《と》 ヤナグチ《悪口(を)》 シャリシューテ《きいたりして》イ ウラトミ《うらとみ》 バ《を》 ウィーヤラソーチシー《追いやらそうとし》、カワッタカナ《なんとなく》 ソーサシュンムン《ただならぬ気配》 ヌ《が》 シマジョ《村中》ナン《に》 ナガレタム《流れた》 チ。

アガシティ《ああだ》 カシティ《こうだ》 スィラッティ《されて》、ウラトミ《うらとみ》 トゥジュトゥ《夫婦》 ヤ《は》 ジキ《とても》 クェヘサン《つらくて》 オーシランタンムン《たまらなかったのを》、キキャ《喜界》 ヌ《の》 イイチュー《有力者》 ヌ《が》 ウリバ《それを》 キキンショチ《耳にされ》、チュンキャ《人々(を)》 ユリヨ《集めて》チュティ、ウラトミ《うらとみ》 ヤ《は》 アンゴ《あんご(に)》 ナリュン《なる》 クトゥバ《ことを》 キッパリ《きっぱり》 クトゥワティ《ことわって》 ジューハチ《十八》ヌ《の》 ワハサ《若さ》 シ《で》 イヌチ《いのち(を)》 カケティ《かけて》 ウナグ《女》 ヌ《の》 ミー《身》 バ《を》 マムィリトーチャン《守り通した》 クトゥヤ《ことは》ウナグ《女》 ヌ《の》 カガミ《鑑》 ドゥ《でこそ》 アン《あれ》、マタ《又》 イン《縁》 ヌ《が》 アティ《あった》 ドゥ《からこそ》 ワーキャシマ《われわれの村》 ハチ《に》 ナガレティチーアン《流れてきたのだ》、インジマ《縁のあった村》 ナンティ《で》 カンシシー《こうして》 クラシ《暮らし(を)》 タティティ《たてて》 ウンムン《いるものを》、ウリキャ《お前たち》

ヤ《が》 ガシティ《そんなに》 シーヤ《していては》 キモチャゲサ《かわいそう》 チャ《とは》 ウモンナー《思わんか》、マタ《又》 スィカマヨーネ《朝夕》 アガンシ《あんなに》
ムンシギュラサハラ《物事を手際よく》 シューティ《処理して》 キバティ《はたらき》、ウトゥン《夫》 ダカ《にも》 イイティコットゥン《よくつかえて》 アガンシ《あんな》
イッチャン《いい》 ウナグ《女》 ヤ《は》 シマ《村》 ヌ《の》 ティホン《手本》 ドゥ《でこそ》 アン《あるぞ》、ウリバ《それを》 クンシマ《この村》 ハラ《から》 ウィー《追い》
ヤラソー《出そう》 チ《と》 シュムチバ《するとは》 ウリクソ《それこそ》 ウンムン《そんなやつ》 ドゥ《こそ》 フレムン《馬鹿者》 ドー《だ》 チ《と》 ウモチ イイキ《おっしゃっていいきかせ》
キャシンショチャーム《なさった》 チ。
　ガンシシャットゥ《そうしたら》 チュンキャ《人々》 ム《も》 イイチュー《有力者》 ヌ《の》 ウモリンショユン《おっしゃる》 クトゥ《こと》 ナリバ《だから》、
ガンシダリョーロ《その通りだろう》 ヤー《な》 チチ《といって》 カマチ《頭》 ナン《に》 カメティ《いただいて（心にとめて）》 ウリンハラヤ《それからは》 コホロ《心(を)》 イリケーテ《入れかえて》
イ ワルサ《意地悪(を)》 シュン《する》 チュム《人も》 ウラングトゥン《いないように》 ナタットゥ《なったから》、ウラトミ《うらとみ》 トゥジュトゥ《夫婦》 ヤ《は》 ユ
ルットッグヮ《おだやかに》 クラサレングトゥン《暮らされるように》 ナティ《なって》、ヤガテ《やがて》 ウラトミ《うらとみ》 ヤ《は》 ウナグ《女》 ヌ《の》 クヮート《子(を)》
ゥメティ《生んで》、ムチャカナ《むちゃかな》 チ《と》 イュン《いう》 ナー《名(を)》 ティキティ《つけて》 フダチュティ《育て》 ウヤックヮ《親子》 ミチャリ《三人》
カナシャゲーサ《むつましそうに》 シューティ《して》 クラチュタム《暮らしていた》 チ。
　トゥシティキ《歳月》 ヤ《は》 フェーサ《早々》 タッチイジー《たって行き》、ムチャカナ《むちゃかな》 ヤ《は》 ヤガティ《やがて》 トゥシグロ《年ごろ(と)》 ナタ
ットゥ《なって》、チョード《ちょうど》 ウナグヌウヤ《女親》 ヌ《が》 キキャヌシマ《喜界の島》 ハチ《に》 ナガレユティ《流れ寄って》 チャン《来た》 クロ ミ《ころ(の姿を)》
リュンコホロ《見る思い(の)》 シュン《する》 キュラ《美しい》 ムェーラベ《娘(に)》 ナタム《なった》 チ。
シャントゥロガ《そうしたところ》 ニセンキャ《若者たち》 ヤ《は》 タムィンダムィ《それぞれ》 ムチャカナン《むちゃかなに》 コホロ《気持(を)》 ユスィティ《寄せて》 マ

ックル《夢中に》 ナティ《なって》 イキュリ《行くし》、スィケン《世間》 ヌ《の》 チュンキャム《人々も》 ヨスィフドゥ《容姿》 スロトゥン《そろった》 シマジ《村一番》
ヨイチ ヌ《の》 キュラムン《美人》 チ《だと》 イサタ《評判(を)》 シュングトゥンシ《するように》 ナタム《なった》 チ。
シャットゥ《すると》 ウェーティレ《おなじ年ごろ》 ヌ《の》 ウナグ《女》 ヌ《の》 クヮンキャ《子ら》 ヤ《は》 ウリバ《それを》 ハゴムィチ《気持よく思わず》 ウヮー
ナリシー《嫉妬し》、タシマムン《よそ者》 ヌ《の》 クヮー《子》 ヌ《が》 チ《と》 イチュティ《いって》、サマダマナ《さまざまな》 ワリクトゥ《意地悪(を)》 シャリ《したり》
シューティ《して》 ナカチャリ《泣かしたり》 カシクミタリ《畏まらせたり》 シュータム《した》 チ。
ムチャカナ《むちゃかな》 ヤ《は》 ムィンガッグヮ《おとなしい子》 アタットゥ《だったので》 ドゥシヌンキャン《仲間たちに》 イキャシ《どんなに》 ハチキャッテ《爪弾きされても》
ィム ヨーリッグヮ《じっと》 クネティ《耐え》、ヤー《家》 ハチ《に》 ムドッチッカラ《もどってから》、ワー《あたし(の)》 インガヌウヤ《男親》 ヤ《は》 クン《この》
シマ《村》 ヌ《の》 ニンギン《人》 ドゥ《で》 アン《あるのに》、ワン《あたし》 ダカ《だって》 クンシマ《この村》 ナティドゥ《で》 ウマレフディティ《生まれ育って》 チ
ヤンムン《来たのに》 ヌーガ《どうして》 タシマムン《よそ者》 ヌ《の》 クヮー《子》 チ《と》 イヤッティ《いわれて》 イナサリン《小さい時》 ハラ《から》 ワンチュリ《あたし一人》
ベヘリ《だけ》 カンシ《こんなに》 ハゴムィカランバ《いやがられなければ》 ナランカヤー《ならないの》 アンマー《母さん!》、チ《と》 イチュティ《いって》 ウナグヌウヤ《女親》
ヌ《の》 ティブシ《ひざ》 ナン《に》 フチュティ《うつ伏して》 ナクィバ《泣くと》、ウヤ《親》 ム《も》 マタ《又》 キモグルシャン《悲しくて》 オーシラッテ《たまらず》
イナ マゼン《一緒に》 ナトゥティ《なって》 ナキドゥシュータム《泣いていた》 チ。
ティモリ《運命》 チバー《というものは!》 ヨスィギュラサ《容姿が美しく》 ウマレタン《生まれた》 ユイシ《故に》 ウヤ《親》 ヌ《が》 イキヨタン《行き逢った》 クエヘサ《つらいこと(が)》、
クンドヤ《こんどは》 クヮー《子》 ヌ《の》 ウィー《上》 ハチ《に》 ムィキティ《めぐって》 キュングトゥンシ《来るように》 ナティキュム《なる》 チバヤ《とはねえ》
ー。

ウッリャ《それは》 ムチャカナ《むちゃかな》 ガ《が》 ジュールクシチ《十六、七(に)》 ナタントゥキン《なった時》 ヌ《の》 クトゥ《こと(で)》 アタム《あった》 チュス《という》カ。

オーサ《あおさ(のり)を》 ハッギャ《取りに》 イキュン《行く》 クロ《ころ》 チバ《といえば》 キュー《旧》 ヌ《の》 サングヮツ《三月》 ヌ《の》 クロバシ《ころでも》 アタロ《あった》ナヤー《ろうか》。

ウェーティレ《おなじ年ごろ》 ヌ《の》 ドゥシヌンキャ《仲間たち》 ヌ《が》 ユリヨトゥティ《寄り集まっていて》 ムチャカナ《むちゃかな》 バ《を》 イキャーカ《どうにか》 スィローヤー《しよう》 チ《と》 ダンゴッグヮ《相談》 バ《を》 シャム《した》 チ。

ガンシシ《そして》 ティレディレ《連れ立って》、 ムチャカナー《むちゃかなを》 オーサ《あおさ》 ハッギャ《取りに》 イキョー《行こう》 ディー《よ》 チ《と》 クトゥタム《さそった》 チ。

シャットゥ《すると》 ムチャカナ《むちゃかな》 ヤ《は》、 アンマン《母親に》 タティネティッカラ《たずねてから》、 イキバム《行くか》 ウラバム《居るか(行かぬか)に》 スィローイー《するわね》 チ《と》 イチャム《いった》 チ。

ムチャカナ《むちゃかな》 ガ《が》 アンマン《母親に》 タティネタットゥ《たずねたら》、 ムィティ《水(を)》 クディッカラ《汲んでから》 イキー《行きなさい》 チ《と》 イヤッタム《いわれた》 チ。 キキャ《喜界》 ナンティヤ《では》 ムィティクンミャ《水汲みは》 チンチャハリ《一日がかり(の)》 シグトゥナティ《仕事だから》 ウッリャ《それは》 イジヤ《行っては》 ナランドー《いけない》 チ《と》 イュンクトゥ《いうこと》 アタンムン《だったが》、 クンドヤ《こんどは》 ジュン《父親に》 タティネタットゥ《たずねたら》、 イキャバム《行くか》 ウラバム《居るかは》 ウラ《お前》 ガ《が》 ウモユングトゥンシシー《思うようにして》 イッチャッドー《いいよ》 チ《と》 イヤッタン《いわれた》 ムンナティ《ものだから》、 ウッリャ《それは》 ユルサッタン《許しがでた》 ムンダロー《ものだろう》 チ《と》 ウモティ《思って》、 テルッグヮ《てる(籠)を》 ワゲヘ《肩に》ティ《かけて》 ドゥシヌンキャ《仲間たち》 トゥ《と》 マゼン《一緒に》 ハマ《浜》 ハチ《に》 ウレティ《おりて》 イジャム《行った》 チ。

ハマ《浜(に)》 ウリティ《おりて》 ミリバ《みると》 シュー《潮》 ヤ《は》 ヒキサガティ《引いて》 ウラウラ《浦々》 ヌ《の》 ハマ《浜》 ヤ《は》 ヒリャガティ《干上がり》 スィズィ《干瀬》 ナンニャ《には》 オーサ《あおさ》 ヌ《が》 マンディ《いっぱい》 ムエートゥタム《生えていた》 チ。

ドゥシヌンキャ《仲間たち》 ヤ《は》 ドゥンキャドゥシャ《自分たち同士》 ミミウチャ《耳打ち(を)》 シューティ《しておって》 ムィシキャ《目をしかめ》 ハナシキヤ《鼻をしかめて》 シー、《(合図を)しながら》 アマドゥ《あっちの方が》 オーサ《あおさ》 ヌ《が》 マンドゥッ《いっぱいある》 ドー《よ》 アガン《あそこに》 イキョヤー《行こうよ》 チ《と》 イチ、《いって》 トゥーサン《遠い》 ハナブテッ《岬のあたり》 カチ《へ》 アッチイジー《歩いて行き》 ウフスィ《大きな岩》 ヌ《が》 ウキ《沖》 ガディ《の方に》 ティキジトゥン《突き出ている》 トゥロ《ところ》 ハチ《に》 ムチャカナ《むちゃかな》 バ《を》 ティレティ《連れて》 イジャム《行った》 チ。

ウマ《そこ》 ヤ《は》 ミチャンブンシ《見ただけで》 ジーキ《とても》 ウトゥルシャン《おそろしい》 クルシュ《黒潮》 ヌ《が》 ウトゥダハサハラシユーティ《音を高くたてながら》 マキャゲティ《渦巻きあげていて》 ナミ《波》 ヌ《の》 ハナ《穂(を)》 トバチュティ《飛び散らせつつ》 ユスィヒキ《寄せ引き》 シュン《している》 トゥロ《ところ》 アタムバム、《だったが》 ガンシュン《そんな》 トゥロ《ところ》 ナン《に》 ムエートゥン《生えている》 オーサ《あおさ》 ドゥ《こそ》 イリュ《色》 ム《も》 フカーサ《深く》 オーオー《青々》 トシ《として》 キュラサティ《美しく》 マーサム《おいしくも》 アンムン《あるもの》 ジャンカナン、《だから》 ムチャカナ《むちゃかな》 ヤ《は》 キバトゥティ《夢中になって》 ハジュタンムン、《取っていると》 ドゥシ《仲間》 ヌ《の》 チューリ《一人》 ガ《が》 ヨーリッグヮ《そっと》 ウシリョ《うしろ》 ハチ《に》 マワティ《まわって》 イジー《行って》 ムチャカナ《むちゃかな(の)》 クシバ《背中を》 ウメキチ《思い切り》 ティチー《突いて》 ウミヌナハ《海の中》 ハチ《に》 ティキウトゥチャット《突き落としたところ》 ゥ、 ムチャカナ《むちゃかな》 ヤ《は》 アンマー《母さん！》 チ《と》 アワレサン《哀れな》 クイッグヮ《声(を)》 ノホチ《残して》 ウティティイジ、《落ちて行き》 クルシュン《黒潮に》 ヌマッティ《呑まれて》 ウンギリ《それっきり》 スィガタ《姿》 ヤ《が》 ミリャラングトゥンシ《見えぬように》 ナタム《なった》 チ。

ガンシシャットゥ《そうしたら》 ドゥシヌンキャ《仲間たち》ヤ《は》 ウレー《それ》 ヒンギロー《逃げよう》 チ《と》 ウシリョ《うしろ》ム《も》 ミリャン《見ない》
ダトゥンシ《ようにして》 エイト《夢中で》 ハチムドティ《走ってもどって》 イジャム《行った》 チ。
ユーカゲ《たそがれ(に)》 ナティ《なって》 ハマ《浜》 ナンニャ《には》 ミチシュ《満ち潮》 ヌ《が》 ミチャガティム、《満ち上がって来ても》 ムチャカナ《むちゃかな》 ヤ《は》 ムド
ティコーティ、《もどって来ず》 ユー《夜(の闇)》 ヌ《が》 クリサーガティム《垂れこめても》 ムドティ《もどって》 コンタットゥ、《来なかったから》 ウラトミ《うらとみ》 ヤ《は》 ウンキ《あたり》
ンポ《近辺(を)》 トゥミティ《探して》 アッチッカラ《歩き》 チューヌヤーカハリ《人の家毎を》 モーティ《まわって》 ウフッチュ《おとな》 ニム《にも》 ワラベ《子供》
ニム、《にも》 ワーキャ《わたしたちの》 ムチャカナ《むちゃかな》 ヤ《を》 ミンショランティナー《見ませんでしたか》 チ《と》 イチ、《いって》 タティネティ《たずねて》 アッチャ《歩いたが》
ンバム タルムケム《誰も彼も》 シリャンドー《知らないよ》 チドゥ《と》 ヒント《返事》 ヤ《を》 シャム《した》 チ。
アマクマ《あちこち》 イキャシ《どんなに》 トゥメティム《探しても》 ウラン《居ない》 クワー《子供》 ヌ《の》 ミーヌウィー《身の上(を)》 ウモティ《思って》 キモゴ《心も》
ホロム ネングトゥンシ《あらぬように》 ナトゥン《なった》 ウヤタッリャ、《親二人は》 ムチャカナー《むちゃかなー》 チ《と》 アビガチャナ《叫びながら》 ウラウ《浦々》
ラ サクザク《谷々(を)》 マワティ《まわって》 アッチュティ、《歩いて》 ユナガトゥ《夜通し》 トゥミティム、《探しても》 ナーチャム《その翌日も》 チンチャハ《一日中》
リ トゥミティム、《探しても》 マタ《又》 ティキヌヒ《次の日》 ム《も》 イキショキリトゥティ《息せき切って》 トゥミティ《探して》 アッチム、《歩いても》
ムチャカナ《むちゃかな(の)》 スィガタ《姿》 ヤ《は》 ミリャランタットゥ、《見つからなかったので》 ウラトミ《うらとみ》 ヤ《は》 ニャー《もう》 フレムン《気違い》 ネシ《みたいに》 ナ
トゥティ、《なって》 ウラウラ《浦々》 サクザク《谷々(を)》 モーレティ《さまよい》 トゥリキダムヌン《鳥けだもの(に)》 ガディ《まで》 タティネティ《たずねて》 アッ《歩き》
チー、 マティギ《松の木》 ヌ《の》 イダ《枝》 ナン《に》 トゥマトゥン《とまっていた》 ウヤバトン《親鳩》 カティ、《に》 ムチャカナ《むちゃかな》 ヤ《を》 ミリ
ャンティナー《見かけませんでしたか》 チ《と》 タティネタム《たずねた》 チ。

シャットゥ《すると(親鳩は)》　ウラウラ《浦々》　ナンニャ《には》　アハブシャウシ《赤牛》　クルブシャウシ《黒牛》　ヌ《が》　ウスィガ《居るが》　ウリン《それに》　タティネティンニー《たずねてごらん》　チ《と》　イチャム《いった》　チ。

ウラウラ《浦々(を)》　マワティ《まわって》　アハブシャウシ《赤牛》　クルブシャウシン《黒牛(に)》　タティネタットゥ《たずねたら》、　サクザク《谷々》　ナンウン《に居る》　オーバト《青鳩》　ウヤバトン《親鳩に》　タティネティンニー《たずねてごらん》　チ《と》　イチャム《いった》　チ。

シャットゥ《それで》　マタ《又》　ヒキムドティ《引き返して》　チー《来て》　オーバト《青鳩》　ウヤバトン《親鳩に》　カティ《向かって》、　ムチャカナ《むちゃかな》　ヤ《を》　ミリャンティナー《見かけませんでしたか》　チ《と》　タティネタットゥ《たずねたら》、　シュー《潮》　ヤ《が》　ミチャガティ《満ち上がり》　ティダ《太陽》　ヤ《が》　サントゥ《申の刻》キサガリ《に下がった(時)》　ムチャカナ《むちゃかな》　ヤ《は》　シュージリ《潮尻》　ハチ《に》　ヒキャサッタ《引きこまれた》　ドー《よ》　チ《と》　ユスィティ《教えて》　クレタム《くれた》　チ。

ウリバ《それを》　キチャン《きいた》　ウラトミ《うらとみ》　ヤ《は》、　チー《血》　ヌ《が》　カマチ《頭》　ハチ《に》　ヌブティ《のぼって》　カマチ《頭》　ヌ《が》　フテーサ《大きく》　ナティイジ《なって行き》　ウンママ《そのまま》　スィクリマンゲ《よろよろよろけ》　シーガチャナ《ながら》　ハマ《浜》　ハチ《に》　ハチイジー《走って行き》、　ワーキャ《あたしたちの》　ムチャカナ《むちゃかな》　ヨー《よ!》　チ《と》　クイ《声(の)》　カギリ《限り》　アビガチャナ《叫びながら》　エイト《どんどん》　ウミ《海》　ヌ《の》　ナハ《中》　ハチ《に》　イッチ《入って》　イジャム《行った》　チ。

ガンシシー《そして》　ニャー《そのまま》　アガティ《あがって》　ヤ《は》　コンタム《来なかった》　チ。

ムチャカナ《むちゃかな》　ガ《が》　ウラングトゥンシ《居ないように》　ナティッカラ《なってから》　ミキャー《三日》　タッチャン《たった》　ユマクレン《夕暮れ時に》、　インガヌウヤ《男の親》　ヌ《は》　ヤマ《山》　ハチ《に》　ヌブティ《のぼって》、　ウヤックヮ《親子》　ターリ《二人》　ヌ　ウスィタン《が居なくなってしまった》　ウミ《海》　バ《を》　ミチュタンムン《見ていたところ》、ハマ《浜》　ヌ《の》　シュグチ《波打ち際》　ナンティ《に》　ナミン《波に》　ウチャゲヒキャゲ《打ち上げ引き去られ》　スィラットゥン《している》　ムチャカナ《むちゃかな(の)》　スィガタ《姿》　ヌ《が》　ミリャッタム《見えた》　チ。

　ウベヘティキティ《驚いて》　ハチイジ《走って行き》　ハマ《浜》　ハチ《に》　ヒキャゲティ《引き上げ》　アワレナ《哀れな》　スィガタ《姿(に)》　ナリハティ《成り果てた》　トゥン　ドゥー《自分》　ヌ《の》　クヮー《子》　ヌ《の》　シガイ《遺体》　ナン《に》　ダキスガトゥティ《抱きすがって》　スィギリャラン《こらえきれぬ》　インガ《男》　ナキ《泣き(を)》　シュータンムン《していたが》、トゥマン《泊》　ヌ《の》　ウィー《上》　ヌ《の》　トバヤ《とばや》　ハチ《に》　ダチイジー《抱いて行って》、クモリ《穴(を)》　フテ《掘って》イ　ウンディッカラ《埋めてから》、ウラ《お前(の)》　ハカ《墓》　ヌ《の》　シリュシドー《しるしだよ》　チ《と》　イイガチャナ《いいつつ》　ガティマルグィ《ガジマルの木》　ヌ《の》　イダ《枝》　バ《を》　キチ《切って》　サカサマ《さかさま(に)》　ナチ《して》　タテティ《立てて》　ウチャム《置いた》　チ。

　シャットゥ《すると》　ウン《その》　イダ《枝》　ヤ《は》　ヌィー《根(を)》　ハテゥ《張って》　イダー《枝(も)》　ハティ《張って》　テンテン《だんだん》　フディティ《育って》、トゥシドゥシ《年々》　バ《を》　カサネティ《かさねて》　イキュンウチ《行くうち(に)》　アト《あと》　ヤ《では》　イダ《枝》　ヌ《の》　ヒリョサ《広さ》　ヌ《が》　サンジュー《三十》　ナンギン《何間》　チカ《とか》　イャーレン《いわれる》　フドゥヌ《ほどの》　フテーサシュン《大きな》　ガティマルグィ《ガジマルの木(に)》　ナティ《なって》、トバヤヌ《とばやの》　ウフガティマル《大ガジマル》　チ《といって》　ウトゥダハサ《名高く》　ナトゥン《なっている》　クィ《木》　ガ《が》、ウン《その》　ガティマルグィ《ガジマルの木》　チュッドー《だそうだ》。

（この語り口は旧鎮西村押角の方言に拠った）

V

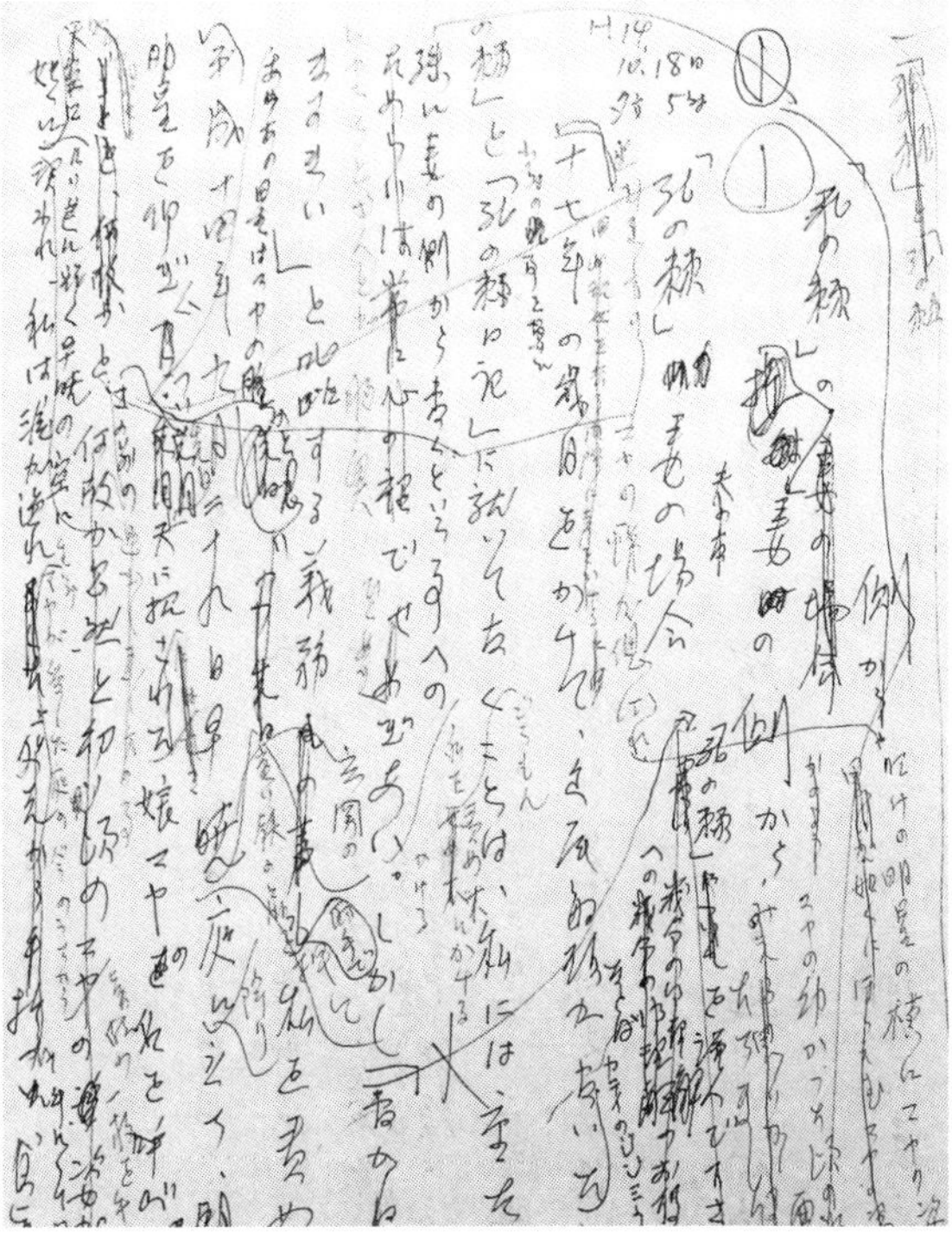

震洋搭乗

「寒い、寒い、とても寒い」

頭の中も身体も凍えて他のことは何も感じられず、寒気だけが全身を襲ってくる。石礫のように身体を叩く大粒の雨、魔妖の悲鳴かと身の縮む唸りを上げつゝ体温を奪っていく暴風、荒れ狂う怒濤。辺りは漆黒の闇ばかり。生への望みもなく死の恐怖も覚えず、肌を刺す寒気、と言うより万本の棘が全身の肌を突くような痛みに耐えながら、私は特攻艇内に絶え間なく振り込む雨水と、舷側から入る海水を汲み出すことに必死だった。

全長五メートル、幅一メートルのベニヤ板張りの小舟艇の舳先に、二百五十キログラムの爆薬を装塡し、両舷に手動の簡易ロケット弾二発を装備した特攻兵器震洋艇が、大きな波のうねりに押し下げられて、奈落の底に落ちる勢いで落下する度に、今こそ最後と両眼を閉じ身を縮めるのに、艇は再び波頭に乗って押し上げられ、落下浮上を繰り返した。エンジンの停止した艇は、横波を受けたら転覆沈没が当然なのに、この不敵な不沈は奇跡とでも言うべきか。

カケロマ島の特攻基地を出てから、どれ程の時が経過したのやら。

ふと雨が止み風も治まったのに気がついた。暴風雨が途切れる間合いの颱風の眼に入ったのか。振り仰ぐ雲の切れ目に海月が走るのが見え、人心地つく思いになった。やがて疾風に追われて暗雲は千切れ霧散し、中天の満月が皓々と光りを洋上に降ろした。月明かりの下で遥か彼方に島影が一つ幻のように見えた。神の守護か月読の温情か、艇は上げ潮に乗って孤島の方向へ流されているようだ。満ち潮のうねりは大きく早く、艇もぐんぐん島影へ近づき、島の姿がはっきり視界に届いた。断崖絶壁が続き岩礁の群に打ち寄せる高波は、白毛の獣の群れが牙をむいて襲いかかるかのように岩を咬み、轟音と共に青白く砕けて飛び散ることを繰り返している。この艇もやがては波に巻かれて岩に叩きつけられ、炸薬の爆発と同時に、私の血肉は赤い飛沫となって飛び散るのだろう。戦争中に心を捧げた人が、特攻隊長として敵艦船に体当たりを敢行しようとした隊長艇で、敗戦直後の今、私は孤島の岩頭に爆砕しようとしている。この悲傷な青春の縁由よ。

島に近づくにつれて波のうねりは激しさを増し、満ち潮の足は早く、艇も島に近づいて行く。これも運命と心を定めて目を凝らすと、岩塊の連なりの間に小さな白い砂浜が見えた、と突然、青白く光る銀の波が砂浜の渚と思しい辺りの両端から中心に向かって走り、合体したかと思うと、銀の柱となって天空に上がり、やがて夜空に吸い込まれた。何とあやしい美しさに満ちた光景。あれは私の黄泉路への燔火《ばんか》か。神が示した運命をはっきり悟った私は、舷に立ち手を合わせ「吾が骸は砂浜にこそ寄せ給え」と海神に祈りつつ波濤に身を投げた。

閉じた瞼の上を何かが触れたと思い、指先でまさぐると小さな巻貝のやどかりだった。朧に意識が戻り身を起こそうとしたが鉛の塊のように重く、動かそうとすると激痛が全身に走った。辺りを見廻すと白い砂浜の渚伝いに亜熱帯の樹々が繁り、根方にははまゆうの群落の白い花々が風に揺れ、その傍らに私は横たわっていた。胸の上に椰子の実が一つ乗っているのも悲しい。故郷の母木を離れて海原を漂ううちに、気を失って波間に浮く私の胸に乗ったまゝ浜辺に上がったのだろうか。椰子の実と私の上に南島の真昼の太陽が照りつけていた。波打ち際では浜千鳥も二羽鳴きながら沖を見ていた。

陽の光りを照り返してまぶしく輝く白砂の上に、身を仰向けに置いて、行く雲に心を向けていると、雲の形が思いを誘い、過ぎ来し方のことが浮かんでは消えた。

第二次世界大戦も終戦に近い頃、学徒動員で出陣した海軍士官に私はえにしを得た。彼は私の故郷の南島の特攻基地に駐屯する、海軍特別攻撃隊第十八震洋隊島尾部隊の隊長だった。明日の命も計られぬ恐ろしい彼の任務を知った時、私は慟哭した。

昭和二十年八月十三日の夜半、島尾隊に特攻出撃命令が下ったことを、人伝てに聞いた。私は羽二重の白襲《かさね》の喪服の上に紋平をはき、足袋はだしで入江の海岸を特攻基地へと走った。戦いのさなか島陰は、海も静か、山も静か。満天降るような星空の中に天の川が牽牛と織女の物語りを秘めて流れていた。

珊瑚礁の続く岬を越え特攻基地の北門番兵塔へ駆けつけた私は、番兵塔近くの砂浜で、彼と束の間の別れを惜しんだ。そして万感の思いを胸に砂浜に正座し、短剣を握りしめて、五十隻の震洋艇の特攻出撃を待った。その見送りをすませてから、岬の先端の珊瑚礁に立ち、足首を結び、彼の形見の短剣で喉を突いて海中に身を投げる覚悟を決めていた。

「大君の任《まけ》のまにまに征き給ふ君ゆるしませ死出の御供」

砂浜に正座し、短剣を握った両手を膝に置いたまゝ、長い長い時が過ぎたように思えた。やがて東雲の空が薔薇色に輝き、真赤な太陽が上った。その光芒を受けて海は一面黄金の波になって照りわたった。

特攻出撃は決行されなかった。

死刑場で銃口の前に立つ思いの耐え難い一日が過ぎ、翌八月十五日に戦争は終わった。

戦争が終わったのに、島尾部隊の特攻要員には「佐世保海兵団ニ転勤ヲ命ズ」との辞令が伝達された。島尾隊長は現地除隊を望んだが、司令部から輸送指揮官を命じられ、四隻の兵員輸送船を指揮して基地を去った。島へ再び帰ることを堅く私に約して。

アメリカ軍から日本船舶の航行禁止令が出ている中で、郵便物がどのような経路で運ばれたのか、一通の部厚い封書が届いた。島尾隊長からだった。「本土から島への渡航は困難なので、島からの便船がある時は是非来て欲しい」と書かれていた。

敗戦の混乱のさなか、近隣の島々に駐屯する日本陸海軍の武装解除が開始されたばかりの状況下で、本土から密航の闇船が黒砂糖や黒糖酒の買い付けに、キキヤ島へ来たらしいとの噂を聞いた。私は危険を覚悟で密航を思い立ち、早速闇船と連絡をつけ、便乗許可を取り付けた。キキヤ島まで一人で震洋艇で行くよりほかはない。終戦後私は一人で震洋艇に乗ることも考え、その日のために震洋艇概略図と解説を書いたものを読み、トラックのエンジンを装置した構造と操縦法を頭に納めた。島尾部隊の搭乗員が引き揚げた後の残留基地隊員のM少尉から、艇操縦の要点を聞き、自分の机上勉強と重ねることも忘れなかった。

「震洋艇を一隻私にください」

「いいですよ。武装解除がすんだら、あんな物騒な兵器は直ちに沖に運んで海中投棄してしまうのですから。武装解除即時待機で格納壕から出してあります。島尾部隊第一号の隊長艇をあげましょう」

M少尉は私の言葉を冗談と受け流したに違いなかった。

その翌日、リュックを背負い日暮れて後の満潮時を待ち、私は隊長艇のエンジンをかけ、レバーを引いた。ミタマ崎に点滅する灯を目標に海峡の東方へ向けて舵を握り、暗闇の暴風雨の海上を全開速力で太平洋へ出た。激しく艇の底を打つ波動が薄い底板を通してじかに身体に伝わってきた。胸が高鳴り特攻出撃のような不思議な昂りを覚えた。

やがて私は嵐の海で遭難し、無人島の砂浜に打ち寄せられた。

身動きさえできない私は、母亡き後のたった一人の父を思い、涙が降る降る零れた。しかし待つ人の胸にこそ辿り着きたい慕心が、切切にこみあげた。

御跡慕いて――嵐の海へ

寒い！　寒い！　おおさむーい！

痛い！　痛い！　嗚呼いたーい！　萬本の銀の針で全身を突かれるが如くに肌を刺す寒気。上下の歯がガチガチガチと音をたてて嚙み合い、頭の頂点から足先迄震えが止まらず、呼吸が苦しい。

激しき雨と風に天も海も暗く、山なす荒い浪は哮《たけ》り狂う。「然《さ》れど吾《われ》行かむ御跡《みあと》慕いて」と私は己を叱咤する。

暴風に吹き上がる波浪は、高く高く上り、低く降りた雲の中に入るかと錯覚する程に、私が運転する震洋艇を持ち上げ、次の瞬間は奈落の海底へ急転直下に落ちてゆき、海底に突き当たるかと思え、私は目を閉じて体を竦める。しかし艇は海底に衝突することなく、直ちに波頭に持ち上げられる。振り落とされぬよう艇の舷をしっかり握り、その上浪が艇の中になだれ込むので、その淦《あか》が艇に満溢にならぬようたえず海水を汲み出さなければならない。全身凍て付くのではないかと思える程に、強風にあおられた寒気は激しく、手と足は痺れて自由がきかなくなってきた。

「進退維《こ》れ谷《きわま》れり」と諦めが胸の奥でちらりと動く。私は島尾隊長様の在《おわ》します方角の空に向って、「島尾特攻隊長さま――」と大きな声で御名を呼んだ。忽然と希望と力が湧き、再び海水を汲み出す手に力が籠った。

生死《しょうし》の狭間に在って、光明が私の胸に光りを燈す。生きて島尾隊長さまにお目にかかりたい。

わが燃ゆる熱き想ひに較ぶれば
　暴風怒濤なにほどやある

奄美大島とその南に寄り添う如くに横たわる加計呂麻《カケロマ》島の間の大島海峡を、波浪に揉まれて彷徨う震洋艇のエンジンは、発動早々に、吹き入る海水の為に停止してしまい、その直後から逆巻く浪に揺られ漂った。夜の闇が深々と降り、周囲の総ての物の姿と影をその中に包含し、天《あめ》の下、光りは一点も無く視界は寸分の先も見えない。漆黒の闇は森羅万象をその暗黒の帷《とばり》で覆い包み、その闇の中で、暴風雨の吹きつのる強音と次々に打ち寄せる荒浪の轟きが交錯し響き渉る。

「ミホ　ミホ　ミーホー　ミーホー」

響音の彼方から私を呼ぶ父の悲痛な声が聞こえてくるようで涙が滂沱と溢れた。

「ジュウー（慈父ー）　ジュウー（慈父ー）　ジュウー（慈父ー）」

声を限りに私は父を呼ぶ。胸が裂けんばかりに痛む。大声をあげて泣いた。父にも家の手伝いの者達にも気付かれぬように忍んで、暴風雨のさなか家を後にしたのだった。

「ミホ　ミホ　ミホ」

あの優しく清らかでさえあった母の声も、聞こえるように思えた。一年前の夏の日に母はこの近くの海で亡くなったのだ。母は隣家のマツヅル小母さんと潮干狩に出かけ、浜辺で心臓麻痺をおこして忽然と帰天したのだった。私が今この海で死するとしたら、母と子の如何なる由来に依るのやら。

私は死を怖いと考えたことはない。幼い頃から先祖の供養や奄美の伝統行事「柴挿《しばさ》し祭《まつり》」で、死後七年以降に墓を開け、遺骨を出して洗い清め、祭り直す洗骨等の折に、先祖の魂を身近に感じ、「肉体は亡びても霊魂は不滅です」と教えてくれた母の教えを、胸裡に深く納めているからなのだろうか。此の度の事、殊に島尾隊長さまに関わる事で死すとあれば、我身の本望果報とこそ思い定めていた。

人の縁《えにし》とやら運命とやらの依って来たる由縁は、私には解らないけれども、島尾隊長さまと私の縁は前世からの縁のように思えてならない。

第二次世界大戦の折に、私の故郷加計呂麻島呑之浦《ノミノウラ》に設営された「大日本帝国海軍特別攻撃隊第十八震洋隊島尾部隊」の隊長の任に在った島尾隊長さまは、戦時中の学徒動員令に依って、九州大学在学中に繰り上げ卒業となり、予備学生として海軍に入隊、訓練を受けて、現在の任務におつきになったとか。大学では東洋史を専攻遊ばされたそうで、私の父の書庫に納められている、父が京都の大学で学んだ折の書籍等を拝見したいと、我家を訪れたのが始まりで、その後も父の書庫に並ぶ漢学関係の蔵書を借りに、父の許へ訪れるようになったが、何時しか私とも親しくなり、互いに詩や和歌に想いを託したふみを取り交わすようになっていた。

第二次世界大戦の戦況は南方戦線から次第に北上し、沖縄での彼我の激しい攻防戦が続き、遂に昭和二十年（一九四五年）六月二十三日に沖縄も陥落、沖縄と同じ南西諸島に属する奄美の島々も、日夜わかたぬ空襲や艦砲射撃にさらされていた。

昭和二十年（一九四五年）八月十三日夕刻、遂に島尾部隊に「特攻戦」が発令された。「第十八震洋隊島尾部隊全艇隊出撃用意」の即時待機で「発進」の合図を待つばかりとなったが、「発進」の命令は一向に発令されず、死刑台上に在るような緊張の中で、十三日の夜は更け、十四日も即時待機のまゝに「発進」の下令は無く、翌十五日正午に戦争は終った。

現地に駐屯していた陸海空の軍人達は、それぞれ復員の為に南西諸島を引き揚げ、島尾隊長さまも「特攻要員」を引率して佐世保へと帰還遊ばされることになったが、出発の二日前に隊長さまは私の父と私へ結婚の申込みをなされ、父と私は御言葉に諾《うべな》った。

その後島尾隊長さまからのお便りで、鹿児島迄は汽車で迎えに行けるが、当方からの海上航海はむずかしい故、其方からの便船があれば来て慾しいとの事で、私はようやく鹿児島への船の便を探すことが出来て、その船に乗船する為に嵐の海へ震洋艇で出発したのだった。

暗闇の海上を船の形に点在する灯火の群れが海峡の東口の方から入って来る。「あら！　船の入港」私は暖かいものが全身に流れ入る思いになった。あの船が明日早暁に古仁屋港から鹿児島へ向けて出港する船に違いない、と私は考えた。あの船に乗船したい為に私は震洋艇を運転して加計呂麻島を出発したのだった。あの船に乗らなければ九州や本州に渡ることは当分叶うまい。敗戦に依って「日本国籍船舶の航行を禁ず」という命令が戦勝国側から出されていると私は聞いていた。私が乗る予定のその船も「ヤミセン（闇船）」と称され、人知れずに夜陰に乗船し、昼は洋上に浮かぶ小さな島々の入江奥に隠れ潜み、闇に紛れて夜間だけ航行し、九州の何処かは不明のまゝに、とにかく状況に依って上陸出来る港に着けるという、不安な状況の航海だった。

今入港したあの船に便乗したいと切望しても、艇のエンジンは止まり、私には艇を動かす術は無い。艇は荒波の上を漂よい流れて私は途方に暮れるのみ。しかも艇になだれ込む海水を汲み出す手を止めるわけにもいかない。あの船に近付きたいと心は逸れども、船は見ているうちに台風に追われるかのように、早々に錨を上げ出港してしまった。私はどうしたらいいのやら。此の船に乗れなければ多分九州へ行く事は当分叶うまい。さすれば私は渡航を諦め加計呂麻島へ引き返すより外に致し方あるまい。さあ、こうなっては満ち潮のうちに艇を何処かの浜に着けなければ、引き潮になると艇は潮の奔流に引かれて海峡を出て太平洋に流されてしまうだろう。そうなれば万事休す、と気持は逸れども、如何せむ。

ふと見上げた彼方に灯火を見た。長い時間の艇の水没を防ぐことのみに心を奪われ、私は顔を上げることをしなかった。あれは岬の海軍監視所に違いない。岬の山の上にある監視所と思しき場所と海岸を懐中電灯が行ったり来たりしているのが遠く見えた。と、海岸から発光信号らしい光りの点滅が私の方へ送られているように思えて、目と心を凝らして見詰めると、「ナミカゼアラク　フネガダセヌ　フネガダセタラ　スグダス　ガンバレ　ユウキアルヒト　ガンバレ　ガンバレ」と読めて、私は胸がこみあげ涙が溢れた。救いの神さまはいずこにも在します、と感謝した。

何時の間にか雨が止み、嶮しく走る雲間から月の光りがさしてきた。月齢は十七夜のように思え、やがて潮流は引き潮に移る頃おいかと考えた時、私は急に奮い立つ思いにせかれた。引き潮に移る前に、艇を浜の方へ寄せなければ大変なことになると思った。引き潮は足が早く、小さな震洋艇は瞬く間に外洋へ流されてしまうだろう。海峡内に艇があるうちに海岸へ近づくようにしておかなくてはならないと思っても、エンジンの停止した艇をどうしたらいいのやら。潮流は間もなく引き潮に移るだろう。それより前に艇が高浪で岩場でなく白砂の浜辺へ打ち寄せられることを祈った。しかし嵐の海は浪の寄せ引きも見当がつかぬ程に、大浪が次々と寄せて来る。此の大浪で艇が岩場の岩礁に叩き付けられたら、艇も私の肉体も瞬時に木端微塵に砕け散り、血と肉の飛沫となって波飛沫と共に飛散してしまうだろう。私は砂浜に艇が寄って行くようにひたすら祈った。しかし波は千変万化自在に荒れ狂い、艇は方向も定まらぬまゝに木の葉の如くに浪に揉まれているばかり。

東の空がかすかに明るくなったように見え、じっと見つめていると、心なしか夜明けが近いように思えた。すると潮流は引き潮に移りゆく頃だと気付き、私は進退を決めなければならない時刻である事に思い至った。ともあれ、出来るだけ砂浜に近付かねば危険だとはわかっていても、暴風のさなか、私は思い迷うばかりで行動へは移りようもない。

そのうちに浪の寄せ引きの様子で引き潮の兆候がはっきり見えてきて、私は意を決し、岩場でなく砂浜に近いと思しき場所で、ゆっくり立ち上った。「侍の子は如何なる場合も常にさむらいの子らしくあれ」と幼い頃から躾けてくれた母の教えを思い出した。風浪で乱れた髪を整え元結を結び直し、身繕いをしてから両の掌を合わせた。

和多都美神《わたつみのかみ》よ　わが魂が肉体を離れた時ニライカナイの国へ導き給へ
倭建命《やまとたけるのみこと》　弟橘比賣命《おとたちばなひめのみこと》　みそなはせ給へ

と心のうちに念じ、隊長さまの御姿をお偲びしつゝ、畝の如くに重なり寄せ来る白浪の上へ飛び込んだ。波浪に呑まれ肉体の苦痛のうちに魂は直ちに黄泉の国へと導かれると考えていたが、私は海底に立っていた。唇をしっかり合わせていたらしく、海水は呑んでいない。両手と両足に力をこめて浮上したら、大浪に揺られ慌てて海底へ身を沈めた。ゆっくり泳ぎ始め、時々呼吸を整える為に浮上し、再び海中に身を沈めて立ち泳ぎで進むことを繰り返しているうちに、上げ潮に押されて砂浜の方へ押し流され、やがて足が砂地につき、歩くと衿元から上は海水の上へ出ていた。しかし荒れ狂う高浪に変りは無く、私は砂浜に強い浪の力で打ち寄せられていき、ひときわ大きな浪が寄せてきた時に砂浜に叩き付けられた。身体じゅうが激しく痛み起き上れない。されど生きていた。

島尾隊長様に生きてお目にかかれる事が叶うやも知れないと思うと、此の一夜の出来事等、何程やある、と思えて微笑が頬に浮かんだ。そして万難を越えても御側へ参りたいと思った。以後の私の人生に嶮《け》わしい苦難の幾山河を越える道程があろうとも、萬本の「死の棘」に心身を刺される時が訪れようとも、島尾隊長様のお側に仕え、私の生涯をお捧げしたいと、今、亦、更に強く思い決めた。

古《いにしへ》も今もあらざり人恋ふる
　深き想ひは代々に変らじ

恋故に十七代続く家系捨て
　独り子のわれ嵐の海洋《うみ》へ

親を捨て古き家系も捨て去りて
　御跡慕いて和多都美の国へ

海原を大鏡へと見立てつゝ
加那《カナ》が俤偲び奉らむ

琉球南山王の血筋引く
古き我家も此処に絶えなむ

解説

志村有弘

島尾ミホは、『「死の棘」日記』（新潮社、平成十七年）が刊行されるとき、「島尾と私は四十年以上も、夫婦として共に人生を歩んで参りました。その長い歳月の間には、『「死の棘」日記』に書き残されているような、苦難の時代もありましたが、共に堪えて、その後は更なる愛の絆を深めて、寄り添い、助け合い乍ら人生を歩んで参りました」と記している。その島尾敏雄は昭和六十一年、突然他界した。爾来、ミホの狂おしいまでに夫を追慕する日々が始まった。

ミホは、敏雄の死後、いつも喪服を着ていた。昭和六十一年（一九八六）と六十三年に東京・山の上ホテルで開かれた「島尾敏雄を追悼する会」「島尾敏雄を偲ぶ会」での喪服姿は当然としても、平成十二年（二〇〇〇）、埴谷島尾記念文学資料館（福島県小高）のオープニングセレモニーで講演したときも、また、島尾作品が舞台公演され、その観劇のときもやはり喪服姿であった。私はそうしたミホ夫人の姿を見るたびに、敏雄が他界したとき、ミホの魂はそのまま敏雄に寄り添いついていったのだと思った。

ミホは、大正八年（一九一九）十月二十四日、大平文一郎、吉鶴の一人娘として鹿児島市に誕生し、幼少年期を加計呂麻島で過ごした。父は琉球南山王の末裔で加計呂麻島の旧家第十六代当主で、文学に造詣深く、小学生の頃のミホに漢詩・和歌等の手ほどきをしていた。ミホは日出高等女学校（東京）時代、詩・短歌に心を寄せ、短歌会「ポトナム」会員となるなど、早くから文学の世界に身を置いていた。

女学校を卒業後、植物病理研究室（東京）の北島君三博士のもとで菌の人工栽培研究の手伝いをしていたが、昭和十三年、病のため、加計呂麻島へ帰り、同十九年、加計呂麻島押角尋常高等小学校（国民学校）の教員となった。

昭和十九年十二月、島尾敏雄（海軍震洋特別攻撃隊隊長として加計呂麻島の特攻基地に駐屯）が、ミホの父の中国関係の蔵書に興味を抱いて訪れ出した。いつしかミホは敏雄と心を寄せ合うようになり、短歌や詩を添えた文を交わすようになっていった。

昭和二十年五月、敏雄の依頼で小説「はまべのうた」を清書。このあたりのことは本書収録「夫の作品の清書」等に詳しい。八月十三日、敏雄に出撃命令が出された。特攻は、敵艦に向かって出撃すれば、命《いのち》を終えることになる。ミホは、「私の好きな夫の作品」に記しているように、もしも敏雄が出撃したら、短剣で身を貫こうと決意し、

征きませば加那が形見の短剣でわが命綱絶たんとぞ念《おも》ふ

の歌を詠んでいる。敏雄は出撃を待機したまま、戦争が終結した。

昭和二十一年三月十日、敏雄と神戸で結婚。同二十三年、長男伸三（後の写真家・作家）誕生、同二十五年、長女マヤ誕生。

ミホは、夫の作品の清書をしながら、しだいに文学の世界へ入って行く。島尾敏雄著『東北と奄美の昔ばなし』（詩稿社、昭和四十七年。創樹社より昭和四十八年に再刊）収録「鬼と四人の子ら」は、ミホが母の吉鶴から受けた口伝を記したもの。そうして、幼少年期の思い出や島尾敏雄との出会いの頃を綴った代表作『海辺の生と死』（創樹社、昭和四十九年。後に昭和六十二年、中公文庫刊）が刊行されると、第十五回田村俊子賞・第三回南日本文学賞を受賞する。

小説に「潮鳴り」（海、昭和五十一年二月）、「あらがい」（同、昭和五十一年五月）、「祭り裏」（同、昭和五十一年八月）、「老人と兆」（同、昭和五十三年九月）、「潮の満ち干」（同、昭和五十四年三月）などがあり、それらは短編集『祭り裏』（中央公論社、昭和六十二年）にまとめられた。また、断続的に連載された長編小説「海嘯」（昭和五十八年一月、三月、五月、七月、五十九年五月）は、五十九年五月号で掲載誌「海」が休刊となり、同号掲載作品の末尾には（未完）と記されているが、平成二十七年、幻戯書房から刊行された。私は『海嘯』に〈島尾敏雄〉が色濃く投影しているのを感じた。〈島尾敏雄〉は、ミホ文学の母胎であると同時に、〈作家島尾ミホ〉を形成してゆく土壌であった。

敏雄が他界して、ミホは哀しみの極みの中に身を置き続ける。本書収録「滅びの悲しさ」という表題は、ミホの真情を痛切に綴っており、「夫が他界へ去り、独り残された私は、悲啼の明け暮れに堪え難く」と吐露している。

ミホは魂を失った状態のまま、敏雄の本が刊行されるごとに「著者に代わって」という副題の付いた「あとがき」を執筆しだす。「御挨拶」(『島尾敏雄詩集』深夜叢書社、昭和六十二年)、「『震洋発進』への思い」(『震洋発進』潮出版社、昭和六十二年)、「著者に代わって読者へ　島尾敏雄の戦争文学について」(『その夏の今は／夢の中での日常』講談社文芸文庫、昭和六十三年)、「著者に代わって読者へ　『硝子障子のシルエット』への思い」(『硝子障子のシルエット』同、平成元年)、「著者に代わって読者へ　紫色の小説」(『贋学生』同、平成二年)、「著者に代わって読者へ　島尾敏雄と初期作品」(『はまべのうた／ロング・ロング・アゴウ』同、平成四年)、「あとがき　著者に代わって」(『夢の中での日常』沖積社、平成四年)、「あとがき　著者に代わって」(『記夢志』同、平成五年)、「島尾敏雄『敗戦日記』に寄せて」(新潮、平成九年九月)などを書いてゆく。

こうした一連の「著者に代わって」の執筆は、辛く、重い作業であったに相違ない。ミホは『島尾敏雄詩集』の「御挨拶」で敏雄の死から葬儀が終了するまでを綴り、「『震洋発進』への思い」では「余りに突然な島尾との死別に混乱に陥り精神の平衡を失いがちな私はどうしたらいいのでしょう」と、自分の苦衷、当惑の心情を述べている。

夫を追慕する日が続いた。「新潮」誌上に平成十一年一月から連載した「『死の棘』日記」も、亡き夫に対する献身的な行動の一つといえる。「漢詩回顧」（リテレール、平成五年六月）では蘇東坡の「春夜」を述べながら、亡き父と島尾敏雄隊長に思いを馳せている。ともあれ、ミホの作品は、小説であれ、随筆であれ、作者の優しい人柄が滲み出ており、いずれの作品も豊かな抒情をたたえ、その詩情あふれる文体は極めて高い完成度を示している。しかし、ミホの書く姿勢は厳しく、推敲に推敲を重ね、妥協のないものであった。本書が島尾敏雄・ミホという不世出の文人の文学と人生を知る上で、まことに貴重な資料であることを特に書き述べておきたい。

私は、昭和四十六年二月、北九州から出ていた文化誌「九州人」に「大泉黒石の文学と周辺」と題するエッセイを掲載してもらった。それは、長崎生まれの混血児作家大泉黒石の文学や人生哲学などを綴ったものであった。それを読んだ敏雄が「九州人」気付で、黒石の本を決して手放すことがなかったこと、黒石を訪ねたいと思いながら、その願いを果たせなかったなどと書いた葉書を送ってくれた。島尾は、長崎にいる亡命ロシア人に強い関心を寄せており、黒石に対する思いもそれと同趣のものであったろう。これが島尾と私の出会いであった。島尾と共に黒石の娘（大泉淵。当時、鎌倉在住）の家に遊びに行ったことも懐かしい。

ミホと私の出会いは、敏雄死後のこと。敏雄の人柄と文学を「追慕」し続けていた私は、やがて、ミホと共に『島尾敏雄事典』（勉誠出版、平成十二年）や『島尾敏雄』（鼎書房、平成十二年）を編んだりした。

私は、博多で文学活動をしていた原田種夫と親しかった。原田は、平成元年八月十五日、八十八歳で生涯を閉じた。そのとき、ミホは、私が「讀賣新聞」（西部本社版）に原田種夫追悼文を書いたものを読んだといい、原田の死去を「残念の極み」と記し、「島尾が亡くなりまして早二年以上がたちました、人はいつかは彼岸へ去らなければならないと思いますと、淋しゅうございますが、せめて此の世に在る間は、心豊かに神の御旨に沿うようにつとめて生きていきたいと願わずにはいられません」と書いてきた。

ミホの書簡は葉書もあったが、概して封書が多く、速達便もあり、電報がくることもあった。ミホは、私が書いたものの中に敏雄に関する箇所があると、「すぐ涙が先立ちます」と述べ、「島尾の霊前に置いて、御厚情を島尾と共に感謝致しました」と書き、電報には「しまおとしおともにみほ」と書き記していた。いつもミホは亡き敏雄と共にいた。

敏雄が他界したのち、ミホは名瀬に転居した。その転居通知には「二十年近く夫と共に過ごしました奄美大島へ参りました」と記されていた。そのことに関連して、ミホは「呑の浦に二人で入るお墓をつくることができたら、二人の愛は成就するのです」（「奄美に帰った島尾ミホさん」朝日新聞夕刊、平成四年十一月九日）とも語っている。さらに本書収録「亜熱帯の島で迎え送る幸――夫・島尾敏雄を追慕する日々」（朝日新聞夕刊、平成六年三月二日）では、講談社の文芸文庫に敏雄の作品を収録するにあたり、前述の「著者に代わって読者へ」の文章を書く依頼があったことを記し、「私は亡夫にのこされた自分の人生の意義に思いが至り、生へ望みが甦りました」と述べている。

敏雄に対する思慕の情は消えることがなかった。平成十年（一九九八）十二月十六日にしたためた私宛の封書には、今日、鹿児島で初雪が降り、その雪を見ていると、「島尾が他界へ参りましたのも、椿や山茶花が真紅な花を咲かせていた時でした、などと思い出しました」と記していた。ミホの心の寂しさがひしひしと伝わってくる。そういえば、島尾が他界してのち、電話で「色彩を失い、眼にはモノクロの世界しか見えなくなった」と話してきたこともあった。

ミホは、前掲「亜熱帯の島で迎え送る幸」で、真夜中、雪の積もった小道に正座し、降り積もる雪の中で夫の名を呼び続けたこともあったと述べ、「眠れぬ夜々が続き、精神も身体も均衡が乱れて衰弱した私は、雪の夜の後から、時折奇妙な状態に陥るようになりました」「眼に映るすべてが暮色に沈み、庭の樹木や花々でさえ薄墨色にあせて、物音も消え果てた深夜の静寂の底に、引き込まれる心地におちてゆくことを、繰り返すようになりました。身体が破滅に向かうことは、夫のもとへの道程の短縮と、私はむしろ安らぎのうちにありました」と記している。まさに夫を「追慕する日々」である。

ミホが他界したのは、平成十九年三月二十五日。心優しい人であった。（文中、敬称略）

（しむら・くにひろ　相模女子大学名誉教授）

初出一覧

Ⅰ

出会い　現点　一九八三年夏

錯乱の魂から蘇えって　婦人公論　一九五九年二月号

「死の棘」から脱れて　婦人公論　一九六一年五月号

漢詩回顧　リテレール別冊　一九九四年二月

星に想いを　港のひと　第1号　二〇〇一年五月

神戸と島尾敏雄のえにし　タクラマカン　第23号　一九九〇年四月

Ⅱ

『震洋発進』への思い　島尾敏雄『震洋発進』潮出版社　一九八七年七月

島尾敏雄の戦争文学について　同『その夏の今は／夢の中での日常』講談社文芸文庫　一九八八年八月

『硝子障子のシルエット』への思い　同『硝子障子のシルエット』講談社文芸文庫　一九八九年一〇月

紫色の小説　同『贋学生』講談社文芸文庫　一九九〇年一一月

島尾敏雄と初期作品　同『はまべのうた／ロング・ロング・アゴウ』講談社文芸文庫　一九九二年一月

『夢日記』に寄せて　同『夢日記』河出文庫　一九九二年一月
夫の作品の清書　『島尾敏雄　かたりべ叢書25』　一九八九年四月
私の好きな夫の作品　『島尾敏雄Ⅱ　かたりべ叢書30』　一九九〇年四月
島尾敏雄の文学作品と創作の背景について　埴谷島尾記念文学資料館　二〇〇一年三月、二〇〇二年三月
『死の棘日記』への思い　新潮　二〇〇五年六月号

Ⅲ

加計呂麻島の事など　新潮　一九九八年六月号
母の料理帳　栄養と料理　一九七八年一二月号
不確かな伝承から　新沖縄文学　第38号　一九七九年五月
沖縄への思い　脈　第43号　一九九一年五月
沖縄の感受　同右
琉球との縁由　新沖縄文学　第94号　一九九二年一二月
「海の一座」への思い　劇団文化座　一九八四年四月
南の島の時のたゆたい　朝日新聞（夕刊）　一九七九年四月一三日
亜熱帯の島で迎え送る幸　朝日新聞（夕刊）　一九九四年三月二日
滅びの悲しさ　かたりべ　第14号　一九九四年一二月
小川国夫さんと島尾敏雄　Poetica　vol.1-1　一九九一年九・一〇月

ニェポカラヌフ修道院長の書翰　リテレール　一九九四年冬号
映画『ドルチェ―優しく』への出演　潮　二〇〇一年一〇月号

Ⅳ

かんてぃみ　『奄美の伝説　日本の伝説23』角川書店　一九七七年一〇月
うらとみ　同右

Ⅴ

震洋搭乗　読売新聞（西部本社版）　一九八九年四月二日
御跡慕いて　新潮　二〇〇六年九月号

章扉写真

Ⅰ＝昭和三十三年五月、奄美大島にて（かごしま近代文学館提供）
Ⅱ＝「夫の作品の清書」原稿用紙
Ⅲ＝昭和三十二年十一月二十八日、奄美・小湊にて（島尾敏雄撮影）
Ⅳ＝両親と叔父との写真。前列真ん中が著者。左が大平文一郎、右が吉鶴、後ろが叔父。
Ⅴ＝著者が晩年構想していた作品「『死の棘』の妻の場合」の草稿（かごしま近代文学館提供）

装幀　坂本陽一
装画　袴田　充「記憶の波音」

島尾ミホ（しまおみほ）作家。一九一九年十月二十四日、鹿児島県大島郡瀬戸内町加計呂麻島生まれ。東京の日出高等女学校を卒業。加計呂麻島の国民学校に代用教員として在職していた戦時中、海軍震洋特別攻撃隊の隊長として駐屯した作家の島尾敏雄と出会う。敗戦後の四六年、結婚。七五年『海辺の生と死』で南日本文学賞、田村俊子賞を受賞。二〇〇〇年、アレクサンドル・ソクーロフ監督の映画『ドルチェ―優しく』に主演。著書として『祭り裏』『海嘯』のほか、『ヤポネシアの海辺から対談』（石牟礼道子共著）、『島尾敏雄事典』（志村有弘共編）などがある。〇七年三月二十五日、脳内出血のため奄美市浦上町の自宅で死去。

愛の棘　島尾ミホエッセイ集

二〇一六年七月七日　第一刷発行

著　者　島尾ミホ
発行者　田尻　勉
発行所　幻戯書房
郵便番号一〇一－〇〇五二
東京都千代田区神田小川町三－十二
岩崎ビル二階
電　話　〇三（五二八三）三九三四
ＦＡＸ　〇三（五二八三）三九三五
ＵＲＬ　http://www.genki-shobou.co.jp/

印刷・製本　中央精版印刷

ISBN 978-4-86488-102-9　C0095